澤田家の人びと

―二人の外交官とその妻たち―

高橋　亮

国際連盟脱退のとき、ただ一人反対した外交官澤田節蔵
そしてその妻
国際連合加盟のため初代日本大使として努力した弟廉三
妻の澤田美喜（孤児院エリザベス・サンダース・ホームの開設者）
――激動の時代を背景に活躍した四人の評伝

目次

まえがき

ここに照明をあててその姿を追っていくのは四人です。伝記ふうにその人たちの活動を「なぞって」いきます。四人のうちの二人は兄弟で、ほかの二人はそれぞれの妻です。

まずおおまかに紹介しておきますと、兄澤田節蔵は一九〇九（明治四十二）年、弟澤田廉三は一九一四（大正三）年、外交官となり、一九三八（昭和十三）年に兄は一線をしりぞいて外務大臣顧問あるいは内閣顧問となり、弟は一九四〇（昭和十五）年、いったん退職のあと一九五三年には日本の国連加盟のための初代代表、一九五八年日韓全面会談代表などつとめました。そのあともそれぞれ外務省嘱託など、そのほか国際的な文化交流にもつとめました。

兄弟の活躍した時期は、日本が明治期に社会制度や経済・産業・文化などあらゆる分野で西欧に追いつけ追い越せといそしみ、大正期に入るととうとう追いついたと自負し、なかでも軍備では日清戦争、日露戦争に勝利を経験したあと、第一次世界大戦でも勝利国側にくわわったこともあって、一九二五年ごろの大正末期には、軍縮の対象となる三大国のうちの一つになったこともあり、列強国並みになったと民衆は錯覚し、興奮した感情におちいり、そういった思潮をつくります。それは幕末の黒船来航いらい、欧米列強諸国に圧迫されていると受け止めていた日本の民衆に、その強迫観念から脱出したとする解放感と、それまでの圧迫者に対する反抗意識へとのめり込ませたのでした。

民衆という層は、いつの時代でもわずかな情報しか得られず、それをもとに感情に駆られ、付和雷同していくのですが、その民衆を群れとして束ね操っていると自負のある政治家たち、軍人たち、それに絡んで寄生していく人たちが、それぞれに自分こそ、あるいは自分の属しているグループこそがまっとうな歴史をつくると思い込み、行動していったのでした。

それは、大きく流れていた世界の歴史に呑みこまれていきます。

日本は、植民地獲得競争では遅れて参加したのですが、国土の狭いこともあって、国力を上げることとは、その植民地を獲得することであると邁進したのでもありました。はじめに朝鮮で清国と、つづいて満州（中国東北部）でロシアと戦い、その地域の支配力を獲得していきました。しかし、広大地域の中国（当初は清国次いで中華民国）でその獲得競争を始めると、先に進出していて権利を失う恐れのあったイギリス、新たに参入しようとしたアメリカ、主権を回復しようとする中国を相手にすることになりました。日本は資源が乏しく、イギリス、アメリカとくらべて見るまでもなく生産力も遥かに劣ります。この植民地獲得闘争の中で日本は国際連盟の五か国常任理事国の一国であったにも拘らず脱退の道をとります。その時日本の外交官でただ一人、おそらく日本人としてもただ一人反対をしたのが澤田節蔵でした。こうして脱退した後、追いつめられた状態におちいり、第二次世界大戦をおこし、人類が初めて開いた悪魔界の扉、原子力を利用した爆弾の惨禍をこうむるにいたったのでした。

このように歴史が流れはじめていた明治末期、外交官になった澤田節蔵です。この人の妻は、日本に伝統的であった夫をささえて生きた人です。そして四歳ちがいの弟澤田廉三ですが、その妻は、大戦に敗れるまで日本の経済を牛耳っていた四大財閥の一つ三菱本家、岩崎久弥の長女美喜です。この美喜は、キリスト教の信仰に生き、敗戦後、孤児院エリザベス・サンダース・ホームを開設し、混血孤児問題にとりくみました。

第二次世界大戦前までの日本の社会制度は、江戸時代の幕府、大名、士、農、工、商の身分制度から、宮家、華族（いずれも世襲）、と個人には官位（親任官、勅任官、奏任官、判任官など）、爵位、位階、勲等を授与するなどの序列化の制度へかたちを変え、かつ民衆の考えを反映するかのような政治制度、男性のみの選挙制度へと移行していったのでした。つまり制度のかたちは近代化をよそおいながら、女性には選挙権をみとめず、土地所有は地主制度であり、生産力は鉱物資源の乏しいまま、工業力の近代的機械化はほんの財閥系企業といわれるものだけで、おおくの中小企業は人力にたよっていたのでした。

いっぽう、明治初期から一九四五年までの日本の政治状況は、明治の政府樹立のために活躍した薩摩と長州の出身者が政権の中枢を占め、一八八九（明治二十二）年に公布した大日本帝国憲法を政治の中心におきながら、政権を主導的に担おうとする抗争が激しく、くわえて陸軍、海軍それぞれに組織内に主導権争いがあり、政党政治が曲がりなりにも軌道にのると、軍部、政党それぞれに派閥を作り、複雑に結びつきあい、政権運営の駆け引きがあり、主人公が目まぐるしく交代していったのでした。こうしたなかで注意を払っておかなければならないのは、幕末に激しくおこなわれた敵視したものをテロによって抹殺する行動でした。こうした行動は、風潮というよりも暗黒の文化として流れつづけました。

かつてのテロ行為をくぐり抜けて生きのこった人たちが、明治政府の元勲といわれ、新たな身分制度では、公家や大名だった人とともに華族となり、政界からしりぞいても政治を左右しました。また世襲によってその子孫が政治、あるいは世俗の世界でも中枢にいました。その後、時代が移り変わっても国内で発生するテロ事件は、心情的に底部でつながり、民衆はそれを認めるような声明を発したり支持する行動にでたり、テロ行為者に同情して減刑を嘆願したりし、次の事件の火種を残していきました。とくに軍部では、武力をテロ行為にもちい、それを背景に政治の方向づけをし、その方向づけに迎合した政治家や同調した民衆に感情的な行動を起こさせました。頻発したテロ行為が、政治を歪め、それを懸念する「恐怖」が、政権の中枢にある人たちの判断をゆがめました。これが一九四一年には「決意なき開戦」へとなりました。[*1]

そういう内外の政治情勢のうちにあって、兄弟は外交官として直接間接にブレーキをかけようとし、動かされていきます。これから述べることは、それらの政治情勢、事件を背景にしながら、兄弟とその妻たちの行動を「なぞって」いくことになります。

この人たちには、自伝風の回想録が兄の妻以外の人にはあって、それを中心に「なぞる」ことができます。「なぞる」という心のはたらきは、そうした時代の状況に身を置いた気持にさせ、事件の底流にある意味を分からせてくれるでしょう。

歴史ものとか伝記ものとかいわれる読みものには、その中に味わい深い楽しさが満ちています。しかしおおくの場合、かた苦しい言葉づかいのため、不幸にも毛嫌いされて遠ざけられます。そういうことのないように、つとめて、事件・事柄は「であった」「である」とし、個人的感懐は「でした」「ました」とし、馴染みやすい言葉づかいで述べます。

＊1　『決意なき開戦』堀田江理著（人文書院）指摘すべきテロの恐怖のこの点の追求が欠けています。

その潮流と環境（一）

なぞっていく最初の人澤田節蔵は、父信五《のぶご》、二十二歳、母久子十七歳の長男として一八八四（明治十七）年、鳥取県岩美郡浦富村（現在・岩美町浦富）に生まれました。

一八八四年前後のこのころは、「三大事件建白書」といわれる書を政府に提出し、その内容を民衆にうったえていった自由民権運動という、一種熱病にとりつかれた人たちがありました。この運動のはじまりは、一八七四（明治七）年に板垣退助、後藤象二郎、江藤新平たちが、朝鮮へ出兵して行こうとする征韓論を主張したのを反対されて、中央政府を出ていってからの行動でした。明治新政府に対して不満をいだく士族がその主張を主に支持し、地租改正（地租値上げ）によって富国強兵の資金を作ろうとする政府の方針が出されると、それに反対する富農層が主に支持するものへと移り、精神的なものが経済的なものと合わさった運動となっていきました。

政府はこうした動きを政府の方針に逆らうものとして弾圧し、新聞条令を一八七五（明治八）年に制定、ついで一八八〇（明治十三）年集会条令（一八九〇年廃止）を公布し、つづいて爆発物取締罰則を一八八五（明治十八）年に制定しました。

しかし維新後、新政府が西欧の制度・文化をとり入れていくことは、それにくっついている、民衆が政治にかかわって動かすことができるという知識がもたらされます。そうした新しい知識を直接見聞きした人たちから知らされることは、江戸時代とちがってお上《かみ》（政府）を批判しても罪にならないという画期的なことで、民衆の気分、感情の盛り上りとなったのでした。そのあらわれの一つといえる自由民権運動は、各地方でその地域の頭《かしら》と自負する人たちに受け入れられ、もよおす演説会の主題に、「三大事件（問題）」がとり上げられたのでした。

政府は、参議を辞職した板垣退助、後藤象二郎らには地位回復の懐柔策をもちい、ひんぴんと起こる一揆的民衆の騒擾《そうじょう》の行動には前記の条例などをもちいて弾圧しました。しかしその気分・感情に無視できないものを見てとり、またわが国をどのような制度によって政治をおこなうべきかを考慮し、一八八一（明治十四）年、開国運動のときから絶対権威者としていた明治天皇の名のもとに、「国会開設の詔」を公布し、十年後にはそうすると確かな約束をして、民衆が内乱などの暴走をしないようにつとめたのでした。

建白とは、下位の者が上位の者に意見を述べることですが、一八八四年ごろの民権運動が集約されたかたちの三大事件建白書は、「言論の自由」「地租の軽減」「外交の回復」で、明治新政府にその実行の具体像を示せ、とせまるものでした。

この時代に「言論の自由」という言葉が指していたものは、幕藩時代の身分制度のなかでは言えなかった「お上に対する」批判や不満をのべても、罪に問われない、弾圧を受けないというところに力点があって、説く人によってはその論理の推進や展開には幼稚なところがあり、また国情に迎合していて真に自由民権とはいえず、推論にもあいまいなところがあるのでした。しかし、欠陥があるとはいえ外国の文明解説をおこなう啓蒙活動ともなり、その結論として、「そうした自由に議論のできる政治機関を設置せよ」という、この点だけははっきりしていました。

「地租軽減」は、新政府が富国強兵を進めようとしてかける租税の重さにたいしてです。これを各地でおこなう演説者が取り上げることは、土地所有の地主と直接耕作に携わる小作人の関心を引くことでした。

当時、大土地所有者は、華族、寺社、商業成功者の非農業者、そして名は農業者でありながら非農耕者の世襲地主などであり、不在地主が圧倒的におおく、地租を負担して支払うのはこの土地所有者であり、この納税を一定額納税する者のみがのちの民選議院開設のときには選挙権、被選挙権を持つことになります。しかし、じっさいにこの税を負担するのはこの人たちから土地を借りて耕作する小作人でした。それゆえ、地租軽減を演説の主題の一つにして訴えることは、上下こぞっての関心を呼ぶ事柄でした。

政府としては、政治形態をととのえながら国際化をおこないつつ、佐賀の乱一八七四（明治七）年、西南戦争一八七七（明治十）年を終え、国内統一をやっと完成し、清国のように大国でありながら列強諸外国から主権を侵害される植民地国になるまいとして、必死に富国強兵を図っていました。これといって目ぼしい産業が育っておらず、土地に対しての課税はその富国強兵の主要な財源でした。

「外交の回復」とは、よく知られているように鎖国から開国へと進んだ日本が結んだ条約は、強国が有利に弱国は不利に結ばれたもので、対等公平化を求めるものでした。

このころには、江戸時代の瓦版とは比べようのないほど配布部数を増やした新聞が発行され、情報の伝播を速めかつ広範囲におよぼし、前記のように政府が取り締まりの対象にするほどの影響力を持っていました。ましてや犯罪をおこないながら、日本の司法の手がおよばないことを知らせるのは、民衆を啓蒙するとともにその悪感情をあおるのが容易でした。

この不平等条約について、是正を交渉中であった一八八六（明治十九）年、ノルマントン号事件が起きました。事件は、英国船ノルマントン号が和歌山県沖で沈没したとき、救命ボートに英国乗船員のみを乗せ、日本人乗客は一人も乗せなかった。そのため日本人二十五名全員が溺死した。しかし、この船長の裁判を日本の司法がおこなうことができず、そのためいっきに不平等条約改正の民衆の声が高まり、無視できない事態となりました。こうした事件の国際性が、明治以前まで「政治はお上のおこなうもの」としていた民衆に、国民としての、あるいは国家のかたちというものの意識を高めていくことになります。これが不平等条約改定のつよい契機となり一八九四（明治二十七）年、日英通商航海条約の締結となりました。

これから生涯を「なぞる」最初の人澤田節蔵は、こういう社会情勢の中で生まれました。生家は澤田本家からの分家です。本家は鳥取県下の素封家（大地主・資産家・多額納税者）一五のうちの一つに数えられた。こうした家は親方と呼ばれ、それに奉仕する多くの子方といわれる人とつながって、民衆はこのつながりの意識によって村のうちの一人、国のうちの一人、くらいの気持で日常暮らしていたのでした。

この本家は、漁業が主な生業の浦富村で網元であり製網業も営んでいました。その分家の節蔵の家は、一時他家へ預けられるなど苦労した母の久子が、父の信五を婿養子に迎えて成したものでした。鳥取県浦富から父信五の生家の兵庫県浜坂への道は、海岸沿いに東方へ七坂八峠といわれる山越えであり、西方へは、かつての城下の鳥取町（一八八九年に市制）への道で、低い二、三の山を越えて行かねばならず、健脚の人であっても四時間はかかった。幼い節蔵は、父の生家の兵庫県浜坂によくつれられて行きましたが、海上通航のほうが何かにつけてよく、持ち船を子方が操って送り迎えされました。

父の生家の森家は、澤田本家以上の素封家であり、船はその森家の東屋が崖上に建つその下の港に着いた。七十年後の昭和年代、節蔵は老いて鎌倉で暮らすようになりますが、その港に船がつき、波が月の光を映して揺らめき、仰げば夜空を背景に崖上に建つ東屋をあおぐ眺望が、美しく鮮やかに蘇るのでした[*1]。

父信五は、家庭教育として礼法から学問まで、節蔵をきびしく躾けました。婿入りした素封家澤田の分家を興隆させてほしく、期待をかけ、『日本外史』（頼山陽著）を節蔵が七、八歳のときから対面素読して教えました。

そのころ澤田本家の虎蔵は、すでに慶応義塾に学んでいました。この人は節蔵の母、久子の甥にあたります。このころの家族制度は、男優位の相続がならわしで、この家の後見人のこれも素封家の木下荘平（県会議員、議長をつとめた後、衆議院議員）が、虎蔵の両親が若いうちに病死したので、男子の虎蔵に本家を継がせ、その叔母にあたる久子に分家をさせました。久子は亡くなった戸主の妹であり、虎蔵はその戸主と妻のあいだの長男です。

虎蔵がこの交通の不便な土地から、文明開化の息吹の真っただ中の東京に出て勉学ができたことは、県下に名のある素封家にあってこそできたことであり、また後見人の木下荘平に見識があったからでもありました。虎蔵が、文明開化が騒がしく唱えられる時代の、その潮流の主流とされていた福沢諭吉その人が創建した慶應義塾に学んだことは、この漁村に注目すべき種を蒔いたのでした。

＊1　『回顧録一外交官の生涯』澤田節蔵著（有斐閣）

文明開化の風（二）

福沢諭吉の謦咳に接していた虎蔵は、帰郷するととなりの分家信五の家を気安く訪れました。評判の本、『学問のすすめ』はもちろん、『文明論の概略』、『時事小言』[＊註]の福沢先生の言葉の内容や指すことがらを父子に、熱心に話したのでした。

西洋では身分よりも個人の能力を尊重すること、進んでいる機械文明、工業力、その統計の見方、学問では論理の進め方、など解説しました。もう三十歳ちかくなっていた信五より一回りも虎蔵は若いながら、これからの教育は外国の文明や知識を身につけるものにしなければならない。古い文明の四書五経ではなく、新しい文化を知るのに英語が必要であると話し、そうした事情をしるした本を読むことを父子にすすめたのでした。この本家の虎蔵は、節蔵そして廉三が、それぞれ学齢にたっすると自分の家の蔵にしつらえた書庫に自由に出入りしてもいいと誘ったのでした。

幼い節蔵が、新しい知識の世界に誘われ招き入れられたことは、魂をつよく揺さぶられることになりました。文明開化と言われる「文明」の知識を獲得し、世間にもてはやされている立身出世の道を進むには、この閉ざされた土地に住んでいては達成できない。何よりも学問の盛んな土地へ行き、勉学に励みたい熱望を抱かせました。

衝撃的だったのは、『学問のすすめ』の中で説かれた赤穂浪士の不義士論でした。国は法によって成り立っている。その根本の法を侵すものは、誰であろうと理に反する行為で称賛されるものではない。かたき討ちは感情に駆られた私の制裁であって、国の法を無視するものである。この法を犯した者は理に反する「不義者」である。つぎに吉良の子孫がかたき討ちの仕返しをしたなら、おたがいの子孫が絶えるまでかたき討ちをくりかえすことになる。と、そう赤穂浪士を断罪していることでした。これは日本人に巣食っていた儒教精神・武士道精神を根本から覆すもので、多大に論議を巻き起こしたと虎蔵に教えられました。

『学問のすすめ』は一八七二年に初編が、一八七六年に十七編が発行されて完結しました。赤穂不義士論は第六編（一八七四年）に発表され、大小さまざまな反駁を呼びました。福沢諭吉は大新聞に、沸き起こったそれらの反駁にたいして、さらに説諭する論評をおこなってようやく鎮めたのでした。この本は日本の人口が三千万人をやや超える程度のときに偽本を含めると三百万部売れたという。どれほど人々が——それも世間では知識のある人と信頼されている人たちが影響をうけ、さらにその人たちが周りの人に影響をあたえていったのか。これは文化を土壌にたとえるなら、日本のその土壌にいくらか変質をもたらしたもののようでした。

佐賀の乱、西南戦争を終え、ようやく国内統一が完成した。ただ、新政府樹立の功労者であった西郷隆盛を討殺したことは、新政府の重鎮の大久保利通がその推進者であり、かつ盟友であった人を抹殺した不人情な男ではないか、と民衆にそう見なす感情をくすぶらせたのでした。

『学問のすすめ』はまだ知識の「理屈」として受けとられていて、書物を重んじる層にとどまり、読書や論理を軽く見る民衆の心理を支配するまでにならず、西郷に同情する風潮が新政府の方針に不平を持つ感情と合流していくところがありました。

西南戦争の終わった翌一八七八（明治十一）年、大久保利通にたいして守るべき信義を裏切った者とされる風評が、読書とは無縁な民衆に色濃く流れてただよいます。大久保自身が民衆のそうした信義を好む情実の世界に生きてきた人であり、暗殺される危機にあると知りながら、あえてそれに甘んじたところがありました。暗殺者と対面すると、「もうしばらく命を預けろ」と大久保は言い、犯人と問答した。犯人はためらいがあったが、機会を逃したくなくて殺害したという。

こうしたテロ行為を許す精神風土が日本の政治にははびこっていました。事件の年次を煩わしいほど記すのは、過ぎ去った事件が次の事件の引き金となって行くので、出来るだけその年次を記し、「なぞって」いくことが容易になるようにします。

一八九四（明治二十七）年日清戦争が勃発し、一年半の短い期間の戦いで勝利に終わった。外国の、しかも大国とされていた清国と本格的な戦争をおこない勝利したことは、国は大きな容れ物で、住んでいる村はそれに入れられている、そんな程度にしか考えていなかった日本の民衆に、身近な人が兵士となって戦ったこともあり、国という曖昧なものがわが家のことのように感じられ、もっと大きく強固なものにしたい欲望を抱かせたのでした。提灯行列をつくって街頭をねり歩き、どのような外国と戦っても勝てる、と歓呼の声をあげ、誇大妄想の言葉を共鳴させ合い、付和雷同し合ったのでした。黒船が来航していらい外国に恐怖し委縮していた精神がひとまず解放されたのでした。

一八九五（明治二十八）年四月十七日下関条約が結ばれた。しかし、旬日をおかず、露仏独（ロシア、フランス、ドイツ）の三国の干渉があり、獲得した遼東半島を返還させられるという屈辱を味わいました。この一見奇妙な三国のとりあわせは、共通して「黄禍論」によって結びついているのでした。つまり黄色人種が白人国家を蝕んでしまう、という脅威が共通していたのでした。「白禍」こそが「黄禍」をつくりだしているのだ、とヨーロッパで指摘する知識人もありましたが、遺伝学を捻じ曲げた論説はドイツ・ウィルヘルム二世の強力な宣伝もあって、ヨーロッパの支配層に伝播していたのでした。

しかし日本の民衆は、同胞が血を流して得た領土を理不尽にも露独仏は国力にものいわせて返還を強制させるとはなにごとか、と歯ぎしりして悔しがった。しかし、三国にたいしてはとうてい太刀打ちできません。この干渉にロシアの勢力を東洋にも傾けさせたい英国は、日英航海条約のこともあって加わっていなかったことが、民衆の心の底に好感情を残したのでした。

政府は、皮肉にも清国の故事、「臥薪嘗胆」「捲土重来」を説き、民衆をなだめました。戦争やこうしたことによって、政治を受けていただけの民衆が国家意識に目ざめ、政治にたいしてあらたな問題をもちます。政府は、山東半島返還で得た三千万両の賠償金は公表せず、これを軍備増強に回しました。

民衆がこの屈辱感をどのように心情にためこんだのかは、つぎの日露戦争の高揚した戦意となって吐き出されます。著名な思想家であった内村鑑三、幸徳秋水、堺利彦、などの非戦・反戦の主張があっても、戦争を支持する大勢で圧倒してしまいました。それゆえ、日露戦争が勝利に終わると、その賠償におおくのものを期待したのでした。

小村寿太郎全権大使によってなされたポーツマス条約は、ロシアからの賠償金がなく、極寒不毛の土地と見なされていた樺太南半分だけ。そういうことでは民衆は納得できず、暴徒化して日比谷焼打ち事件（市内の警察署・派出所・交番の焼打ちされたもの二百十九、群衆の死者十七名。翌六日戒厳令のもとに軍隊の出動）、木内事件、仲介をあっせんしたアメリカの公使館まで襲う、そのような事件を起こすなどの不満の噴出ぶりでした。

戦力の限界を知っていた首相桂太郎と海相山本権兵衛は、帰国した小村寿太郎を横浜港埠頭にむかえたときから東京駅へと向かう車中にあっても、両脇に立ちあるいはより添い、運命をともにする覚悟でテロに備えたのでした。[*1]

ここ浦富の地は、まだ歴史の波にそこまで洗われていなくて、まだ発達していなかった医学の時代に大流行したコレラに、久子の兄であり虎蔵の父が感染死し、ついでその妻も流感にかかって亡くなり、その不運から澤田家は親類の援助でようやく立ち直っていくところでした。世間では、コレラにラムネが効くと言われて大流行し、よく飲まれたのですが、むろん効くはずはありません。

この浦富の地も色濃く儒教の長幼の序を説く文化でした。明治政府の「戸（家）」を尊重し戸（家）長に重きをおく制度の本家と分家の関係から、信五に対して一回り（十二歳）年下であっても虎蔵の意見は尊重されました。

一八九二年、年若い虎蔵は背後にひかえ、叔母久子の夫信五を村長に押し出しました。虎蔵の意見に動かされていく父、その虎蔵の力は文明開化そのものの勢いのように節蔵には感じられました。

浦富村長をつとめた信五は、文明開化の潮流をとり入れようとする虎蔵と具体的な行動をおこしました。浦富海岸の景観は、日本三景のひとつとして聞こえる仙台松島にも劣らない眺めと自負し、すでに東海道沿岸の開発を知っていた虎蔵とともに村人に説いて回りました。この景勝地が、世間にひろく知られないのは訪れる人が少ないからだ。見れば誰でも納得される。そうした評価を得るためにはおおくの人に訪ねてもらう必要がある。それにはまず道路を敷設して交通の便をはかり、海岸整備をおこなって海水浴客を招かねばならない、そう近隣の人びとに説きました。県の事業として取り上げてもらう推進運動の旗振り役を二人はつとめ活躍しました。ついには推されて信五は一八九三年県会議員となりました。*2

県議会は、鳥取市で開かれました。そういう事情と父の教育に対する熱心さがあって、節蔵は、小学校を卒業すると城下の町から市となったばかりの鳥取市、そこにしかなかった高等尋常小学校へ入学しました。ときに九歳でした。

浦富村からは通学困難で、縁故のある家に下宿しました。そこに二、三歳上の従兄弟森孝治がいて、節蔵に世話をやいてくれ、行動を共にするようになりました。

地方の名士は文化の担い手でもありました。自由民権運動の呼び声は津々浦々へとひろがっていて、その名声の聞こえていた板垣退助が一八九三年鳥取市へ遊説にきました。そのころ板垣は運動の主導者から外れていましたが、信五は人力車を数台やとって連ね、自宅に招いて人を集めて演説を聞かせました。一行には宴会を催してもてなしたのでした。

素封家の一端であり地方の政治家であれば来客が絶えず、来客のもてなしに酒食がつきものでした。そうしたもてなしを女中とともに愚痴一つこぼさずしていた母久子の姿を見て、中学生となったとき、節蔵は義憤のようなものを感じて父信五を諫めたのでした。

海外雄飛を夢見ていた虎蔵は、ロシアを向こうにした北海道の地にニシン漁の漁業権を買いとり、しばらくしての一九〇〇（明治三十三）年、信五にそこへの進出を勧めました。政治資金などで経済的に窮屈になっていた信五は、すべての公職をやめて進出を決意しました。季節的厳しさと漁期を考慮し、信五は春から秋まで北海道へ出かけ、一家はその期間父不在の暮らしとなったのでした。

中学生となると節蔵は、春夏と冬の休暇に帰宅しました。母は、学校への出発の日には女中にまかせずに、まだ夜の明けやらぬ早朝に起き、竈の焚口で火吹き竹をつかい炊飯に励んでくれました。その姿に節蔵は感謝して涙ぐみました。

鳥取市で勉学に励んでいたある日、気にかかっていた洋風の建物を従兄弟森孝治と探検の気分から訪ねてみることにした。断られるかあるいは追い払われるかとひるんでいた二人に、意外にも館の主は快くまねき入れました。書架にはたくさんの書物がならんでいた。その一隅に見たこともない黒く大きな置物があった。通りがかりにポンポンという美しい音を聞いていた。これがピアノというものだった。

招き入れてくれたのは組合教会宣教師のバートレット夫妻でした。

「はじめに言葉があった。言葉は神とともにあった。万物は神によって造られた……」

この一句の日常のことばで説かれる内容で、節蔵は初めて聖書に接した。ああ、これがうわさに聞いていたキリスト教というものなのか、と耳を傾けたのでした。

隣の西洋館に、デントンという女性が住んでいた。のちに京都にうつって同志社女学校を大学にまで発展させ、第二次大戦中も日本にとどまり、ついに大学構内の土となった人でした。この人が節蔵たち数名の中学生に聖書講話会をひらき、英語でマタイ伝を説いたのでした。

節蔵は体が弱く、県下一といわれていた名医が、「この子は頭がいいが頑健でないので、大学に進学できないかもしれない」と診断した。しかし、鳥取にいては、西欧の文明を身につけて立身出世する道が見いだせず、世間が尊敬するエライ人にはとうていなれそうにない。政治も文化も学問もその中心は東京にあるのではないか。東京に行って勉強したいと節蔵は思いはじめた。

いっぽう父信五は、「長男を鍛え上げておけば、万一の場合に弟や妹を引き立ててくれる」と家の興隆を中心に考えていて上京を許しませんでした。

節蔵が中学三年生のとき、鳥取中学の校舎が全焼した。学業が中断となっては、全国の同年代の、目には見えないけれど、その人たちとの競争に後れを取る。熱意新たに父に出郷を懇願し、ついに許されました。

出発の朝には午前四時に起きて、祖先の位牌に挨拶し、羽織袴に草鞋《わらじ》を履いた。

道程は、人力車で鳥取・智頭を経て中国山脈を横断していきます。

長い道中を人力車に揺られた。揺られながら、漢詩を口ずさみ、反復し、世に羽ばたいていく決意を固めました。目標は明確でなくても決意を固めさせる長い道のりでした。

兵庫県平福で一泊。翌朝また人力車で出発した。姫路に近い上郡に着き、そこで生まれて初めて汽車に乗りました。[*3]

＊1　『外務省の百年』上（外務省百年史編纂委員会編）
＊2　『外交五十年』幣原喜重郎著（読売新聞社）
＊2　『岩美郡浦富町史』
＊3　『回顧録一外交官の生涯』澤田節蔵著（有斐閣）

＊註　時事新報紙掲載の「時事小言」欄では、朝鮮の内政紛糾に乗じて清国など諸外国が介入し支配力をおよぼしていくなら、対岸の火事として傍観して居るわけにはいかない。類焼を防がねばならない。類焼を免れる防火をするのにいちいち断りを入れることはない、とした趣旨の論説があります。この欄は交代して執筆するものであったので、福沢の論説ではないとする見解があります。このころ、福沢は朝鮮から数名の留学生を受け入れ支援しています。合わせてその論説の真意、執筆者の真偽を推論すべきもののようです。
　もう一つの留意点は、この論説が福沢諭吉自身でなかったとしても、民衆には名声ある人が論述したものと信じてしまった誤りが生じていることです。

目標模索（三）

　節蔵は、直ちに東京へ住むには手がかりがなく、水戸市で弁護士をしている伯父を頼りました。鳥取で接していたキリスト教には、その伯父伯母の紹介で、フレンド教会宣教師ビンフォード夫妻を知ることができました。

　キリスト教では、どのような対象に最も崇拝の気持をおくかで教派が分かれているようです。しかし、それについての歴史、あるいは分派となった根拠の知識は節蔵にはなく、また知る必要を感じませんでした。教派が分かれているのは仏教と同じようでどうでもよく、聖書に書かれていること、またそれを教える人の言葉に共感することで十分でした。

仏教で説かれる言葉は、日常の言葉から離れていますが、キリスト教で説かれている言葉は、日常の言葉づかいのままの聖書からであり、自身の現在の生き方と照らし合わせ、教えとして対話することができるのでした。

節蔵は、その対話によって生活信条の基盤のようなものが出来上がっていくのを意識し、ついに洗礼を受けました。節蔵の祖先は、医者であって四国宇和島から因幡の国浦富に来たと聞いていて、いろいろ将来を展望し、先祖の血を受け継ぐことでもあるし医師を志すことにしました。

伯父に相談すると、「夜中でもたたき起こされるつまらない職業だ」と言下に否定されました。節蔵は迷いました。

伯父の家では、職業柄多くの人との交流がありました。外国の珍しい事柄、面白さを伝える通信や写真を見せられることがあり、それが話題によくのぼりました。節蔵は文明の進んだ国のそうした風物に興味が湧き、外国を見てまわるのも悪くない、それなら外務省に入るのがいい。しかしその方法が分かりませんでした。

たまたま伯父の書架の六法全書で、外交官並びに外務書記官試験規則があるのを見つけ、読んでみると、そのためにはさらに高等学校から大学へ進んで勉学に励む必要がありました。

教会の紹介を頼りに水戸から上京して下宿し、高等学校入試を目指す準備を始めました。

伯父夫婦をはじめ親類は、節蔵が上京して歓楽の誘惑のある環境へ入るのをおおいに心配しました。

当時有名だった斉藤秀三郎正則英語学校に節蔵は入学しました。電車もバスもない四、五十分もかかる道を毎日歩いて通学し、日曜にはフレンド教会の礼拝に欠かさず出席しました。

東京の第一高等学校は十数倍の競争率だった。第一志望に失敗した場合の第二志望は、一の次の二高に印しをした。

一九〇二（明治三十五）年七月初めに受験を終わって、故郷鳥取県浦富に帰った。毎日海水にしたしんで疲れを癒して結果をまちました。官報は村役場だけでしか見ることができなかった。見にいくと、一高に失敗二高に許可となっていた。二高は京都にあると思っていて、郷里に近いとよろこんだ。ところが九月初め、仙台市第二高等学校始業式の案内状がきて驚いた。二高が仙台にあるのを初めて知ったのでした。

仙台には知り合いがなく、探しあぐねてキリスト教会の友愛クラブの寮に入れてもらいました。学業に励みながら、ときには宣教師の東北地方の布教活動についてまわりました。日本語通訳を手伝い、代わって説教のようなこともした。かなり多数の英米人と交流することができて英語力を高めました。また一人の宣教師に一年間日本語を教え、代わりに英語を教えてもらい、こうしても英語力を高めた。日曜には欠かさず礼拝に出かけ、地方の布教活動を手伝ったのでした。

帰郷すると、地元の教会の宣教師とともに布教活動をおこないました。それに母久子も参加するようになり、ついに母も洗礼を受けました。

二高の英語教師は、駐日英国大使だったサー・エスラー・デニングの父、ウォーター・デニングだった。節蔵は、一学年のときにクラスヘッドとなり授業料免除の特典を受けた。その嬉しさを母にも伝えて喜んでもらいました。

二高では毎年、演説会がおこなわれた。校外からの参観者もあり超満員の盛況でした。節蔵は英語で演説した。二年のときには賞品として、ディッケンズ著『ディビッド・カッパーフィールド』の原書を貰った。三年のときには「日本精神の問題」について、やはり英語でおこないました。

日露戦争が二年生のときに始まって、ドイツ語の先生が出征した。代わって校内最高のドイツ語教師が出題するというので試験拒否運動が起きた。口実をもうけて試験拒否をするのは卑屈と、節蔵はその運動に加わらなかった。そのため「いやな奴」という評価が学年中にひろまった。それがしばらくして「気骨のある奴」に変わって、内心おかしくなったのでした。

節蔵がちょうど帰郷していた翌年の七月、浦富海岸にロシア海軍軍服姿の死体が漂着した。五月二十六、二十七日にあった日本海海戦のロシア軍の戦死者だった。村では佛式による葬儀をおこない墓碑を立てて葬った。「佛には敵も味方もない」と村の和尚は言い、村人を促して葬儀をおこなったのでした。人の魂が生まれた国の運命にしたがってただ分かれてしまった、その不運を慰める直観が仏教にはあるようでした。そういう文化が漁村の浦富には残っていたのでした。*1

一九〇五（明治三十八）年節蔵は、東京帝国大学（現・東大）法学部に入学しました。法学部には独法・仏法・英法科があり、別に政治科があった。外交官を目指すため政治科を選びました。

政治科では、憲法をはじめ民法・刑法・経済学・国際法の講義があって欠かさず聴講しました。しかしなかには受講するのはどうかという講義もあって、すぐとなりに文学部教室があり、英文学の講座があったので、時間のゆるすかぎり盗み聞きしました。これは役に立ちそうな感触がありました。

一年上級の武者小路公共が卒業前年に外交官試験に合格したと耳にしました。節蔵は、成功すれば上々、失敗したらべつの道を考えてもよいと受験することにし準備をすすめた。

一九〇八（明治四十一）年外交官試験に挑みました。

試験は四段階あった。外交にかんする問題を日本語で書き、これを英独仏いずれかの外国語に翻訳して提出する。これにパスしたものが第二段階の外交公文書の要綱記述ならびに外国語の試験、次いで第三段階では憲法、国際公法、国際司法、経済学の四科目と、財政学、外交史、民法、刑法などのうちの二科目、計六科目の筆記試験でした。第四段階は面接口述試験ののち体格検査でした。

受験者はおおよそ五百名だった。第二段階の試験に出てみると学生服は節蔵ただ一人で、いずれも背広姿の紳士ふうの人ばかりでした。第四段階までに百名ちかくに絞られていた。九月に始まった試験が約二か月つづき、十月末ごろ十二名採用された。節蔵は五位の及第で、びっくりし大喜びした。

同期で外交官試験に合格した者は、有田八郎（後に外務大臣）、岡部長景（後に文部大臣）、徳川家正（後に貴族院議長）、堀田正昭（後に駐伊大使）他一名があった。

合格したものは、すぐに外交官補または領事館補として海外各方面に配属されることになっていた。しかし、節蔵は、卒業だけはしておこうと任官を卒業まで延期してもらいました。[*2]

＊1　『岩美郡浦富町史』

＊2　『回顧録一外交官の生涯』澤田節蔵著（有斐閣）

＊日本の外交官制度（参考までに「ウィキペディア」の「外交官」より、数語削除）

外交官の種類は**慣習国際法**上一定の原則があり、日本もこれに則って外交官の名称を**外務省設置法**、**外務公務員法**（昭和27年法律第41号）及び「外務職員の公の名称に関する省令」（昭和27年外務省令第7号）により次の通り定めている。戦前は官名であったが現在は正式の官名あるいは職名ではない（正式の官名は**外務事務官**）。外国に赴任して大使、公使、総領事、参事官などになった者も、国内に戻ると大使、公使、総領事、参事官ではなくなるが、儀礼的にこれらの職名で呼ばれる場合がある。また、外交儀礼上、本来の職位よりも一段上の「公の名称」を名乗ることが許される場合がある。

特命全権大使（Ambassador Extraordinary and Plenipotentiary）

特命全権公使（Envoy Extraordinary and Minister Plenipotentiary）

在外公館の公使館の公館長。ただし一九六七年に日本の公使館はすべて大使館に昇格しているので、このような意味での特命全権公使は存在しない。現在は、各国の大使館で特命全権大使に次ぐ次席館員を単に「公使」（Minister）と呼び、そのうち外務省入省年次が一番上の数名に「特命全権公使」の名称を付与している。したがって、特命全権公使が置かれる国は、外務省内の人事にもよるし、しかも年々変わる。

参事官（Councilor / Councillor）

実際には空席の館も多い

領事館（Consul）

総領事（Consul-General）

領事（Consul）

副領事（Vice-Consul）

領事官補（Attaché）

主に領事事務に従事する職員。このうち「総領事」の名称を用いるのは在外公館の総領事館の在外公館長だけである。また「領事官補」の名称は、領事館などに配属された語学研修を行う若手外交官だけである。

書記官（Secretary）

一等／二等／三等書記官（First/Second/Third Secretary）

外交官補（Attaché）

主に外交事務に従事する職員。このうち「外交官補」は、大使館などに配属された語学研修を行う若手外交官のみが用いる。

共に歩く人（四）

就職が決まったので、結婚問題へと進みました。いろいろ縁談がありましたが、わざわざ訪ねてきた父信五と相談の結果、外交官の妻としてふさわしい人を探すことにし、同郷出身の遠縁にあたる国会議員菊田折造に嫁さがしを依頼しました。

菊田は、同じ政友会所属の山口県出身の山根に話し、山根は外務省の荻原守一通商局長に相談し、かつて駐イタリア公使だった大山綱介の娘美代子との見合いとなった。

双方が約束の夕、有楽座に観劇に行くというかたちの見合いでした。先方は本人のほかに両親も節蔵の首実検をするので心細く、そこで父信五にふたたび上京してもらい、親友で医学生の石原房雄にはそう遠くない席から品定めをしてもらうことにしました。

美代子は、節蔵の予想とちがって日本語も達者でしとやかな温かい娘に感じられた。これなら郷里の両親にもよく仕えてくれそうでした。長くローマに住み、ゆくゆくはカトリック信者になる希望を持っていました。節蔵はプロテスタント教派の教会に属していましたが、カトリック教との歴史的あつれきや教義のあれこれに無関心でした。一九〇九（明治四十二）年卒業するまで、まだ交通機関のない大山家までの片道二時間の道を歩いてしばしば訪ねました。人生のこのような季節は、そのような距離も苦痛にならないものです。

七月の卒業直後、節蔵は父の事業の北海道稚内の漁場をたずねました。小樽から百トン余りの汽船にのった。海が荒れて苦しかった。父が子のためとはいえ、毎年この苦しい旅をしていることを偲んで涙ぐみました。港から父の家までは三里（一二キロメートル）ほどの道でしたが鉄道はなく、さし向けられた馬にのった。父の家は、畑の中の掘っ立て小屋だった。またも涙ぐむのでした。

八月に外務省に入省すると、節蔵は、奉天（現・中国遼寧省瀋陽市）赴任を命じられました。

当時わが国は支那本土（中国）と満州（中国東北部）では領事裁判権を行使していた。国力そして文明が進んでいると自負する国が、劣っていると見下した国にたいする当時の国際慣行を踏襲していたのでした。節蔵は外務省に出ると、たびたび司法省および東京地方裁判所へ行き、裁判実務について聞き、法廷の傍聴にも行き、それに備えました。

節蔵が赴任していく奉天へ出発する東京駅では、大山の両親と美代子、それに十人ちかい友人が見送りました。大学同級生の徳川家正は、汽車にのりこんで品川まで同行してくれました。徳川は美代子との婚約を知って、ことのほか喜んでくれました。徳川は懇意にしている旧幕臣の家で、義父大山や美代子にも会ったことがあるとのことでした。

奉天は当時、満州といわれた支那東北三省（遼寧省・吉林省・黒竜江省）の首都でした。日本は明治三十八年に終った日露戦争の勝者として、それまでロシアが握っていたもろもろの権利を受けついでいた。旅順大連を租借し、旅順口から長春までの満州鉄道の経営、撫順および鞍山の炭鉱の処理などの権益があり、それを確保するため軍隊が駐在していた。

外務省では、奉天とハルピンに総領事館を、長春・吉林・鉄嶺に領事館を設置していた。総領事館での節蔵のおもな仕事は、撫順・本渓湖・鞍山の鉱区決定、奉天から朝鮮にいたる安奉鉄道の開設などの問題にとりくむ総領事の補佐でした。日本の経済進出にともなって多数の日本人とくに労働者がおおく来ていていざこざが絶えず、総領事館にあった留置場はいつも被疑者・犯罪人で満杯だった。

大学を出たばかりの節蔵にとって、この裁判権行使は重荷でした。さいわい領事館所属の警察署長が有能な人で、領事裁判の法廷では検事役でありながら、判事役の節蔵にいい介添え役を果たしてくれました。それでおおいに助かりました。

日本の要人には、満州を来訪するものがおおくあり、例外なく奉天にきて、その応接に節蔵は忙殺されました。満鉄総裁で後に外務大臣の内田康哉伯（伯爵位にあるものをこう呼称。以下、公・候・伯・子・男爵位にあったものをこのように表記）、枢密院議長伊藤博文公などがあった。これら要人の場合、東北三省の総督府や撫順鉱山などの案内役を節蔵はつとめました。

一九〇九（明治四十二）年秋に伊藤博文公の来訪があった。奉天には一両日であった。総領事・錫良総督・趙爾巽と長時間の懇談があった。総督主催の晩餐会は、東北三省要人の出席する盛大な宴会でした。節蔵もその末席に連なることができました。

伊藤公は、その翌日の夜行列車でハルピンに行き、そこで朝鮮独立を求める安重根の暗殺に遭った。遺骸は翌日夜、奉天駅を通過して東京に送られることになった。日支要人が多数駅にあつまり、沈黙のうちに見送った。支那の視察にきていた英国参謀総長キチナー将軍が節蔵たちの群れにくわわった。奉天はすでに寒さきびしく耳がちぎれそうに痛かった。

冬の奉天は、一、二分のうちに洗った髪が凍った。さいわい石炭が豊富で安く、節蔵にとって館内の生活は意外に楽でした。東北三省はまだまだ未開発でレクリエーションの施設は一つもないといってよく、狩猟にでかける同僚がいましたが、節蔵は学生時代からパスタイムを歩くことにしていました。休日には、旧奉天市をとりまく城壁の上を一人で歩きまわり、大空をあおいで想像した聴衆にむかい、日本の対支那工作論をぶった。この独演は、後に公衆の前でスピーチをするのによい稽古となって生きました。

　奉天勤務が八か月になったころ帰省命令が出た。二月末の出発だった。鴨緑江がまだ凍っていて、橇で渡江できそうな寒気のきびしい日をねらいました。

　小池総領事は、奉天総領事館警察署長ほか二、三の警務員を同行させていました。領事館の裁判法廷勤務で、おおよそ七、八十件の判決を節蔵は下しましたが、周囲から苦情を受けたことがなく、まずまずの処理だったと思っていました。しかし、道中は安奉鉄道の建設中で日、支、朝、の労働者が多数いて、中には領事裁判に不満の者があってどのような行動に出る者があるのか知れず、不安でした。

　平壌（現・ピョンヤン）で一泊、京城（現・ソウル）に二泊し、寺内正毅総督に面会して朝鮮統治の実情とその方針を聞かせてもらった。京城から釜山までは直通鉄道があった。釜山・下関間は海路十時間でした[*1]。

　帰国して浦富に立ちより話していく節蔵に、村人は弟廉三があとを追うように上京し、外交官を目指しているのを褒めそやしました。

　すでに、廉三は一高を卒業し東大に進んでいましたが、村の小学校にあったときには腕白の限りをつくして母を困らせていたのでした。

廉三は、腕白小僧たちの大将でした。気配りがよく人気を集めていて、群れの頭となっていたずらをするのでした。畑の中を戦争ごっこして走り回られたとか、布団状に薄く広げて干してある小魚をこぼされたとかで、大人たちから苦情がもちこまれました。母久子は、なにかにつけて兄節蔵を手本とするように諭しました。夫の留守中に家名を穢さないようにと懸命でした。

久子は女中に手伝わせ、馬乗りになり廉三にお灸をすえたこともありました。夫が帰ってくると廉三の躾けを願いました。信五は、ときには窓から廉三の両足をもって逆さ吊りにしたり、蔵に閉じこめたりしました。廉三は、それでいながら小学生のころから父の年賀状の表書きや帳面つけを手伝うほどの筆達者でした。*2

兄の後を追って鳥取中学に進学した廉三は、勉強に身を入れました。父がすすめたとおり宣教師について英語を勉強し、キリスト教会にも通って安心させました。いたずらっ子で母を悩ませたことを悔いたのか、土・日曜日には必ず帰宅して母への心遣いをしました。本家の虎蔵にはとくに可愛がられ、断りなしに蔵に入り、蔵書を勝手に読むことがゆるされ、入りびたりにもなりました。

中学三年生のとき首席の廉三は、虎蔵の蔵書から西欧文化の思想などの知識を吸収し、儒教にもとづく旧来のままに倫理の授業をする先生に嫌気がさし、同級生に語らって先生排斥の同盟休校の計画を立てた。しかし、首謀者として処分を受けて母を悲しませないように知恵をはたらかせ、百姓一揆の蛇の目（輪袈裟ともいう）連判状からヒントをえて、各クラスから交渉委員を二名ずつ出させ、六名がいっしょに表面に出ることにした。書状などを作って列記したばあい、順序として筆頭者が生じて、首謀者と目されるような形式や行動を避けたのでした。

委員たちは、倫理を説く先生の家に夕方押しかけた。先生は不在だったがすぐ帰るということで、奥さんが二階に招き入れました。

二階でお茶を出されていると、階下で赤ん坊の泣く声がした。奥さんは「ちょっと失礼」と階段を下りて行った。

委員たちは、先生の生活をかいま見て互いに顔を見合わせた。辞職の勧告をする残酷な行為をためらった。

先生が帰ってきてまた顔を見合わせた。委員の一人が蛮勇をふるい、学校を辞めてもらいたいと切り出した。それで他の委員が同調した。

先生は、「そんなに嫌われているなら辞めることを考えてもいいが、私の進退は校長にお任せしてある」と答えた。

あくる日、委員たちは三年生全員千代川河川敷に集まるように呼びかけ、校門には抜けがけの登校をしないように監視をつけた。それから委員たちはそろって登校し、校長と話し合った。

校長は穏便におさめようと、「希望は入れるが、すぐにというわけにはいかない」と答えた。

城下町では燎原の火のように噂が広がった。生徒に一揆のようなふるまいをさせるのは、学校に何かの不手際があったに違いないと非難した。それが生徒たちに味方するかたちで同盟休校が収まった。事後に聞き取り調査があった。各人の自由意志と判断されて処分はなかった。

明くる年、校長は特許庁の役人になり、倫理の教師はどこかの学校へ去った。

同盟休校は嫌な授業をまぬがれようとする反抗期の少年たちにとって、たまらなく魅力があります。廉三が卒業するまでに、ちょっとした流行となった。他学年の生徒や他校でも同盟休校が発生した。しかし、真似は真似にすぎず、首謀者はそれぞれ放校や退学などの処分を受けたのでした。

廉三は、上京して一高を受験し合格して、入学にともなう保証人を探しました。なかなか見つからず、県人会にいって相談しました。その結果、かつての校長でいまは特許庁の役職にある人にお願いせざるを得ない羽目になった。城下町を騒がせた事件を知っていた県人がわざとそうしたのかも知れなかった。

「君はいろいろ困らせたけど、しっかり勉学に励みなさい」

かつての校長はそう言って引き受けた。[*3]

そう愛憎を超え、相手の希望にこたえるのが、明治を生きた人の気骨と言われるものでありました。

＊1　『回顧録一外交官の生涯』澤田節蔵著（有斐閣）
＊2　聞き書き
＊3　『随感随筆』澤田廉三著（岩美町刊行会）

外交官の教室（五）

一九一〇（明治四十三）年ころの外務省は、大臣・次官の下に政務・通商の二局、官房諸課と電信・人事・会計・文書・翻訳などの課があり、政務・通商にはそれぞれ三課があった。親任官十名、高等官百六十名あまりであった。

食堂では、次官のテーブルに局長・課長がならび、もう一つのテーブルに書記官以下がならんで食事をしながら省務を語るなどするのでした。節蔵のような新入者にとっては一種の教室でした。

通商局では、明治の初めにむすんだ日本に割りの悪い通商諸条約を改訂することに主力をそそいでいた。一方で、直面していたのは支那（中国・当時清国）問題で、最重要課題として政務局が担当していた。

澤田節蔵は、同僚たちが望んでいた政務局第一課の勤務となった。在外公館から入ってくる公信や電報を整理・翻訳し、情報をまとめて上司に提出する仕事と、ほかに、大臣が議会その他の場で演説する局課長が作った原稿に、大臣が加筆訂正したものを浄書する仕事でした。

小村寿太郎外務大臣の原稿にきわめて長いものがあった。大臣は何度も訂正を重ね、幾度となくその浄書をおこなうので節蔵は暗記するほどでした。大臣が議会で演説するのを傍聴する機会があって聞いていると、大臣はその長い演説を原稿もなく、最後の改訂版を一言一句も間違いなくおこなった。これには節蔵は驚きました。[*1]

この小村大臣について、外務省では言い古された話がありました。小村はかつて陸奥宗光外務大臣に捨てられ、そして拾われた人である、と。

それはこういうことだった。対外国交渉をおこなう外務省では、どうしても外見の風采があがらない小柄な人を軽く見がちなところがあった。そういう内部風潮もあるところに、その人の能力を知るところもなかった陸奥大臣は、当時諸外国に租界をもうけられて政治の主権を蔑ろにされ、経済的にも弱っていた清国への省員の任命は、いわば捨て駒にひとしく見なしていた。そこへ小村寿太郎をあてる人事をおこなった。

人事異動のときには、送別の宴を開くのが外務省の恒例だった。その席上、陸奥大臣は清国へいく小村とはどのような人物でどのような働きをするつもりなのか、宴席の流れにのって質問した。ところが小村は、清国の綿糸産業の紡錘機台数から綿花栽培の貧弱な生産量、人口から予想される消費量の数字をあげ、潜在している膨大な消費量があるのに、これにたいしてわが国の綿糸産業が傍観しているとは、と批判し、将来みこまれる市場を開拓すれば、予想される経済効果はこれこれになるはずと数字をあげ、そうした見地に立って仕事をしたいと述べた。

その卓見というのか覚悟というのか、なみいる同僚たちは驚いた。大臣は無言だった。いったん発令した人事を取り消すわけにはいかなかった。しかし、呼び戻されるのに半年とかからなかった。[*2]

外務省には、若い省員を在欧各公館に派遣して、本省との意思疎通をはかると同時に、各国各地の見学をつうじて研修をさせる慣行があった。

一九一〇年春、澤田節蔵もそうすることになりました。シベリア経由でモスコー、ペテルブルグ、ベルリン、パリ、ロンドンの五大都市をめぐっていく一か月半の旅程でした。東京から新潟へ。新潟から船でウラジオストックに渡り、シベリア鉄道に。鉄道の乗客の日本人は節蔵一人でした。節蔵はロシア語が分からずモスコーまで十日間無言を強いられ、くる日もくる日もおなじ灌木がわびしく生えた荒野を見るだけでした。

この広大な国と日本国民は日露戦争をおこなった。民衆は野蛮なオロシヤふうにしか知らなかったために戦争の決意ができたのかも知れない。本当の国力を比較したのなら、節蔵が志している外交に頼るしかなかったのに、しかし国の存亡にかかわることと必死に戦った。幸運にもロシアに内紛が絶えず（革命前夜）助けられた。日清戦争に勝利した自信の支えがあったにしても、わが国はよくも無謀とも知らずに戦いおおせたものだ。しかし、その勝利があって世界は日本を列強の一つに数え、国民はさらに国の拡張政策を支持している。それは危うい自信ではないか。十一万人の兵士の犠牲を払った代償に、満州（現・中国東北部）にロシアが持っていた利権を受け継いで得たけれど、それには借款条項があって、いずれ返還か継続かで支那（当時・清国）と争われる性質のものだった（後に対華二十一か条の日本の要求となる）。民衆の感情は、もちろん継続を求めているのでした。

節蔵は、そのような問題にまだ責任を持ってあたる地位にはなかったけれど、とうぜんのことながら大きな課題として関心を抱いているのでした。

ペテルブルグ（革命後レニングラード）に着いて、大野大使、それにちょっと知り合っていた松島官補がいて、本省から託されていた任務を節蔵は果たした。その後、市内の名所、美術館などを案内してもらいました。

ロシアとドイツの国境ケーニヒスベルクにつくと高等学校時代におぼえたドイツ語表記があり、生きかえった気持になりました。第二の訪問地ベルリンは珍田捨巳大使（のち昭和天皇侍従長）でした。新入省ながら節蔵は手厚くもてなされて感激しました。

節蔵は、ベルリンからパリへ着くと、本省からの伝言をつたえ、栗野大使（日露戦争宣戦布告文を渡したときには駐ロシア公使・のちに枢密顧問官）の意見を拝聴したあと、部下の人の案内で市内見物をしました。大統領公邸、凱旋門、それにつづく公園、郊外のヴェルサイユ宮殿を駆けめぐった。フランスはドイツとおなじように先進国であると深い感銘を受けたのでした。

最後の訪問地ロンドンに渡った。節蔵は英語がつうじて、胸につかえていた呼吸がやっと外へでていく気がして落ち着きました。加藤高明大使（のち外相・首相）に本省からの命を伝えて任務を果たしました。バッキンガム宮殿、国会議事堂、ロンドンタワー、ウィンザー宮殿などを見物した。

大使館官補と夕食をともにする機会があって、英国事情を訊ねました。官補は、知り合いの英国人と会食したさい、「日本に鉄道はあるか」「日本にはお月さんは出るか」と質問されて驚いたと言った。日本が英国と同盟条約をむすんで八年も経過しているのに、政府関係者は日本事情を知っていたにしても、一般人はよく知らなくて未開の国とみなしていたのでした。

外交を推進するうえでも、関係各国に日本の事情を知らせるとともに、日本でも関係各国の事情を知るように官民あげての努力が必要と感じたのでした。英国は、ロシアがヨーロッパ方面へ勢力拡張しようとする圧力を東洋の日本に牽制させるために同盟を結んでいるところに目的があり、政治にかかわらない民衆に文化を紹介する必要がないのは当然のようでした。それぞれの国の民衆という大きな塊が、お互いに知り合わないままでいることは、決していい結果をもたらさないのではないか。事情が変れば不測の事態が起きるのではないか。そういう懸念を今後の課題として節蔵は抱いたのでした。

帰途はロンドンからペテルブルグへと渡りました。往路のシベリア鉄道十日間の無言の旅に懲りて、ペテルブルグで一日を過ごしたさい、松島官補に、「ここの停車場は何というのか」「食堂はどこにあるのか」「この金を取り換えてくれ」「ハルピン着は何時か」などのロシア語を仮名で書いてもらった。これは役に立って、一か月半ばかりの旅行が無事に終わりました。

帰国して報告し、おちつくと故郷浦富に帰った。親戚一同に集まってもらい、ともに喜びました。しかし、奉天勤務などの慌ただしさもあって、徴兵免除の手続きを忘れていたことを知らされ慌てました。

大学院に入ると兵役免除がありました。遅ればせでしたが各方面の理解をえて大学院に入学することができました。「世界連邦論」を研究題目にしましたが、まだ日本でこのような問題を研究している学者がすくなく、参考文献がなく、論文を書くのに苦労しました。しかしなんとか論文を書きおおせました。

一九一一（明治四十四）年三月、かつて駐イタリア公使だった大山剛介の長女美代子と日比谷神宮で結婚式をあげました。

登場する三人目の人がこの美代子です。日本のこの時代の法制度では、家長つまり男子をもって戸主というものを設定し、それに家族の婚姻許可などの権限をもたせるようになされていて、男尊女卑の文化がそのまま制度となっていました。記述としてのスポットライトの光は、この女性が浴びるのは淡くて目立たないけれど、男性が存分に社会で活動できるのはこうした支えがあってのことでした。

一九一二（大正元）年、節蔵は、七つの海にその勢力を伸ばしていた英国大使館に、外交官補として勤務を命じられた。英国大使館への勤務は、在外公館のうち最高と見なされていて、上下を問わずそこへの勤務を希望しているのでした。節蔵の歓びはひとしおでした。[*3]

その兄の後を追って上京した弟廉三は、一高を終えて東大（当時は東京帝国大学）に進んでいました。下宿など生活や進路に兄の地ならしがありました。兄に地ならしてもらうのは弟のとうぜんの権利です。なぜなら、たえず兄と比較され、ときには手本とするように諭され、場合によっては古着で弟は育てられます。

兄が外交官として職を得ていたこともあって廉三も進路をそう定めました。一高に入学した廉三の周囲は、全国から集まった秀才で埋めつくされていた。なかでも麻布中学からやってきた水野秀はその呼び声が高かった。

・

廉三は、一高、東大へとどういうわけかその水野といわゆるウマが合って、七年間つき合った。彼は五尺八寸（一七五センチメートル）あり色白の美男子だった。しかも剣術の達人であり学生大会で優勝した腕前だった。酒に強く、剣術に明け酒に暮れる生活に見えた。しかし、学業でも優秀だった。

大学を終わる年の初夏でした。彼は卒業試験準備のため鎌倉円覚寺の山内にある富陽庵の本堂の後ろの広間を借りたと言い、いっしょにこもって勉強しようではないか、と廉三を誘った。

昼も夜も気味のわるいほど静かな寺内でした。そこでの勉強であった。三度の食事は下山して北鎌倉の柳屋という宿屋まで下りた。夕方にひと風呂浴びると、水野は、食膳に熱燗を一本注文し、ちびりちびりと飲んだ。その美味そうに飲むようすは、勉強さえなければ心ゆくまでそうさせてやりたい風情がありました。夜も少し更けてアルコール気がまったく抜けると、彼は根気が衰えてくるらしく、すると彼は回廊の縁に立ち、木立越しに柳屋の方を見下ろし、口にラッパのように手をあてて叫んだ。

「おうい、柳屋ぁ、ビールもって、こうぃ」

試合できれいに一本取ったときの掛け声のような底力のある声が森の闇に吸われていった。やがて柳屋の女中さんが盆にビール二本とつまみものを提げて山を上ってくるのでした。

廉三は、彼の天衣無縫の性格が羨ましかった。キリスト教会で知り合った女性に廉三は好意を抱いていた。しかし、その囁きたい気持さえ口にすることができなかった。迷惑になっては、あるいは誤解されては、とひるんでしまい、思うように言葉にならなかった。学問の知識を述べることと女性へ愛を述べることとは、まったく別の世界の事柄で、どうにもならない越えがたい溝があるのではないかとさえ感じていました。

「そこまで来たものですから」とか、「用事のついでですけど、訪ねさせてもらいました」とその女性村岡花子（のち『赤毛のアン』の翻訳者としてデビュー）にそれくらいしか言えないのでした。

ほろ酔い気分になると水野はいつも言った。

「澤田、貴様は志望どおり外交官試験を受けろよ。外交官は金がかかるが、金は俺が実業家になって作ってやる」

水野は彼なりに卒業後の計画を立てていた。卒業すると支那へ渡っていった。

翌年、廉三は外交官試験に合格しました。フランス勤務を命じられて水野との音信が途絶えました。あわただしかった任地で、水野の悲しい報らせを聞いた。

肺病となって彼は東京に帰り、「この水野が肺病で死ぬとはなんたる恥か」、と天覧試合で優勝して得た刀を抜き、自殺したというのだった。*4

＊1　『回顧録一外交官の生涯』澤田節蔵著（有斐閣）
＊2　『外務省の百年』上・下（外務省百年史編纂委員会編）
＊3　『回顧録一外交官の生涯』澤田節蔵著（有斐閣）
＊4　『随感随筆』澤田廉三著（岩美町刊行会）

異郷の暮らし（六）

一九一二（明治四十五）年三月、節蔵は妻美代子とともに任地の英国ロンドンにおもむくため、日本郵船三島丸で横浜を出港した。美代子は妊娠六か月でした。汽車なら危険だが船なら大丈夫ということでした。

四十五日間のながい旅をおえてポーツマス港に入った。船から汽車に乗りかえてロンドン駅に着くと、かつての学友で今は外交官補として着任していた徳川家正が、節蔵にその夜の電信当番にあたっていると伝えました。「それはちょっと酷いよ」と言うと、徳川は具合よく手配に走ってくれました。

在外公館のあいだの連絡はおおくが電信でのやりとりだった。大部分が暗号で、発信にさいして暗号に組み、受信にあって平文に解読するのだった。それは外交官補の仕事でした。日本語の暗号をつかい始めていましたが、まだ英文や仏文の暗号がおおく、電信の発送・解読は時間のかかる機械的な仕事で、忍耐がいるので好まれない仕事でした。しかし、外交官の信条の機密保持の気風をうえつけるためと英文仏文の修練のために、若い外交官の仕事として無駄なものではないのでした。

イギリス人作家の邸宅の二室を借りて住みました。食事つきで月二十ポンド、給料は三十ポンドあまりで生活は窮屈でしたが、そこの家族と会話することで英語の修練とイデオムの獲得につとめました。学生時代から英語には自信があったのに、本場の英国では電話の内容によく理解できないことがあった。大使館の幣原喜重郎先輩（のち数度の外務大臣・首相）でさえ作文と発音の先生につかれている、自分もそうしなければと教師を紹介してもらいました。その女性教師は、アメリカ式の発音を忘れるようにとしつこく言いました。アメリカ人の宣教師との交流がそのような発音を身に着けさせたようでした。

美代子のお産が近づくと、大使館海軍武官付の軍医にイギリス人医師を紹介してもらいました。出産間近にはこの医師がイギリス人の助産婦を世話してくれました。助産婦は予定日の数日前から住みこんでくれました。近親者の一人もいない異境での出産に精一杯の対策でした。

平常どおり節蔵は出勤して夕方帰ると、そのつき添っていたイギリス人の助産婦の手に長男が抱かれていました。

着任の翌年に待望の三等書記官に節蔵は昇任し、本俸がふえ同時に家族扶養の加俸もあって、やっと家計にひと息つけました。長男英夫はすくすくと育ちました。

加藤高明大使（一九一四年は四度目の外務大臣、一九二四年総理大臣）は、節蔵が着任した翌一九一三（大正二）年に帰国して、外務大臣に就任することが決まりました。

その時点では慌ただしかったのですが、日本が中国（袁世凱政権）に提出しようとしていた対華二十一か条について、大使はエドワード・グレイ英国外相と会談して、十年後に迫っている満州権益の租借期限を延長することへのイギリスの理解を求めたのでした。グレイ外相は肯定的な返答をしたのでした。*1

大使の帰国にあたって、館員一同家族とともに夕食に招かれました。

食後の懇談のとき、イギリス人の気質をよく知ることの重要性から、サッカレーのヴァニティ・フェア（邦訳『虚栄の市』）を読むようにとのすすめがありました。この本は、節蔵が高校生のときと赴任の船中、いずれも読破を諦めて途中でなげ出したものでした。大使の話を聞いて奮起し、妻美代子とともに読むことにしました。

ところがどうしたことでしょう、今度は面白くてたまらず、夕食後の読書だけでは物足りなくなり、朝食後出勤まぎわまで二人で読み、十日間ほどで終えました。登場人物には、かつて借室住まいしていたときのマードック氏の双子の娘によく似た婦人が登場してその動作や話しぶりの共通に、美代子とともに興味を抱いたのでした。読了できたのはそのせいでもあったようでした。

大使館の筆頭三等書記官は広田弘毅でした。節蔵より二、三年前の赴任だった。互いに意気投合して懇意になりました。第二次世界大戦後、戦犯として処刑されるまで交誼を重ねることとなったのでした。

節蔵は、かつて日本でかよっていた教会と近しい関係にある教会をさがして日曜礼拝に出かけることにした。探しあてたのはわびしい教会でしたが、ここの関係から後に国務大臣となりノーベル賞を受けたノエル・ベーカーの父アレン・ベーカーの家族と知りあいました。彼の紹介で二、三の国会議員などとも交遊を持つきっかけができました。民衆というものの性質を肌に感じとろうと、なるべくおおくのイギリス人と知り合いになるようにつとめました。

この中に英国詩人と結婚し、長らく日本大使館に出入りしていた日本婦人レディ・アーノルド、その親友でユダヤ系のロード・スウェースリング夫妻、などがありました。ロード・スウェースリングは、有数の金持ち実業家で近親には国務大臣や国会議員があり、ロンドンの社交界で著名でした。このほか大学や報道関係の人とも知り合いとなった。

節蔵は、トラファルガー広場でおこなっている個人演説にも注意を払って、しばしば行って聞くようにつとめました。英国議会の演説を聞くことにもつとめ、出かけては聞き入った。議会の演説は翌朝の新聞で読むことができ、復習となって英語力をつけるのに有益でした。

美代子は、ここでかねての希望通りカトリック信者となって、日曜ミサに欠かさず行きました。アングリカン・チャーチが国教でしたが、もともとカトリック教国だっただけに、その教会は夫節蔵がゆく教会とは比べられないほど立派でした。

美代子がゆく教会の関係者には高級住宅街に暮らす人がおおく、招いて食事のもてなしをすると、その人たちはその手料理をことのほか喜びました。美代子はその人たちに望まれて日本料理の手ほどきをしました。そうしたことで家族ぐるみで懇意になり、夫の何かの支えになっていく感触がありました。第一次世界大戦が始まったときに生活が窮屈になると、その人たちが何くれとなく世話をしてくれたのでした。

ロンドンのジャパン・ソサエティは活発だった。日本大使が名誉会長で会長はイギリス陸軍退役将校のギルバート・マレーでした。

節蔵は、そこで演説するようたのまれました。断りつづけましたが、小池参事官に勇を鼓してやってごらんと言われて決心しました。演題を「日本の新聞」とした。新しくついた英語教師に原稿を訂正してもらい、発音も何度か直してもらった。会場では一時間近くしゃべり質問に答えました。

翌朝の主な新聞各紙が節蔵の講演の全文を掲載したので驚きました。いずれも好意的な論評でした。数か月後、ジャパン・ソサエティの幹部の一人が、神戸クロニクルという新聞を送ってくれました。この新聞はことごとに日本を悪口でたたく評判のものでした。節蔵の講演をやはり全文載せましたが、翌日の紙面で、大使館の職員がどうどうと英国人を欺瞞していると、日露戦争当時の例をひいての批判でした。見当ちがいの批判だったので、節蔵は黙殺しました。

英国は、七つの海を支配して、その国旗は日の昇るときから没するときまで掲げられていると言われていた。そのころ米国は、まだ英国をはじめ欧州諸国に約五十億ドルの借金を背負っていました。東洋では極東の島国日本をたすけ、日露戦争を日本の勝利にみちびいてロシアをおさえさせることに成功した自負が英国にはありました。そうした英国は、その後には英仏露三国協商条約を成立させてドイツに猜疑心をおこさせていたのでした。

いっぽう日英関係は、一九一一（明治四十四）年には同盟条約が改訂されて第二期に入り、ますます緊密度を高めていた。日本はりゅうりゅうと栄えていく英国を模倣してあとを追い、その基盤となっている海軍力を高めようと、大使館には多数の海軍武官が派遣されていました。他方ドイツも海軍拡張政策にもとづいて建艦競争にのり出していました。

そのころの英国の大きな問題は、アイルランドに関するものでした。英国政府はその紛争に長い年月手を焼いていて、議会ではアスクィス内閣が紛争を治めようとするアイルランド自治政策にたいし、野党の連合党は真正面から攻撃をくわえていた。一九一四年二月の議会では、アスクィス首相にたいし連合党党首ボナローが激しく論戦を挑んでいました。節蔵は、夕食を抜きにしてそのもようを傍聴して聞き入りました。

当時駐英ドイツ大使は、このアイルランド問題にとくに関心をはらい、一次世界大戦の勃発する一九一四（大正三）年にはアイルランド各地によく赴いていたという。そして騒乱誘発工作をおこない、かならず内乱は起こると見きわめて本国に報告し、それによって大戦開始時期が決定されたというのでした。

ところが開戦当日、ボナローは議会において挙国一致全力をあげてこの困難にあたるべし、と熱烈な演説をおこない、政敵アスクィス首相と握手し、危機を一挙に回避したのでした。

傍聴していた節蔵は、その議会政治の美点に感激しました。[*2]

＊1 『対華二十一か条とは何だったのか』奈良岡聰智著（名古屋大学出版会）
＊2 『回顧録一外交官の生涯』澤田節蔵著（有斐閣）

外交としての文章作法（七）

節蔵が赴任して一年あまり、ロンドン大使館の幣原参事官に、ベルギー公使昇任への転出命令が出ました。明治の外交で陸奥外相のあとに主役を演じたのは小村外相でしたが、それを陰でささえたのは外務省顧問の米国人デニソンといわれていました。デニソンは歴代外務大臣の絶対的信頼を得て、三十数年間も勤続しました。幣原参事官は本省で電信課長をつとめ、職務上デニソンと長く親しく交流のあった人でした。

ベルギー公使への転出はいちおう昇任でしたが、すぐれて能力のある人を欧州の雲ゆきが怪しくなっているとき、閑職ともいえる任地に行かせるのは適当な人事ではないと、転出を拒否されるよう、他の職員とともに節蔵は意見を述べたのでした。

「あなたたちと別れるにあたって、あの人のことに触れておきたいよ」

自他ともにデニソンのことをもっともよく知っていると認められていた幣原参事官は、機会をとらえて話しておきたい口ぶりでした。

デニソンから聞いて記憶に刻まれていた事柄は次のようなものでした。

「ナイル川の源流にはブルーナイルとホワイトナイルと言われる二流がある。一流には幾十万年以来の動物死骸の腐敗分解した成分が充満し、ほかの一流には植物枯死落葉腐敗の分解成分が充満している。二つの流れがカルツームで合流し、渦巻く激流で混合される。二種の成分は調合されて理想の肥料となり、毎年ナイル川が氾濫するのにともない、広大な土地に沈殿して肥沃にさせる。じつに世界の一大自然奇蹟といっていい。日本社会においてもこれに類似した一奇蹟がある。明治初期にいわゆる欧化主義が流行し、日比谷の鹿鳴館を根城にして社会的会合や夜会仮装舞踏会などにうき身をやつし、日本式社交方法は列国と対等に交渉するのには有害無益であるかのように考えられた。自分（デニソン）は、欧化主義が極端にはしり日本の伝統的文明、道徳的美点を抹殺すると政府の有力者のかたがたに制止してもらうよう進言した。そのうち明治二十年谷干城氏が欧米視察から帰って国粋保存主義を提唱された。この思想が排外性を加味してきて、日本の進歩革新性が停止するのではないかと今度は心配した。ところが明治二十七年八月清国に宣戦布告するや、国民一般は祖国が浮沈興廃の瀬戸ぎわに立ったと直感し、渾然融合一体となって邁進した。このように一旦国家存亡の岐路にたつと日本人は特有の愛国心により危機脱出の適切な道を見出している。自分はこれを信じて日本の幸福な未来を待望している」と。

それはそう語る幣原参事官の気持でもあるようでした。

デニソンは、言葉づかいについて、「日本人の書いた英語を直せと言われても私はとてもできない。しかし新たに書けと言われたならお引受けできる。イギリス人とかアメリカ人の身になって考えてでなければ、人に感動をあたえる文章は書けない」と言った。

幣原参事官は、デニソンとほとんど毎日宮城の外堀にそって三十分以上も話しながら散歩して勉強させてもらった。日露戦争の前、大臣の小村さんがデニソンを呼んで、ロシアはなんとしても満州から撤兵しない。事態が非常に面倒になってきた。ロシアと交渉をはじめようと思うが栗野駐ロ公使宛に訓電案を起草してくれと言われた。家に帰ってデニソンは考えたがどうしても書けない。一晩中考えて苦しんだが書けない。

翌朝小村さんの官舎へ行ってデニソンは正直に白状した。「実は小村大臣、あなたの本当の覚悟が私には分かりません。すなわち、あなたの最後の肚を聞かないと、どっちにもとれるような文案は私には書けません」。すると小村さんは「それは結局談判の経過によることだ」と答えた。デニソンはそれで「分かりました」と家に帰ってすぐ電報の案文を書いてさし出した。

それで私（幣原）は、「ちょっと待って下さい。そうすると小村さんの覚悟があるとないとによって、どう書き方が違うのですか」と聞いた。

デニソンは、「もし大臣に非常の覚悟があるのなら、電文はなるべく柔らかく書く。つまり日本はどこまでも平和のうちに妥協したいと誠意あるように書く。それに反して反対の場合、これはどうしても纏めなければならぬということであれば、少し強めの文章を書く。多少恫喝的な文句も使わなければならぬこともある。小村大臣は情勢をよく知っていて、こんな交渉をして譲歩をし誠意をしめしても、ロシア側では同様の誠意でこたえることはないだろう。結局交渉不調に終わると看破されておられた。だから交渉の経過によると言われた。大臣の肚はチャンと決まっているのだと私は見てとった。まああの電文を見てごらんなさい。私は非常に柔らかく書いたから」と。

私（幣原）はなるほど、そういうものかと電文を探し出して読んでみた。なかなか含蓄のあるふうに書いてあった。こちらロンドンに来て、英国の極東局長と話していたとき、「駐露日本公使に宛てた日露交渉の電訓文はだれが書いたか知らないが、日本の外務省にはえらい人がいる。ああはちょっと書けん。それで近ごろイギリスの外務省に入ってくる者に、これを一つの文章規範として読ませている。あれは大したものだ」と褒めていた。

つまりこの会話では、日本の暗号電文が解読されていることが外交官の間では常識となっているのが読みとれます。日露戦争の宣戦布告文をロシア皇帝に栗野大使は手渡す前日、観劇に招待されて出席した。すると皇帝はいつもなら形式的な挨拶しか返さないのに、にこやかに応じたという。栗野大使は怪訝に思いながらいたところ、フランス大使が近寄ってきて、「日本は、もうおしまいですね」とささやいたという。フランス大使館でも日本の暗号文解読をしていたのでした。[*1]

その日露交渉の電文は一つだけ小村さんが書いたが、そのほかは全部デニソンが書いた。あれが発表されるとヨーロッパの同情がいっきょに日本に集まった。日本の軍事公債に露仏同盟があるにも拘わらず、多額の応募者がパリにもあらわれた。

私（幣原）がアメリカに赴任するとき、デニソンも許可を得て一時帰国することになったので、引き出しの物を整理するのを手伝った。例の日露交渉の草案の綴りが出てきた。書き入れては浄書し、また浄書して書き入れている。多いのはじつに十数回にもなっていた。参考になると思って「くれないか」と言った。彼はしばらく考えていたが、前にあるストーブへパッと投げ込んだ。アッと叫んだが見る間に炎に包まれた。「気が狂ったんじゃあないか」と言うと「いや、これを君にやると必ずいつまでも保存して人に伝えるだろう。そうすると、デニソンは日露交渉に主要な役目をしていたと風説が立つ。この交渉がうまくいったのはまったく小村さんの功績だ。自分はその功績に参加する権利は少しもないのだ」と、そう彼は言った。彼の謙虚な人柄に頭が下がった。

外人顧問にはもう一人スティーブンスというのがいた。デニソンは彼に向かって、「スティーブンス、君は頼まれて書くとき、一ページ書くのに一度も辞書を見ない。これはいけない。僕は必ず三度か四度は引く。筆に任せて書くのはいかん」と言っていた。言語使用の奥深さを知っていての注意だった。[*2]

その人と深く交流があり、その奥深さを最もおおくすくい取ったはずのその幣原参事官が、ロンドンにきても先生について英語や国際法を勉強しているのだった。節蔵は、あらためて先輩にそれぞれ適任の英国人の先生を紹介してもらいました。

幣原参事官が赴任地へ出発する直前、デニソン死去の電信が入った。つづいてロンドン大使館で後任の人を探すようにと訓令がきた。一等書記官吉田伊三郎は法律にくわしく英国法曹界に知り合いがおおかった。人脈をたどってオックスフォードの国際法のフェローだったトマス・ベイティが浮かび上がった。幣原参事官が大使とともにベイティに会って人柄を見きわめ、本省に同氏を推挙した。

同氏は独身で、妹と姪を連れての着任ということになった。

トマス・ベイティは、日本に住み慣れるにしたがって大の日本贔屓になり、満州事変のさいには、熱意をもって日本側の主張文書を作成した。

第二次世界大戦が始まると、祖国イギリスは日本の敵となったが帰国せず、外務省も同氏を信用していた。しかし仕事を依頼することはなかった。陸軍はスパイをかかえ込んでいると言いがかりをつけた。外務省はそれに屈せず在留を尊重した。

彼は、戦後帰国を思い立ったらしいが、イギリス側では戦時中敵国をたすけた国事犯という態度で帰国をみとめなかった。そのうち妹は死去、姪はインドではたらくイギリス人技師と結婚して日本を去り、寂しい晩年を過ごし八十余歳で日本の土となった。

彼は日本女性を高く評価して日本の婦人服を作り、時おり彼の宅でもよおされる会合で主人ながら日本女性の姿であらわれたりした。

他界する二年くらい前に、節蔵は講演を依頼しました。そのときも婦人服であらわれ、天照大神の話を力強く話しつづけて、日本の偉大性の根源は日本女性にありとして集会者を驚かせました。ラフカディオ・ハーンについてもよく知っていて、ハーン以上に自分は日本人女性を高く評価していると言いました。

後に、米国でもハーンを通じた日本文化への高い関心と評価をもつ人に会い、小説のもつ少なからぬ影響力を節蔵は知ったのでした。[*3]

＊1　ウィキペディアの「栗野慎一郎」
＊2　『外交五十年』幣原喜重郎著（読売新聞社）

＊3　『回顧録―外交官の生涯』澤田節蔵著（有斐閣）

漁夫の利（八）

一九一四（大正三）年はじめ、日本政府は、欧州ではじまった第一次世界大戦に厳正中立を宣言した。

その三日あと、英国外務大臣が日英同盟をむすんでいる友好的な関係を踏まえて、極東にあるドイツ勢力の除去を希望する、と申し入れしてきた。大使館ではただちに本省に打電した。

その一両日後、英国外務大臣が緊急極秘の公文で、先日の日本参戦の申し入れをさし抑えてほしいといってきた。大使館ではその変転ぶりに驚き、さっそく本省に打電した。

翌々日に本省から返電がきて、政府では緊急閣議のほか枢密院会議（のち重臣会議、敗戦後に廃止）も開き、英国の要望を受け入れ、参戦を決定した。陸海軍には動員令が発せられ、後退はできない、と。

明治政府となって戦争に負け知らずの民衆は、好戦的精神がはぐくまれていたようだった。参戦希望のあった本国では、英国の申し入れを、待ってました、とばかりに喜んだらしかった。

訓電のとおり英国政府に回答すると、英国政府は、はじめにみずから希望したことでもありいまさら断れず、戦地を膠州湾などに限定することを要請し、日本の参戦をしぶしぶ認めました。日本が参戦しドイツ勢力の排除に成功した場合、戦後処理に日本からぼう大な要求が出る、要望はとり消すべき、と北京駐在英国公使が強硬な意見をつたえ、態度が急変したとあとで分りました。

国際法では、参戦が決定したならまず相手国に最後通牒を発送し、相手国がうけとり後四十八時間以内に受諾しなければ自由行動をとる、と宣言した上で戦闘行為に入ることになっていた。日本政府は八月十五日付で東京駐在のドイツ大使に本国政府への最後通牒伝達を申しいれ、ロンドンのわが大使館にこの最後通牒を打電し、ベルリン大使館へ転電する訓令となった。英独開戦によってベルリン大使館との連絡が途切れていました。ロンドンからベルリンへの電報が途中で握りつぶされドイツ政府にとどかぬ危険もあった。パリ、ローマ、ストックホルム、ウィーン経由の転電を試みました。期限の余裕が持たせてあったのに、達した気配がなかった。

ハンブルク駐在の日本総領事は、そういう動きとは異なっていて、英国を棄ててドイツとの提携をすすめる意見で、そうした電報を本省に送っていた。電信が混乱してリークし、それがロンドンの日本大使館にとどく始末でした。

この混乱した形勢を察知したウィーン駐在の佐藤愛麿大使（佐藤尚武大使の岳父）は、

日本の対独参戦を早急にドイツに知らせなければと考え、ベルリンの船越代理大使に宛て、「お前の褌は長さ何万何千何百尺、値段は何万何千何百円何十何銭」と数字だらけの電文をおくった。受けたベルリンの電信係は、時もあろうにこんなふざけた電報をと屑籠に捨てた。

その日の昼食に館員が集まったとき、この話が愚痴のようにこぼれ出た。するとある館員が、佐藤大使はそんなふざけたことをなさる人ではない、と強く言った。電文を屑籠からひろいあげて、数字を暗号解読した。「日独開戦切迫せり。諸般の準備整えられたし」となった。

ドイツへの最後通牒は、日本支那近海からのドイツ軍艦の退去、膠州湾租借地の日本への引き渡しを要求したものでした。とうていドイツが受け入れられるものでなく、二十三日英国につづいて対ドイツ戦争を開始。

戦争開始にともない、ベルリン大使館員ほか在留邦人が総引き上げとなり、船越代理大使をはじめ人びとが大挙してロンドンにやってきた。

ロンドンの館員は総動員で迎え入れにあたった。多くの人はロンドンから日本に帰りましたが、少数の人はとどまった。その中に島峰徹医学博士とオペラ歌手の三浦環夫妻がいました。島峰博士は現在の医科歯科大学の前身である学校を作った人です。三浦環はオペラ歌手の才能がありながらロンドンでは収入のない生活を余儀なくされたのでした。

英国詩人アーノルドの未亡人の日本婦人レディ・アーノルドは、ロンドンの社交界におおくの知り合いがあって、彼女に三浦環の歌う場をさがしてほしいと節蔵は頼みました。彼女は英国婦人たちが毎週お茶と音楽の会を開いている私的クラブのようなところへ環を紹介しました。一回一ポンドの謝礼でした。

環の評判は良く、オファーがしだいに広がっていきました。レディ・チャーチルやサー・ヘンリ・ウッドも招くことがあって、歌う機会がふえました。

環は、ついにロンドンでも著名な大集会場であるアルバート・ホールで国王夫妻臨席のもとに催される慈善音楽会に招待されて歌いました。

このとき、美代子は、「さくらさくら」など日本の民謡を歌う環のピアノ伴奏をしました。舞台に上がるのは美代子にとって初めてのことでした。緊張と興奮で押しつぶされそうになるのをささえたのは、経験と自信にみちた三浦環の舞台態度とそれとなく気配りしてくれたおかげでした。

環がマンチェスターの夜の音楽会に出演したときには、美代子は自分のイヴニング・ドレスを手直しして貸しました。

三浦環は、ロンドンにきて二年目に、キングスウェイのロンドンオペラハウスで「マダム・バタフライ」の主演をすることになりました。初めての主役であり、イタリア語で歌うことになって、かつて両親とともに七年間ローマに住んでいた美代子は、イタリア語の感情のこもった発音や抑揚を伝えることができ、名の売れ始めた環に教えました。初演までの二か月間ほとんど毎晩来てもらっての勉強と交際でした。夫節蔵はいささか迷惑ふうの煙たい顔でした。しかし、その熱心さと歌声の素晴らしさには感心したのでした。

初演は予想以上の成功でした。環は歌手としての名声をかちとりその地位を確立しました。その評価は北米にも伝わって、一次大戦終了の前年に渡米して、ニューヨーク、シカゴなどで公演し、ついにニューヨークのメトロポリタンオペラに出演するまでになったのでした。

ロンドンには、留学している者や商社、新聞社の特派員などがいて、若手十名ばかりが隔週土曜日の午後、節蔵のアパートに集まり、お茶を飲みながら、日ごろ研究している問題について順次発表をおこなうことにしました。島峰、三浦夫妻ほか、ドイツからの引揚者をふくめて相当数にふくれあがり、「澤田会」と名づけて、節蔵が帰国するまでの数年つづいたのでした。

美代子は、議論に花が咲いて時間になると、握り飯と漬物の食事を提供しました。それに力を得たらしく、夜遅くまでの議論となるのでした。

一九一四（大正三）年三月、節蔵に、北海道稚内で事業を拡張していきつつあった父信五が永眠したと知らせが届きました。享年五十二。

同地の校長が肺結核で倒れて誰も近づこうとしないのを見て、生来世話好きな信五が見かねて近づき感染したのでした。いつもの年より早めに帰郷して療養していたと聞いていました。遠く離れた地にいてはどのようにしようもなかった。幼い義憤からであったとはいえ、父に苦言を述べたことが節蔵には悔やまれました。許しを請う機会のないままの永遠の別れとなりました。冥福をいのって涙の一夜を明かしました。

外交官試験準備中の弟の廉三が帰郷して喪主となり、本家の虎蔵の世話になって、母、兄弟姉妹、多くの人の参列があって、愛してやまなかった浦富海岸に父は抱かれるようにして葬儀がおこなわれたということでした。

大戦の終了前の一九一七年、日本赤十字社からイギリス、フランス、ロシアに医療救護団が派遣されてきました。イギリスには日赤の本院からの一四、五名でした。節蔵は関係者との連絡・折衝の役割をつとめました。この奉仕作業はイギリス側に高く評価され、日本赤十字社からは節蔵にたいして銀色功労章が、看護婦団最年長であった山本監督は、後にわが国最初のナイチンゲール章を受けました。

これをきっかけに、日英相互理解を促進する構想に節蔵はくわわりました。話がすすめられ、日本の英語教育の刷新と英国大学における日本語教育が開始されることになりました。

そのころイギリスでは、ベーデンパウエル卿の創設したボーイスカウト運動がさかんに展開されていました。戦時の社会事情の調査にきた二荒芳徳伯と後藤文夫に、調査事項にするように節蔵はすすめました。このことがのちの昭和天皇が渡欧のさいのボーイスカウトの引見、二荒の日本ボーイスカウト創設の出発となったのでした。

ある日、珍田大使が外務大臣バルフォア卿（この人の外交は巧妙をきわめ、第二次世界大戦にさいしてはイスラエルほか中東諸国に異なる約束をして、ある意味四枚舌の外交をおこない、現在の紛争の火種をのこした人）[*1]から呼ばれた。機密な話としての要請でした。

Ｍｒ．Ａという男をつかってドイツ側内情を探査させてきたが、この男はドイツ側でもスパイとしてつかってイギリスの内情を探査し二重スパイをしていた。イギリスではそれを知っていたが、差し引きイギリス側に有利の役割を演じてくれるものと信じ利用していた。欧州方面の役割が終わったので極東方面でドイツ策動探索のために派遣し、その根拠地を日本におきたい。了承が得られれば同人をシベリア経由で日本に送る。携帯する機密物・書類などは相当の分量になるので前もって日本に送りたい。最高機密事項であるから東京の英国大使館にも一切知らせていない。ロンドンの日本大使館外交行嚢（外交特権の一つ。開封禁止かつその装置がしてある）で日本の外務省に送り、外務省から直接本人に渡すようはかってほしい、と。

館員一同緊張した。本省への稟請電報を参事官が起草した。数日たつと日本政府がイギリス側の申し入れを了承した。

何日か後、イギリス外務省からかなりの分量の書類などがとどけられた。節蔵たち館員が外交行嚢に詰めこむ作業をしていたところ、珍田大使がバルフォア卿に、至急に、と呼ばれた。大使が行くと、前夜、グリーン駐日大使が、あるイギリス人が極東におけるドイツの策動探査を開始すると新聞に出ている、その真偽を知らせてもらいたい、と電信がきた。どうした訳か、と。

日本側のどこかで最高機密が漏れたのだった。

珍田大使は帰館するとそうそうに書類などを英国外務省に返還し、次いで本省には、英国の信頼を裏切った責任をとって辞任すると伝え、本国召還の手続きをとる事態となった。英国外務省には合わす顔もなかった。バルフォア卿はきわめて丁重な物腰だったが、周囲には日本は当てにならない国だと憤慨する空気があったと珍田大使は漏らした。

その後は、そう評価して警戒する沈黙を向けられて英国外務省と折衝することになった。後に枢密院外交委員会の一人から漏れていたことが分かった。貴族院よりも天皇に近くて、諮詢機関の二十五人前後で構成された重臣と見なされる人物から漏れたことは重大だった。しかし、それ以上の追求を妨げる身分制度の壁があった。[*2]

ロンドン勤務から約十年後、節蔵たちはニューヨークに赴任しました。

すでに、三浦環は歌手としての地位がアメリカでは揺るがないものとなっていて、意気ようようとしての来訪がありました。

＊1　『オリエンタリズム』エドワード・サイード著（中公新書）
＊2　『回顧録―外交官の生涯』澤田節蔵著（有斐閣）

運命の予知感覚（九）

欧州大陸での戦線は一進一退の膠着状態となっていた。海上では英国海軍は、一九一四年にフォークランド海戦でドイツに甚大な損害を与えたが、一年半後のジュットランド海戦では大きな打撃を受けていた。

日本艦隊は、太平洋のドイツ海軍根拠地であった南洋諸島を一九一四年の開戦直後数か月で占領し、東洋にあるドイツ軍艦を追撃して排除し、英領から欧州戦線へむかう兵員輸送を援護し、インド洋ではドイツ仮装巡洋艦を撃破した。そして巡洋艦以下駆逐艦十二隻は地中海に出動して、ドイツ潜水艦を攻撃すること数十回で、少なからず貢献していた。

英国陸軍はドイツの軍事設備の探査から豊富な情報を手に入れていて、青島およびその付近のドイツ防備施設の図面や説明書を日本のロンドン大使館付陸軍武官にとどけてきた。本国への伝達に苦労しましたが、無事わが陸軍にとどけられたため、青島攻撃は敵の施設を知りぬいた上での百発百中の大成功となった。

英国国内は戦時中にもかかわらず平静をたもっており、海軍大臣ウィストン・チャーチルは、国民を激励するラジオ演説の中で、普段のようにビジネスを、と呼びかけていました。これをもじって、報道機関は普段のように楽しんで、と言い出したほどでした。

節蔵は外務省に入省以来政務関係のみに携わってきて、通商事務には馴染みがなく、ロンドンでもそうでした。しかし戦争がすすんでイギリスの資源が欠乏し、海外から軍需品や日常品を輸入するようになると、通商について総領事館だけでは間に合わなくて、大使館でもそれに関する事務が英国政府とのあいだに激増していました。そんな事務を手伝っていたある日、大山家と親交のあったある日本人の姉妹の、どちらかの英国人の主人から手紙がきました。ときどきその人とは節蔵も会った記憶があった。

内容は、武器輸送の商売をおこなっているらしく、節蔵が大使館で扱っている品目の明細を知らせてくれたら、二万ポンドの謝礼を出すということでした。節蔵の給料は月五十ポンドくらいだった。スパイ行為の誘いでした。手紙をさっそく珍田大使と吉田書記官に見てもらい、申出はもちろん、交友関係も断ちました。

節蔵の後期のおもだった仕事には、英語公文の起草や政情報告のほか、プロトコール関係の用務がありました。

英国社交界の不文律はやかましく、とくに宴会の席次は重要でした。一つでも誤ったなら、催される宴会が無残な結果になってしまうのでした。位階勲等の制度が確立されていて、宮中ではカンタベリー大僧正が第一の席を占め、総理大臣や他の大臣公侯伯の貴族がそれに次ぐ席順でした。著名人の席順はかんたんに分かるのですが、学者や実業家その他多数の順位は分かりませんでした。大使館の公式宴会の場合には、バークス・ピアレージという貴紳録を調べ、それでも分からないときは宮中の式武官に教えてもらいにいって、席順を決定するのでした。

英国宮廷では、推挙された新人を国王が外交団とともに引見する行事がありました。夜にはコートといって両陛下そろってこれらの人々を引見される。それが年に四、五回おこなわれた。ことに夜のコートは、社交界入りを希望する適齢の娘たちが両親にともなわれて出席する華やかな行事でした。レヴュおよびコートで陛下に謁見した人々は、バークス・ピアレージに順位をつけて記入された。それでこの書物は毎年改定されるのでした。

この書物を検索するのもなかなかの仕事でした。この儀典の仕事はやっているときは嫌なものでしたが、のちに皇太子（昭和天皇）の渡欧の供や駐伯（ブラジル）大使をつとめたとき、宴会その他の催しに役立ったのでした。

戦争の惨禍が大きくなるにつれ英国では、平和運動団体の活動もさかんになりました。節蔵は学生時代から絶対平和を信仰とする教会に入っていて関心を寄せていました。そういうことで知り合った下院議員サー・ジョゼフ・ウィレスリ夫妻に連れられてよく行った会がありました。外国人としてただ一人の正式加入を勧められ、加入はしませんでしたが毎回招待を受けて出席していました。

英国は島国で日常生活品も輸入に依存していました。一九一七年になると、ドイツ潜水艦に撃沈される英国船舶が激増し、秋には八百万トンに上った。いっぽうドイツ潜水艦は五十隻沈められていた。船が国の運命を左右する形勢となった。

一九一七（大正六）年七月、節蔵は買い物にいく妻と別れて間もなくでした。空襲警報のサイレンが鳴った。節蔵は引き返しましたが妻は帰っていなかった。しかし探すことがどうしてもできない。そのうち敵機が上空にあらわれ激しい空中戦がおこなわれた。つんざく爆音が耳を覆う。しかし、ドイツからやってきた飛行機は、燃料の都合からか三十分くらいですんだ。美代子は地下鉄へおりて避難して、無事だったのでした。

一九一八年大戦の疲れが両国にみえたころ、節蔵には帰国命令がきました。英国プロセロ農商務大臣が送別午餐会を開いてくれました。三十名ばかりが食卓について、運ばれてきたものはジャガイモ、ベーコン、パンとアップルパイでした。大臣の食卓でさえこれだけのことしかできなかった。一般市民の生活は、いかに切迫していたかを示していました。

外務省の旅費規程では、日英間の往復は地中海インド洋経由の船便と定まっていた。ところがそのころドイツ潜水艦が地中海でもっとも暴れまわっていて、英国海軍は日本の駆逐艦の応援があって奮戦はしていましたが船舶の損失が多く、ついに一般商船の地中海航行は全面禁止としていた。アフリカ南端の喜望峰を回るか、大西洋横断の船に乗り米国経由か、その二つのルートしかなかった。

六歳の長男英夫と生まれて一年もたたない次男信夫を連れて日本へ帰るのに、いずれのルートを選ぶか節蔵は迷いました。日英同盟の関係で大使館ではドイツ潜水艦の出没のようすがよく分かっていました。一時は被害の大きかった大西洋航路は、一九一八年二月ころからほとんど安全となったようだった。英国の日常物資の輸入路であったほか、欧州戦線へ米兵をおくる航路であり、英国が全力で安全を図ったためのようだった。このルートは、旅費規程の三分の二くらいの割増しとなったが、こちらを選び自腹を切る覚悟でした。ところが森財務官の話では、七、八月は米国のもっとも暑い季節で、冷房のない五日間の大陸横断汽車旅行は苦しいもので、赤ン坊の死亡した例があるというのでした。一転して、喜望峰回りを選びました。

大使館付海軍武官に飯田少将がいて、住居が近いので一緒に歩いて帰宅することがしばしばでした。帰朝命令を受けて、幼児二人を連れて帰国することに同情してくれて、ルートを訊ねられた。喜望峰回りと答えた。すると、「フーン」と言ったきり、腑に落ちない沈黙が返った。

帰宅後も気になった。翌朝改めて訪問して真意をたずねました。

飯田少将は、「ご承知のとおりこの春以来大西洋での潜水艦被害は一つもない。しかし喜望峰回りはアゾーレス島方面が危ない。大西洋の方が比較にならぬほど安全のようです。米国横断中の危険については、それはそれで対策を考えては」と真心の伝わる意見でした。

節蔵はこれに従うことにしました。大使に申告しなおして本省に旅程変更を稟請してもらいました。

出発にあたって、藤田海軍武官から依頼があった。日英同盟があっても底の底には別の事情がありました。かねて海軍は、英国から知らされない潜水艦のデザインを入手したいと思っていた。いろいろ手をつくした結果、その設計図が節蔵の帰国直前に手に入った。一刻も早く本国へとどけたい。外交官特権を持つ節蔵にお願いしたいというのだった。設計図くらいなら、いざという時には腹に巻きつければいいと軽い気持で引きうけた。ところが、とどけられたものは大きなスーツケースに詰め込まれたものだった。

内外多数の先輩や友人に見送られて八月初めにロンドンを出発し、リヴァプールで、キューナードライン・ラプランド号に乗船した。北米行き船隊七隻のうちの一隻だった。船隊の一列目と二列目に客船は三隻、三列目に一隻で、その前後に一隻ずつ両側に各三隻の駆逐艦が護衛した。空からは飛行船が見守った。最大の三万五千トンのジャシチニア号が真ん中、二万トン級のラプランド号は一列目の右側、乗客が五、六十名、婦人は少数、子どもは節蔵夫婦の子二人だけでした。

出航後、船客一同デッキに集められた。船長と事務長の訓示があった。大西洋横断中ドイツ潜水艦におそわれ航路に狂いが生じるかもしれない。全船に大砲が備えつけられて、潜水艦に遭遇した場合には発砲する。危険をまぬがれても演習のため発砲することがある。

デッキ上のボートには番号がつけて船客に割りあててあるから、各自自分のボートを確かめておき、戦闘が開始されたならそのボートのかたわらに立ち、乗り込む態勢を整えること。船室の窓は昼間でも閉め、一切の光線が外に漏れないようにすること、など細かく注意を受けた。

雲のないいい天気、駆逐艦とともに十五隻の船隊は、威風ほこらしく航海をつづけた。ある日の昼食後、節蔵はデッキのソファに横になって静かな海を眺めていた。砲声が聞こえて変だなと起き上がった。ついで砲声が止みまなく聞こえ、ようやく本物の潜水艦攻撃と気づいた。いそいで船室にかえり美代子とともに救命袋を身に着け、デッキ上に子どもをつれてボートの横に駆けつけた。船団の隊形がまったく崩れていて、駆逐艦や各船の大砲が水中の標的目がけて砲撃をくり返した。最後のときがせまったと思った。

その瞬間、海軍武官から預かったスーツケースを思い出した。他国の例でしたが、犠牲になった艦は沈んでもスーツケースは浮いていて回収され、二国間の大きな政治問題になったことを知っていました。その例のように万一のことがあれば、日英関係がたちまち崩壊する。スーツケースは自分とともに沈まねばならない。全速力で船室に駆けもどりスーツケースを持って再びボートの横にたどり着いた。

見ると乗船ラプランド号は船列を離れ、全速力で独走を始めていた。他の船も思い思いの方向に走っていた。ジャシチニア号が停止し、やがて水柱を立てて沈没した。

それから数日して、再びアナウンスがあった。ボートのかたわらにきて間もなく、遠くに大きな黒煙のあがるのが見えた。またも一隻沈没したのだった。

ニューヨークに着いたのは七隻のうち四隻でした。

同じころ喜望峰回りをえらんだ副総領事が、ドイツ潜水艦に沈められた船とともに悲惨な運命となった、と節蔵は帰国して聞きました。幸運であったとふりかえったのでした。[*1]

＊1 『回顧録一外交官の生涯』澤田節蔵著（有斐閣）

出る杭は（十）

一九一八（大正七）年九月帰国した澤田節蔵は、電信課長に任命された。枢要な部署でありエリートコースと見なされていた役職でした。

就任して間もなく、欧州戦争の休戦を匂わせる外電が入るようになった。休戦が実現するとなると電信課は例のない忙しさに陥ることが予想され、節蔵は課員増加問題を持ち出しました。十人程度だったものを二十人、三十人と増やしてもらい、同年十一月十一日に休戦協定が結ばれるまでに五十人くらいになり、これを三班に分けて三交代で昼夜兼行の執務にしました。課長の節蔵は、日曜休日もなく朝八時から夜八時九時まで仕事となりました。

日本の国内は戦争需要の好景気に湧いていた。

翌年、ヴェルサイユ平和会議が始まると受信電報をその日のうちに処理できないことがよくあった。後藤（新平）大臣が各国大公使と会見する場合、フランス語は人事課長佐分利貞男（のち怪死）、英語は節蔵がおこないました。仕事はそのほかに大臣から外国人宛の文書の作成、在外公館から大臣宛の外国文電報の翻訳などがあって、多忙だった。

休戦協定ができて、英米仏などで世界平和機構の問題がとり上げられるようになると、名称がいろいろ用いられて日本語訳が確定しませんでした。政務局第二課長武者小路公共に「国際連盟」と翻訳することにしては、と提案すると賛成され、以後日本語訳として公用語になりました。

一九一九年には、ヴェルサイユ平和会議開催となりました。

一九一六年からフランス大使館勤務となっている弟廉三は、多忙を極めているようでした。筆まめな彼から、月に二度くらいの私信があったのに三か月に一度くらいに減りました。節蔵から、短い返信しか出せなかったせいもあったけれど。

平和会議とともに国際連盟樹立の条文が作成され、正式に連盟が発足することになった。主要国では、私設団体として国際連盟協会を設置し、連盟の育成強化をそれぞれ後援することになった。学生時代からこうした運動に節蔵は関心があって、許可をえて積極的に動くことにしました。しかし、そうした機構を設置しようとしても、関心のない日本では、組織をつくる資金を集める組織の、その組織をつくる手はじめからの課題がありました。

資金集めの組織の有力な会長をさがすことからの出発でした。興業銀行総裁添田寿一に頼み、財界の大御所渋沢栄一（道徳経済合一をとなえ日本資本主義の父といわれる人）を会長に、そして添田の発案で、その上に総裁をと、貴族院議長の徳川家達公に、とその意義を説明して承諾を願いました。家達公の長男は節蔵の東大時代に同級生だった家正で、その縁から口添えしてもらって承諾を得ました。

学識者として、阪谷芳郎、東大文学部長姉崎正治、そのほか添田、山川、杉村などの尽力で知名人の参加を得ました。そのようにしてようやく、日本の組織の発足ができたのでした。

節蔵が帰ったころの外務省の機構は、入省したころとほとんど変わらなく、政務局と官房局の二局があるだけで、高等官（勅任官・奏任官）は在外の百数十名を入れて二百三十名あまり、判任官は内外六百名に満たないのでした。

ところが日本は第一次大戦で戦勝国の一員となって、ヴェルサイユ条約で誕生した国際連盟の五常任理事国の一つとなり、世界的地位の向上とともに担当業務も激増しました。いままでどおりの貧弱な機構では事務処理が困難でした。その上、職員の訓練が不十分であるとともに人員不足と重なって、十分に仕事が消化できませんでした。

外務省の試験に合格した者は、外交官補か領事館補として在外公館に配属され、電信事務を担当させられます。この仕事はすでに述べたように、国家機密保持の精神を叩きこむためにも若い外交官には重要なものでしたが、実質的には機械的作業でした。したがって往復電信の多い公館にあって、この仕事を二年も三年もすることは、任国事情の研究と外交官の武器ともいえる外国語の勉強がおろそかとなります。パリ平和会議の省員の発電に、十分に検討をくわえていないと疑われるものがあって、この点について、政務一課長小村欣一、通商一課長川島信太郎も同感でした。これに、身分制度の弊害として生じる、能力が無くても全権大使とか交渉団代表になるとかがあって、国際会議に出席しても発言できないケースがおおくありました。随員中の能力のあるものがもどかしく感じても、地位身分を越えての発言はできなくて、日本代表団が不気味なサイレント集団と見なされた主な原因となっていた。しかしその問題が取り上げられなくても、直面する内部の課題については改革が必要でした。

同志が集まり、二十余項目からなる革新要綱を作成しました。「門戸を開放して官民各方面から人材を求めること」「一般社会の外交知識啓発に努めること」「省員の養成に配慮し、組織的な語学研究と任国研究の機会を与えること」「適材を適所に配置するよう留意すること」「在外俸の増加を含む給与の適正化」「調査局の新設」

「電信事務専任者の設置」「在外公館を視察監督し、本省と在外公館の連絡をはかる監察官制度の設置」など。

こうしたことを呼びかける「革新同志会」を結成し、節蔵は呼びかけ人の筆頭となりました。四十数名が連署して内田外務大臣（二度目）に提出しました。この署名に帰国した廉三も加わりました。

この提案はなかなか採用されず、埴原外務次官（のち駐米大使）が強硬に反対しました。しかし、一年後から外交官試験に合格した者は、先進国で自己修練にいそしめることになった。未達成の項目について、ちょうどホノルル総領事から帰国して任地が決まっていない有田八郎に専念してもらいました。

ところが埴原次官は有田を煙たがるようになり、任地にシャム（現・タイ）行きを発令しました。有田はシャム行きを拒んで辞職すると言い出し、節蔵は慌てました。説得して思いとどまらせました。

後に数度の外務大臣となった有田と、「あのとき辞めていたら、どうなったんだろうね」と笑い合うことになったのでした。[*1]

＊1　『回顧録一外交官の生涯』澤田節蔵著（有斐閣）

勲章とエスカルゴ（十一）

一九二〇（大正九）年、東宮（皇太子のちの昭和天皇）の外遊が決った。外務省ではただ一人、澤田節蔵に供奉員としての発令がありました。

毎週宮内省に節蔵はいき、準備の審議にくわわりました。そこで初めて東宮殿下に会った（「東宮」はその住居の位置から生じた主に官公庁内で使われる呼称で敬愛の気持があり、臣従関係のほうに気持をおくときは「殿下」が用いられるようです。一般にははっきり区分して使用されていない）。外遊の構想は、東宮大夫浜尾新（節蔵の入学時の東大総長）、側近に奉仕していた西園寺八郎（公望の養子）、フランス語を教授していた山本信次郎海軍大佐、式部官松平慶民などによってすすめられ、西園寺公、原総理大臣、波多野宮内大臣などの承認によって決定されていました。

目的は、外国の見学によって東宮が視野を広められ教養を高められることにありました。しかし、東宮の外遊は歴史始まっていらいのことで、諸外国の元首では思いがけない危害に遭った例があり、わが国に併合された韓国では独立運動（近くには三・一バンザイ事件）がつづいており、支那ばかりでなく、パリ、ホノルルなどでもその策動があって、東宮に危害をくわえて独立達成の導火線にしようと企てていると風評がありました。

このようなことから宮中だけでなく、民衆のあいだからも猛烈な外遊阻止の運動が起こりました。民衆は、次の世代の絶対権威者とされる人として、神がかりの信仰にちかい感情を抱いていたのでした。

出発十日まえ、西園寺八郎を右翼テロ数人が邸内に侵入して襲った。剣術をよくする八郎は、仕込み杖を使って応戦しましたが、数日間休養しなければならない傷を負いました。それ以後供奉員全員に六、七名の警護がついた。

このような情勢にあって東宮に万一の事態が生じた場合、節蔵は、末席の随員とはいえおめおめと帰国はできないと覚悟を決めました。美代子をはじめ親族に遺言をしたためました。

いっぽう、会議では訪問国の選定がすすめられました。第一次大戦同盟国の英（イギリス）、仏（フランス）、白（ベルギー）、蘭（オランダ）、西（スペイン）、伊（イタリア）、米（アメリカ）の七か国が候補に上り、この諸国の在外公館の意見を聞いた。

米国大使に転出していた幣原喜重郎は、米国訪問は差し控えるのがいいとの返信でした。理由は、米国の国土は広く欧州巡幸と同時では困難がともなうこと、また朝鮮の独立運動が台頭しており警護にも懸念が生じていること、さらなる理由に、英国皇太子が訪問し大成功をおさめられた直後で、それと比較されがちなこと、というのでした。大正天皇の病状から短期間にという要望もあって米国訪問は外され、欧州六か国と決まりました。

旅程作成のため、節蔵は各国に問い合わせるための駐在公館への電文を作成し、大臣、次官の許可のもとに打電しようとした。そのときになって突然、式部官松平慶民から発電中止の要望があった。

そのころ宮中では東宮の結婚問題にからみ「宮中某重大事件」（妃候補の家系に色盲があるとして辞退してもらおうとした事件）が起こり、政治問題化して、ついに波多野宮内大臣の辞職となった。牧野伸顕伯が新任となって、皇后陛下に挨拶にうかがったところ、皇后が東宮の外遊にいろいろ心配事を述べられ、検討し直すということになったというのでした。

東宮の外遊にそうした問題や民衆の一部には阻止運動などあったが、ためらって時間がたてばいっそう困難になるということで出発に決まった。

東宮を歓送する人垣は、高輪御所から東京駅まで、横浜までの鉄道沿線の両側、横浜埠頭までの沿道に寸分の隙もないほどで、過激な行動をするのは民衆のほんの一部のようだった。

しかし出発したが、政府としての旅程は、定まらないままでした。

一週間たち、最初の寄港地香港に着いても東京からの指令が受けられなかった。訓令を待つ時間をつくる意味もあって、香港の眺望台へ殿下を案内することになった。事件が起こらないように警戒して、ダミーの一団をつくり、別の本団を作って一行は上りました。

他方ロンドンからは、英国滞在を三週間として英国当局と行事予定を組んだが、これでよいかと電報してきた。大陸諸国を巡行となるならば英国に三週間をあてることはできないかもしれず、反対に英国だけなら三週間以上が適当であるし、訪問国が確定していない段階では、細目を決定することができなかった。だいたいの英国側との取り決めをして置くことになった。

次の寄港地シンガポールで待望の東京からの指令を受けた。

「英仏だけで出来るだけ早く帰朝なさるべし」とあった。

これに対して議論が湧きあがった。

「せっかく種々の障害を克服して殿下は外遊の船出をされた。それなのに近くのベルギー、オランダ、イタリアに行かれないのは、見聞を広められる見地からも、またこれらの国は近くまできていながらわが国を訪問しないのはどういうことか、と悪感情を残す。行かれたほうがよろしいのではないか」

という意見と、

「国母（皇后）があれほど心配されているし、宮内大臣はじめ政府当局でも心砕いており、国民も少なからず気を揉んでいる。その実情から見て、今回の指令に従うほかはない」

との議論が伯仲した。

船は一日一日と欧州に近づいたが、インド洋からスエズ運河を過ぎ、地中海の航行になっても、内部の相談はまとまらなかった。供奉長珍田伯は、これを裁断するのにほとほと困惑であった。

国際連盟海軍代表の竹下中将はパリにいましたが、ジブラルタルから乗船して供奉員に加わることになっていた。欧米勤務が長く進歩的主張の持ち主と言われていた。節蔵たちはこの人が各国巡行に賛成してくれると期待していました。ところが彼は乗船すると、「東京の空気がそうであれば」と指令に同調し、がっかりさせました。

万事未決定のままのとき、ロンドンの林大使から短い電報が入った。ベルギーの駐英大使から東宮のロンドン訪問中に拝謁を願いたいと申入れがあった。どのように返事したらよろしいか、というのでした。それは東宮の同国への訪問をもとめる王室からの伝言に違いない。どのように返答をするのか、いよいよ供奉長にも最後の決心をしてもらい、東宮の諾否を願わねばならない。東京へ至急電報を発した。承諾してよろしいと返電があった。ベルギー大使からの申出をきっかけとして、ベルギー、オランダ、イタリアへと足を伸ばす巡行の旅程が決まりました。

供奉員の一行は、珍田伯以下、奈良東宮武官長、入江東宮侍従長、竹下海軍中将、三浦侍医、八田侍医、山本信次郎海軍大佐、西園寺式部官、戸田東宮主事、亀井侍従、及川海軍少佐、二荒宮内書記官、浜田海軍少佐、それに東宮補導として、皇族の最長老閑院宮載仁親王と二人の随員があり、節蔵はいわば外様大名の立場でした。救いであったのは、珍田伯にはロンドン時代からの知遇を得ていて、なにかと声をかけて貰えることでした。あと知り合っていたのは山本海軍大佐と二荒だけでした。

西園寺八郎式部官は世界情勢をよく知っていて、判断が的確で、一行中の信頼と敬意を集めていた。東宮の教導についていたこともあって供奉員中もっとも信頼されていました。

節蔵の仕事は、外務大臣、宮内大臣宛の電報の起草、殿下の演説やメッセージなどの起草、プロトコール事務処理、殿下の英語通訳（フランス語は山本信次郎大佐）、内外記者に対応することでした。

英国は最重要の訪問国でした。節蔵は、七か年のロンドン勤務後もロンドンタイムズを取りつづけていて、英国事情を誰よりもよく知っている自負がありました。二か月以上も艦上生活の殿下とは談笑の機会がおおくあり、英国王室と政財界で活躍する人びとやロンドンの日常生活について話しました。

西園寺の発案で、山本信次郎と節蔵と彼との三人で、時おり殿下のところへ参上し、日常の言動について意見を述べることになった。内容について、閑院宮と供奉長の了承をもらい、そのあとには詳細も報告することとしました。晩餐会のマナーや艦上の懇談のさいの不適当な話題など、無遠慮に節蔵は話しました。殿下が邪魔者に思い、下船命令が出るのではと思ったことがたびたびでした。しかし、懇談がすめば、笑顔でデッキゴルフへの誘いがありました。「いいことを言ってくれた、気づいたことは遠慮なく言ってくれ」というふうでした。機会あるごとに節蔵は直言したのでした。

宮内省では、殿下の旅行に先立って陸海軍の軍服のほか平服を全部新調していました。しかし背が少しまるくて姿勢がわるく見え、訪問先での印象が良くない仕立てに見えた。節蔵は、珍田供奉長にロンドンの一流テーラー、フィッシャアー・エンド・ハートに作らせるように進言しました。許可が出たので、フィッシャアー・エンド・ハートにジブラルタルへ裁縫師を派遣してもらい、殿下の寸法を取ったのち、陸路フランス経由ロンドンに急行し、一週間後にポーツマスに入港するまでに仕上げることを希望した。それを引き受けてくれました。

さすがにロンドンの一流のテーラーの仕上がりでした。しかし、日本製の装具は全部台無しになり、その費用は莫大であったので、あとで係から苦情を聞かされたのでした。

プロトコールの仕事は煩雑でした。公式・非公式の行き先の決定、殿下主催の晩餐会、午餐会などの席順の決定、会われる各国要人の選定などがあって、それは供奉長の最終決定でしたが、その立案を節蔵はおこないました。

一番神経をつかったのは、勲章授受でした。政府ならびに宮内当局の指令では、元首には大勲位、総理大臣には桐花大綬章、他の閣僚には勲一等旭日章または瑞宝章を授けること、予定外の人に桐花大綬章を贈呈する場合は政府の訓令を受けること、勲一等旭日章以下の授受は供奉長の裁量で決めてよい、ということでした。西園寺と節蔵がこの仕事の担当でした。

どの国に行っても、第一日または翌日に元首主催の歓迎晩餐会があり、ここで双方の交換した勲章を着用するのでした。英国首相ロイド・ジョージとフランスのブリアン首相は、平民政治家として一生を貫くつもりで、爵位・勲章など一切受けないつもりだ。それゆえ辞退するということでした。

ベルギーでは首相に桐花大綬章、外務大臣に旭日一等章を贈りましたが、安達大使を通じて、外務大臣が首相と同じものを望んでいる。閲歴門地の関係では外務大臣の方が上にある、という。しかし政府に請訓したとしても晩餐会に間に合わず、これは受け入れませんでした。

イタリアでは郵政大臣が叙勲を希望してきました。他の四か国で郵政大臣に叙勲した例はなかった。同郵政大臣は政界の大立物で、わざわざ外務大臣が落合大使を訪ねて懇請したという。落合が大病したときにはイタリア王室をはじめ、政府に厄介になったおかげで一命をとりとめたことでもあり、最後の訪問国で先例になるおそれはなく、相談の結果、瑞宝一等章を差し上げることにした。

節蔵は、高等官三等であり、日本でも外国でも叙勲は最高で勲三等相当でした。英国、フランス、ベルギーではいずれも三等勲章を受けていた。オランダのアムステルダムに着いて同国式部官から渡されたのは勲一等章の入っているはずの箱でした。開いてみなくても、ロンドンの大使館勤務とこの仕事で知識をたくわえていて、「何かの間違いでしょう」と言った。彼は「間違いではありません。今夜の晩餐会に着用して下さい」と言って机におき、部屋を出ようとして「珍田伯の部屋はどこですか」とたずねた。教えると同時に「これは珍田伯のではありませんか」と言った。彼は、はっとして気づいた。着用して出席していれば大問題だった。知識と経験があって事前に防げたのでした。*1

フランスでは、殿下の滞在中、澤田廉三が散歩や買い物などにお供して通訳することになった。

フランス民衆の人気はよく、殿下はゆったり対応の挙手を返された。

競馬場へは、大統領府の式部長官フーキエールが先導し、次に殿下と閑院宮が並び、すぐ後に廉三が、そしてその後に一行が従った。終了時の混雑を避けて一レース前に退出となった。

通路にパリの花街の着飾った女たちがいて、そこから声が上がった。

「キレ　ミニョン（なんてお可愛いんでしょう）」「イレ　ミニョン　ス　プランス（あの殿下、なんてお可愛いんでしょう）」

女たちは連日新聞にのる写真で殿下の顔を知っているらしかった。

するとパリ陸軍士官学校留学の経歴のある閑院宮がふり返って、

「澤田、澤田、聞いたか」

「はい、聞きました」という一幕があった。

それは、夜の女たちが通りかかる男にまず呼びかけてみる言葉でした。

「殿下はお分かりにならないからいいけどねぇ」

と、閑院宮は微笑んだ。

ある日、廉三はサン・ゼルマンの森へ殿下を案内した。

「澤田、フランスでは、エスカルゴ、カタツムリを食べるそうだね」

車の中で関心ありげな口調だった。

「はい、エスカルゴの特別の料理屋さえあります」

「ひとつ、食べてみたいものだねぇ」

「はあ、なんとかしてみましょう」

そうは言ってみたものの、酒などを提供される人ごみの場所には案内しないように、と厳しい注意を受けていた。しかし、街頭の絵葉書売りやデパートでの買い物では、殿下は自身でお金を払って楽しそうだった。地位を忘れられ、弟、伯父、伯母さまへという情にあふれた買い物であった。

廉三はそういうこともあって、カタツムリの話は投げっ放しにしていた。しばらくして、また案内する機会があった。

「澤田、エスカルゴは忘れたのかねぇ」

と、言われた。さあ、そうなってはほうってはおけない。早速、廉三は珍田伯にいきさつを話して伺いを立てた。

「料理屋にお出かけはできないが、仕出しをしてくれて宿舎で召し上がられるならば、いいだろう」

そう許可があった。

しかし、プライドの高いフランスのコックを宿舎へきて調理してほしいと口説き落とすのは難しい、と話をもっていく前から分かっていた。

許可の出た晩、廉三は一人でエスカルゴ・ドールに出かけた。適当に食事をすませ、台所で白い帽子をかぶり采配をふるっていた主人へ仕出しのじか談判に向かった。

「たとえどんな人であろうと、くすぶったこの家の暖簾をくぐってくれ、ここでちょうど火加減のいいところを賞味してもらうのが、わが家の売り物だ」

あんのじょう、老舗の誇りをもって断る権幕だった。

仕方なしに、じつは日本の皇太子なのだが、エスカルゴのことを知って賞味したいとの希望がある。遠い国から来てのわざわざの希望なので、どうかそこのところを曲げて日本の大使館まで出張して、あなたの腕前を見せてくれないか、とお世辞を盛りだくさんに入れて、こんこんと願った。

白帽の親父さんはとうとう折れて承知してくれた。まず自分のところで調理調味していったん仕上げ、大使館まで運んで、も一度火加減をしてから賞味してもらう。用いる食器や酒、それはもちろんブルゴーニュワインをと、言われるままに承知させられた。

食用カタツムリは、特にプリュニエの梅の木で養育されたものが珍重されていた。金属製の台の十二の凹みの上にエスカルゴが乗せられ、これをバネ仕掛けの左右に開閉するフォークに挟んで皿にのせ、別のフォークでカタツムリの身を刺して食べる。

「いかがでございますか」

「美味しいよ」

殿下は満足の様子だった。しかし半ダースを召しあがったころ、御用掛の三浦医学博士が、

「初めて召しあがるものですから」

とお止めした。[*2]

＊1　『回顧録一外交官の生涯』澤田節蔵著（有斐閣）
＊2　『凱旋門広場』澤田廉三著（角川書店）

外交と内政（十二）

パリは、多くの国際会議の会場だった。

澤田廉三は会議の様子を注意深く見守った。

第一次大戦後の講和会議ではなんといっても英国首相ロイド・ジョージが大立者だった。第二次大戦後にその名を知られたウィストン・チャーチルも、ロイド・ジョージが「ウィストン」と呼び捨てに声をかけると「イエス・サー」と直立して前に立ちました。

ロイド・ジョージは、国際会議に出席しながら、外国の全権があつまっている観念が無いようでした。たがいに反論して議論がまとまらないのを横目に自らはすでに肝心なことは述べた、何かそれについて実のある意見があるのかと待つふうだった。机の紙片に落書きしていることもあった。あとでひろってみると何か国旗のような図に色を塗っていたこともあった。

あるときには平気で誰にも聞こえる声で、

「ホワット　シャルアイ　セー（俺は何を言ったらいいか）」

すると書記官が耳打ちした。一旦ヒントを得るとそれを展開させて、十分でも二十分でもとうとうと弁をふるった。あとは列国の全権の思うにまかせて議論させていた。そして、

意見が出尽くしたころを見計らい、

「ルック　ヒーヤー（さあーどうだ）」と大声に呼びかけて気分の転換をはかり、つづいて決議文の案文を披露し、これを基礎として議事のまとめにかかった。その手際はいつも鮮やかだった。

一九二四年四月、イタリアのサンレモであったトルコに対する講和条約の会議のさい、少数民族にもそれぞれ独立を承認しようと、アルメニア、ジョージア、アゼルバイジャンなどそれぞれ独立国とする案文が、特別会議から最高会議に上った。

会長は、外務大臣としてジョージ連立内閣に保守党を代表して入閣していた、カーソン卿でした。

このときのロイド・ジョージは、案文が朗読されるや、

「このような小国をつくり、これらが他国に侵略され、平和がおびやかされた場合、何人が責任を持って当たるのか」

誰がこんなずさんな案文を作ったのかと言わんばかりだった。

「列国委員と慎重審議の上ようやく妥結にたっし、最高会議に報告したもので、自分は英国の外務大臣としての地位を考慮しつつ審議したものであります」

カーソン卿は謙虚に答えた。しかし、ロイド・ジョージは、

「自分は一大臣として考えるのではなく、大英帝国の総理大臣として発言している。この

ような小国をおおく作り、財政上あるいは軍事上の責任を誰がとるのか。その負担を英国民に強いることはできない」

委員会報告をそのまま握りつぶしてしまった。

会議外交というものが日本の重要な課題になってきたのは、澤田廉三の知るかぎり、第一次大戦以後のことでした。それまではほとんど二国間交渉で、方法としては書簡と口頭でした。日本が近代会議外交の主要な一員となって多国間外交の中に入ったのは、第一次大戦中の一九一六年六月、当時の連合国の対独通商禁止に関する会議が最初としていいようだった。

会議には、阪谷男が全権として、随員に田村大使館参事官、杉村三等書記官もくわわった。初めてのことで勝手がわからず、杉村はフランスの政府公報付録の国会議事録を調べて、議案の提出方法、動議の発言の形式、方法、これにたいする賛否の表現ぶりなど、まるで学生時代の試験準備ノートをつくるようにして整えたのでした。田村は、大使館雇い仏人アルカンボーを助手に、毎日早朝彼をよび出して日本側の発言についてその意見を聞き、これを書面に準備し、会議に出ました。そうしたことでは、お座なりに宣言に賛成の意見を述べるにとどまりました。そういうときの全権団は七、八名ですんでいた。

しかし、それから二年経った一九一八年十一月休戦となって翌年一月からパリで講和会議が開かれ、西園寺公望公が首席全権となって出席するときには、どのようにおこなわれるのか全体像が描けていなかった。西園寺、牧野、珍田、松井、伊集院の五人の代表の下に、随員その他付属の要員は百人にのぼっていた。ヴァンドーム広場の一画にあるホテル・ブリストル全部を借り切り、一部を全権団事務所、一部を宿舎としていた。全権団自動車三十台ばかりの車が日の丸を目印に立ててはためかせたのでした。

会議では、牧野、珍田全権が、ウィルソン大統領、クレマンソー仏首相、ロイド・ジョージ英首相などを相手に、山東問題、青島膠州湾租借のドイツの権益を継承する主張をした。対華二十一か条を各国から承認を得ようと、その外堀を埋める仕事でもありました。それが通りました。

このとき、牧野伯は、人種平等論を展開し提案しました。それは、白人至上主義を標榜した「黄禍論」がイラストともに西欧に流布し、人種差別の意識がはびこっている事態に対するものでした。しかし、これは議題に取り上げられなくて、記録に発言があったとして残すことしかできませんでした。

その他の問題は、日本がとくに意見を述べもせず、思いつきさえ発言せず、問題解決に協力してくれるわけでもない、としぜんに除外されました。いつの間にかウィルソン、ロイド・ジョージ、クレマンソーのビッグスリーの会議となるありさまでした。

そういうありさまを目のあたりにした全権会議団の若く熱意の高い者たちが、「日本の政府は国際会議の認識を欠き、国際問題にたいする理解が足りない」と帰国後、同じように改革の必要性を感じていた本省の同僚たちと合流し、「革新同志会」を結成し改革を求めたのでした。

ところが要求のためにはたらいた有田八郎はシャムへ、斎藤博はロンドンからシャトルへ、後に澤田節蔵はブラジルへ、廉三はアルゼンチンへ転出となる辞令が出る事態になったのでした。

一九一九年一月のパリ講和会議は、公式用語がフランス語から英仏両国語となった。巨頭会談や本会議の通訳は、フランス人のマントウでした。ロンドン大学でフランス近世史の講座を担当していましたが、クレマンソー首相が起用したという。全権たちは意見を述べたあと、それが通訳されるあいだ休めていますが、通訳者は自分が口を働かさない場合でも、誰かがしゃべっている間は聞いていなければならず、頭の休まる暇がない。会議が二時間もつづくと通訳者は真っ赤な顔になって、寒い日でも額に汗しているのを廉三は見たのでした。

ロイド・ジョージは気合がかかると、そばから「まず通訳を」と注意するまで発言しつづけた。それを通訳するのは完全におこなうのが容易ではないらしく、マントウは、サブスタンシャリー（大体そういうことです）とつけ加えた。しかしその通訳は正確明快、立派なものでした。国際連盟成立とともに政治部長になり、新渡戸博士などと同じく事務局に入りました。

後任として、カメルリンクなる人が現われました。パリのある中学校の英語教師だったという。英語からフランス語へフランス語から英語へとどちらも同じくらいの速さで通訳した。しかも細大漏らさず確実だった。

ロイド・ジョージはこのカメルリンクの通訳を好んで、中休みのお茶の時間にも必ず彼を呼んで重宝がっていました。長い論述であっても一語も逃さず通訳し、したがって彼は決してサブスタンシャリーとは言わなかった。フランス全権が案文を朗読し、カメルリンクにその仏文をわたすと、彼はまず一読、という間をおかないで、すらすらと仏文を英文に読み上げた。

廉三はあるとき、テーブルのお茶に彼を呼んで訊ねた。

「どうしてああいう妙技ができるんですか」

「私は毎日、英字新聞は声を出してこれをフランス語で読み、同じように仏字新聞は英語で読む練習をしています。会議の進行には通訳としての責任を感じていますから。頭の機械を英語で回したかと思うと、反対にフランス語に回転させる必要があります。一種のメンタル・ジムナスティックです。ですから、そうとう機械もくたびれますよ」

彼は微笑みながら言った。

廉三は深く感じるものがあった。日本語からフランス語への通訳にくらべ、フランス語から英語への間には近しいところがあるとはいえ、修得の技術からも興味のあることだった。ちょうどロンドンから来ていた兄を宿舎に訪問して話した。

兄は故郷のことと同じように、いやそれ以上に興味を抱いて聞いていた。積もる話もあって、兄とは久しぶりに、いやひょっとすると生まれてから初めてのように、言葉というものが含んでいる文化の意味をそれからそれへと展開して話すこととなった。人についての批評めいた話はなく、それとなく理想の生き方について、その上世界を少しばかり経験した情報の交換をする話し合いになった。ただ、それでいて父の葬儀を仏式でおこない、自分たち生き残っている家族すべてはキリスト教信仰者として、そうした伝統とは断絶があり、それでいながら周囲と妥協している曖昧な信仰心が意識されるのであった。しかし、その話題は無意識に避けているのでした。

一九二一年十一月十二日ワシントンで開かれた海軍軍縮会議があった。

廉三は随員として出席しました。

冒頭、米、英、日の既成あるいは建造中の戦艦の三国合わせて六十六隻、百八十余万トンを廃棄し、十年間の建艦休止を協定し、三国の割合を米五、英五、日三の割合とする、いきなりの提案だった。

米国の型破りな提案でした。青天の霹靂でした。議場は廃棄にあたる戦艦の名が述べられるたびに当事国の随員たちはたがいに顔を見合わせ、緊張をみなぎらせました。

会議の二日目に英国全権バルフォア卿は、開口一番、「秘密は巧妙に保たれた」とこのような大胆で厖大な米国の軍縮案が漏れなかったことにまず讃辞を述べ、「熟慮の結果」、と前置きして同意した。

次いで立った日本の全権加藤友三郎海軍大臣は、「米国の提案にこめられた軍縮の目的を理解し、各国民が不必要な経費の負担から逃れられる海軍力削減に日本も同意する」と述べた。

最初の二日で事実上の決定だった。

その後の二か月半は細目の詰めに過ぎないのでした。首席随員の加藤寛治中将、随員の末次大佐などは、すでに進水した陸奥、建造中の土佐・加賀など海軍の虎の子の戦艦七隻、二十八万トンの廃棄におさえ切れない不満があるようでした。

加藤全権は海軍大将であり海軍大臣の立場にあって、建艦競争よりも国民の負担軽減を重んじたのでした。部下の不満は明らかに承知でした。

会議後、これからの細目交渉にあたって、外務省側随員に働いてもらいたい意向があったのか、加藤全権は一行を宿舎のホテルの晩餐に招きました。

お神酒が回りデザートに移り、みんないい気分になり、余興の一つでも、という雰囲気になった。そのとき室のドアが開いて加藤寛治中将がひょっこり覗いた。

「加藤、貴様のくるところではない、引っ込め」

力のある太い声だった。

「はい」

加藤中将は顔を引っ込めドアが閉まった。海軍大学校では、加藤友三郎が教官であり、加藤寛治は生徒だった。上下関係がそのまま生きていたのでした。

佐分利大使館参事官は澤田廉三が美声の持ち主と知っていて紹介しました。電気が消され、廉三は追分を歌った。

「帆前船で海を滑りながら聞くようないい気持になった。私も一つ唄わしてもらおう」

加藤全権はサノサ節を歌った。

加藤全権の歌を海軍軍内で聞いた人があったろうか。引っ込めといった人も偉いが「はい」と引っ込んだ人も偉いようだった。

この軍縮会議のあと、加藤全権は随員の堀悌吉中佐にこう述べて筆記させ、帰国後の報告としました。

「すなわち国防は軍人の専有物にあらず、戦争もまた軍人のみでなし得るものにあらず。国家総動員してこれに当たるあらざれば、目的を達成し得ず。ゆえに一方においては軍備を整備すると同時に民間工業力を発達せしめ、貿易を奨励し、真に国力を充実するにあらずんば、いかに軍備の充実あるも活用はできない。ひらたくいえば金がなければ戦争はできない。（中略）欧州大戦後、日本との戦争生起のプロパビリティーのあるは米国のみ。仮に軍備は米国に拮抗する力ありと仮定するも、日露戦争の時のごとく、わずかの金では戦争はできない。しからば金はどこから、だれが出すかということになるが、アメリカ以外に日本の外債に応ずる国は見当たらない。しこうして、その米国が敵であるとすれば、この途はふさがれ、日本は自力で軍資金をつくり出さざるべからず。この覚悟なきかぎり、戦争はできない。英仏ありといえども、あてにはならず、かく論ずれば、結論として、日米戦争は不可なりということになる。[*1]」

ちなみに国力の一端のあらわれとしてその前後の国内の経済状態を、労働問題と農業問題について考察するとき、次のような数字と事柄が拾えます。

一九一八年　第一次世界大戦終結による反動不況
　米価高騰で、全国大・中都市にも米騒動が広がる
　同盟罷業　四一七件　六万六〇〇〇人参加
　小作争議　二五六件　参加人数不明
　一歳未満児　死亡率増大一八・九％三三万七〇〇〇人
一九一九年　朝鮮独立運動（三・一バンザイ事件）
　北京の学生　山東問題で抗議運動
　同盟罷業　四九七件　六万三〇〇〇人参加
　小作争議　三二六件　参加人数不明
一九二〇年　東京で普選をもとめて数万人の大示威行進

一九二一年　同盟罷業　二八二件　　三万六〇〇〇人参加
　　　　　　小作争議　四〇八件　　三万五〇〇〇人参加
　　　　　　日本はカリフォルニアの排日土地法に抗議
　　　　　　同盟罷業　二四六件　　五万一〇〇〇人参加
　　　　　　小作争議　一六八〇件　一四万六〇〇〇人参加
　　　　　　日英同盟終了　不況深刻化
　　　　　　一一月四日　原首相暗殺される
　　　　　　第一次大本教事件（海軍将校などテロ計画との関連で教祖逮捕）
一九二二年　同盟罷業　二五〇件　　四万一〇〇〇人参加
　　　　　　小作争議　一五七八件　一二万六〇〇〇人参加

があげられます。

一九二二年六月加藤友三郎は首相となった。薩長以外の出身者で初めての首相でした。この「引っ込め」と言える人と、これを理解して「はい」と引っ込む軍の規律の厳しさに澤田廉三は感激したのでした。[*2]

しかし、加藤（友三郎）内閣は、一九二三年八月死去のため終わりました。その精神が同時に終末を迎えたのでした。

このワシントン会議での軍縮は、海軍部内にこれを支持する者と反対する者との派閥抗争をもたらしました。条約を順守して行こうとする「条約派」と、なし崩しに建艦をおこなおうとする「艦隊派」です。これが軍事予算をめぐって政治問題化し、海軍青年将校たちに不満を鬱積させました。

その後も国の経済は問題を抱えつづけています。

一九二三年　同盟罷業　二七〇件　三万六〇〇〇人参加
　　　　　　小作争議　一九一七件　一三万五〇〇〇人参加
　　　　　　関東大震災
　　　　　　中国日本へ対華二十一か条の廃棄を通告
一九二四年　同盟罷業　二九五件　四万九〇〇〇人参加
　　　　　　小作争議　一五三二件　一一万一〇〇〇人参加
　　　　　　中国第一次国共合作　英国ソ連と通商条約
一九二五年　同盟罷業　二七〇件　三万二〇〇〇人参加
　　　　　　小作争議　二二〇六件　一三万五〇〇〇人参加
　　　　　　普通選挙法　治安維持法成立
一九二六年　同盟罷業　四六九件　六万四〇〇〇人参加
　　　　　　小作争議　二七五一件　一五万一〇〇〇人参加
一九二七年　同盟罷業　三四六件　四万四〇〇〇人参加

小作争議　二〇五二件　三六万五〇〇〇人参加
金融恐慌始まる　満鉄・陸軍省・関東軍三者会談
満鉄副総裁に松岡洋右
外務次官・関東軍司令官・中華公使会談

一九二八年　同盟罷業　三三二件　三万七〇〇〇人参加
小作争議　一八六六件　七万五〇〇〇人参加
共産党員全国で検挙　張作霖爆殺事件　治安維持法改正（死刑もある）

一九二九年　同盟罷業　四九四件　六万人参加
小作争議　二四三四件　八万二〇〇〇人参加
世界恐慌始まる　金解禁廃止

一九三〇年　同盟罷業　七六三件　六万五〇〇〇人参加
小作争議　二四七八件　五万九〇〇〇人参加
第一一回メーデー竹槍デモ
ロンドン軍縮会議　統帥権干犯問題・浜口首相狙撃され、幣原外相首相代理
戸田城聖　創価学会設立

一九三一年　同盟罷業　八六四件　五万五〇〇〇人参加

小作争議　三四一九件　八万一〇〇〇人参加
松岡洋右「満蒙は日本の生命線」龍角散ＣＭ「のどはあなたの生命線」（ラジオ）
一部将校クーデター計画発覚。三月事件次いで、十月事件として摘発される。[*3]

一九三〇年のロンドン軍縮会議は、ワシントン軍縮条約では主力艦のみで完全ではなかった建艦制限を、補助艦にもおこなおうとするものでした。

浜口内閣で財政立て直しに懸命であった井上準之助蔵相は、浜口首相とともに条約締結を議会にはかって進めました。議会で多数派であった浜口内閣は、条約批准に成功しました。

ところが、ワシントン軍縮会議では首席随員であった加藤寛治は軍令部長大将となっていて、このロンドン軍縮条約ではとうてい日本の防衛は困難であると締結に不満であり、政府が受諾し、次に回訓するのを阻止しようとした。軍備は天皇の統帥している権限であり、それを内閣が決定するのは、その権限を犯すものとして、天皇に上奏を実現したのでした。

ついで、選挙に大敗した政友会の鳩山一郎、犬養毅が同じ趣旨で、天皇の統帥権を犯すものとして政府を攻撃した。右翼団体も勢いづいて、行動を画策したのでした。

この右翼といわれる人たちは、政治の中枢にかかわっていた華族をはじめ、軍の中枢の人物の家にも出入りし、金銭の提供を受けたり行動の便宜を図ってもらってもいました。その代表例は、天皇家に最も近い縁戚にあると言われる近衛家であり、のちの首相近衛文麿の父である篤麿に見られます。

近衛篤麿は、一八八五年から一八九〇年までフランスおよびドイツに遊学して、高貴な地位にあるもののノブレス・オブリージュの意味（高貴な地位にふさわしい役割としての政治的、社会的福祉を果たすこと）を理解し、かつまた白人至上主義の偏見に遭遇し、東洋でもそれに対して黙視していては滅亡するとの危機感から、帰国すると、同文の文化として中国と連帯することを意図し、中国上海に東亜同文書院を設立したり、対ロ同盟を玄洋社の頭山満、黒龍会の内田良平などと結成したのでした。こうしたことから右翼といわれる人脈は、日本の政治とのかかわりが深く、そうした思想のもとに広く支持や援護があったのでした。

この右翼の行動思想について、戦後になって発表されたものとして次のような資料があります。

井上準之助、団琢磨暗殺の実行犯を支援した、いわば陰の実力者井上日召の稿が、敗戦後に編まれた『文芸春秋』にのっています。

「井上のときは（井上準之助氏暗殺の意）、二月八日の夕方、小沼がにこにこして、権藤長屋に現れた。「先生、拳銃を下さい」「見つけたな」と言ったら、「ええ、大丈夫です」「そうか」といって、拳銃と小遣いを五十円渡した。そうしたら、翌日すぐやってしまった。だいたい拳銃というものは、素人は三間離れたら当るものではない。よほどの度胸と腕のある奴でない限り、当らないものだ。そこで射つときに、相手の身体にこちらの身体をしっかり押しつけて射てば、間違いない。度胸のある者でも緊張すると震えるものだ。で身体ごとぶつけて射たないと、失敗する。これをよく教えておいたが、二人ともちゃんと、そのとおりやっている。（八行略）

三月五日に菱沼五郎が団（団琢磨氏のこと）をやった。この時には私は頭山翁の家の、武道場の二階に潜んでいた。五郎のやつがにこにこしてやって来て、パッと服を脱いで、新しいワイシャツの背中を向け「先生、お題目を書いて下さい」『見つけたな」といったら、黙ってうしろを向いた。背中に南無妙法蓮華経と書いてやり、拳銃と五十円渡した。（中略）」

このように、重要な人を人と思わないような感覚で殺人するとは、どのような司法制度やあるいは説得が必要なのか考えさせられる。手稿はついで次のように記している。

「血盟団というのはこちらで命名した名前ではない。木内検事（元最高検次長）がそう呼んだので、世間に通り名になったのであるが、この事件を表面から見れば、二人の若者が二人の要人を暗殺した、いたって簡単な事件に過ぎない。しかし裏面から見ると、国家革新のあらゆる源流支流が、ある一所に集中して爆発した重大な事件である。そうしてまた、血盟団を基点として、五・一五、二・二六、神兵隊等の大事件に糸をひくのである。したがって、人物のつながりも広くて、深い。ことにこの裏に、田中光顕伯のあったことは、誰も知るまい。」（昭和二十九年七月号）*4

テロ行為は、政治家へ向かってばかりでなく、学者の美濃部達吉を自宅で襲っているし、西田幾多郎を脅してアジア会議で挨拶をさせてもいます。

こうした人物の別な角度から姿を紹介しているものとして、「兄・文麿の死の陰に」と題して、近衛秀麿の手稿があります。

「それを見かねて借金取り撃退役を買って出たのが生前交遊のあった支那浪人たちで頭山満、内田良平などもその中にいた。何の事だかはもちろん分からなかったが、この連中が借金取り達に玄関払いを喰わすところを何度も目撃した。そのころ七歳だった僕は、頭山満に抱かれたことなどもあった。（五行略）

いわゆる支那浪人の豪傑連中は、常に相当の人数が父（近衛篤麿）のもとへ出入りしていた。」（昭和二十七年三月号）

つまり、ノブレス・オブリージュのもとに行動した近衛篤麿は、身分を考慮して無条件に出資をするものがおおく、死後には莫大な借金があったのでした。

よく知られている、浜口首相、次いで井上元蔵相の暗殺事件のほかに、若槻礼次郎男、小山松吉法相、幣原喜重郎外相などにたいしても右翼のテロ未遂の事件がありました。海軍内部においては、条約承認派であった岸悌吉中将をはじめ財部、山梨、谷口を退役させたのでした。

当時の駐日アメリカ大使グルーは、一九三四年九月十五日東京から国務長官コーデル・ハル宛に次のような電報を打っています。

「閣下　日本海軍の指導者たちは現在重大なる困惑に当面している、彼等はロンドン条約の批准いらい、とくに昨年、あるいはそれ以前から次回の一九三五年の海軍会議において、日本は対等を要求すべきであり、あるいは少なくとも比率の大規模引上げを要求すべきであると主張してきた、彼等はロンドン条約に関する総ての事柄に対する国民の怨恨と軽蔑の感情を作り上げた、ロンドン条約の立役者達に対する悪感情が惹起された結果、浜口首相、犬養首相は暗殺され、他の政治家連も生命の危険を感じている、財部、山梨、谷口の諸提督はこの条約を支持した為に退役されたものと一般に信ぜられている、」と。[*5]

この軍縮が、海軍ばかりでなく陸軍でも人員削減実施となったことが軍部に不満をつのらせ、これらがテロ行為を起こさせる要因にもなったのでした。

一九三二（昭和七）年五月十五日、海軍青年将校たちが犬養首相を殺害するテロ行為があった。さらに、このテロ行為に関わった者たち全員に死罪のなかったことが、つぎの陸軍青年将校たちの一九三六（昭和十一）年二月二十六日のテロ行為を安易に起させることにもなりました。

一九三二年の犬養首相暗殺のテロ行為に、民衆は自分たちが不況と不作に喘いでいることに義憤をもって決起してくれたと同情し、減刑嘆願書に署名したのでした。その署名の提出が判決にどれほど影響したのか分からないが、禁固刑最高一五年、ほとんどが禁固四年の軽微なものでした。

そのため次のテロ行為、陸軍青年将校たちが首謀者となった一九三六年の二・二六事件を安易に起させたと言えるようです。このうちの首謀者の一人は獄中記で、先行事件（五・一五事件）の判決から、獄中にあって天長節（天皇誕生記念日）に同一謀議者と顔を合わせたとき、恩赦があって死刑はないとの希望的観測を囁きかわしています。[*6]

廉三は、外務省の一員としての立場から、加藤友三郎全権が加藤寛治中将へ「引っ込め」と言い、それに素直に従ったことを軍の規律が厳正にたもたれ、未来にもつづくことのように感動し、楽観視していたのでした。

＊1　『不遇の提督堀悌吉』宮野　澄著（光人社）
＊2　『凱旋門広場』澤田廉三著（角川書店）
＊3　『近代日本総合年表』第三版（岩波書店）
＊4　『文芸春秋に見る昭和史』1（文芸春秋社）
＊5　『太平洋戦争前史』第一巻　青木得三著（学術文献普及会）

＊6　『獄中手記』磯部浅一著（中公文庫）

涼風と震災（十三）

一九二一（大正十）年におこなわれた東宮（のちの昭和天皇）外遊の供奉員の大半は、欧州を旅するのが初めての人たちだった。西洋通と自信のあった澤田節蔵は、おりにふれて一行に心得などを講釈して、ちょっとうるさがれる顔つきをされた、と反省するくらいでした。

外遊が完了に近づいて入国したイタリアのローマでは、閑院宮、山本、二荒と節蔵は、殿下の泊まるクィリナーレ宮殿に側近責任者として同伴し、他の人びとは市内のホテルに入りました。

そのローマのクィリナーレ宮殿に宿泊したときでした。夏のローマは暑いと聞いていましたが、ナポリに入港してみると案外涼しく、大礼服でのローマ入りもさほど苦痛ではありませんでした。同宮殿の大食堂で開かれた晩餐会は百六十人あまり集まりましたが、涼しい夜でした。控室の壁は、伊達政宗がローマに派遣した支倉常長一行の肖像画で飾られていました。

晩餐が終了してから節蔵は、十五畳以上もある広い部屋にもどり、たくさんの郵便物を寝ながら読もうと電灯を消して歩き、そのあと読み終わってベッドの上の電灯を消そうとしましたが、どうしても消えない。隣室の二荒に聞いて枕もとの衝立の裏にあることを知り、ついで、ストーブのスイッチを切り、やれやれと床に入りました。夜中、ときどき目を覚ますと部屋はかなりの暑さで、汗まみれとなった。噂に聞くローマの酷暑と思いました。翌朝、バスルームに行くと意外に涼しい風が窓から入りました。しかしベッドルームにもどると居たたまれないほど暑い。ふと、電気ストーブを見るとスイッチの切り返しが足らず、ほそぼそと点いていていました。

とんだしくじりでした。その失敗を話すと、みんなはことのほか喜びました。西洋事情を自信たっぷりに解説していた者の失敗だったからのようでした。

そのとき殿下は、自室のことについて、なんの話もなかった。

節蔵は、ロンドン勤務中にイギリスの名所旧跡をくまなく歩きまわり、知らないところはないつもりでいましたが、殿下を案内することで一般人の知ることのできない場所にも入れ、新知識を得ることができました。各国元首・要人に、通訳として直接言葉を交わす幸せを味わうこともできました。とくに何ものにも代えがたい体験は、皇室は雲の上の存在とされてなにも知っていなかったのですが、皇太子は、各国の元首・要人と会談・懇談されても平常と変わりなくおこなわれ、随伴していてひとしお親近感に包まれました。供奉者にも気づかいがあって、香港港を一望できる丘に登ったときには、「珍田は歳を取っており山登りはできないかもしれないから、ここで皆が降りて来るのを待っているがいい」ということだった。節蔵の度重なる直言にもいちいち心に留めての実行だった。つねに健康節制に留意し酒やたばこは嗜まず、宴会などでもこの態度は崩れなかった。

ローマでは古跡カタコンベを訪ね、フランシスコ修道士の案内でした。同修道会は経費ねん出のためチョコレートを製造し、その味の評判が良かった。大きなチョコレートの箱を貰い、宿舎クィリナーレ宮殿に帰って、次の行事の間に山本と節蔵は呼ばれ、このチョコレートを食べながらしばらく雑談があった。節蔵は「召し上がり過ぎるとのぼせますから、少しお控えになっては」と言った。すると直ぐにやめられた。

六か月間随行員としていて、殿下は雲の上の存在ではないことを強く感じ、民衆にそれを知ってもらいたいと強く思いました。あまりにも民衆との隔たりが、何か問題を起こさねばいいが、と懸念するのでした。他方、全国の民衆はその旅行の詳細を知りたがっているとひしひしと感じるのでした。西園寺、山本などと図り、珍田供奉長、外務省、宮内省の承認をえて、山本と二荒と節蔵は、全国各地で報告講演会を開きました。節蔵は、外務省の仕事と後始末のこともあり、東京、京都、名古屋、大阪、甲府と郷里鳥取を受けもち、六か月の間に講演を二百回くらいおこないました。

外遊の公式記録は山本が作りましたが、べつに二荒の発案で節蔵と共著の旅行記を発刊することにしました。ところが節蔵は発病、療養し、思いがけない震災があったため、これは三年後の完成となりました。共著にする本は、印刷出版を引き受けようとする申し出がおおくありましたが、大蔵省印刷局に決まり、表紙には特製の錦を使い、題字の文字は尾上文学博士に正倉院御物の聖徳太子の自筆の字とされる経文の文字を抜き出してもらい、『皇太子殿下御外遊記』とした。大蔵省印刷局に保管して、帰国第二回の記念日である九月三日に献上し、発売する予定でした。

帰国した一九二一（大正十）年九月は、ワシントン軍縮会議が開かれていて、政務局第三課長木村鋭市、条約事務課長杉村陽太郎が随員に加わり留守でした。埴原次官に、その両課長の留守役と英国皇太子歓迎準備を節蔵は命じられました。

両課の世話をし、英国皇太子歓迎の準備を進めるため週何回か宮内省にもかよい、なんとか時間を作っては外遊の報告講演にまわりました。分刻みといっていいスケジュールのつまった生活でした。

翌年一月末、節蔵は、少し発熱し風邪のためと思っていましたが、数日熱が下がりませんでした。英国皇太子来日の日がせまって準備が忙しく、歓迎晩餐会で主人役の殿下の挨拶の文案も命じられていました。大体できあがったときに発熱して寝込んでしまいました。

美代子は、夫が述べる言葉を筆記しました。その書を歓迎委員長珍田伯に届けたのでした。

主治医は、節蔵の病気がふつうの風邪ではなく悪くするとチフスではないかと言った。

供奉員として懇意になっていた侍医の八田博士に来診してもらい、日赤病院に入院することになった。

美代子は、そのころ三人の子どもの世話をするほか、梨本宮妃殿下の御用取扱いを勤めていて、節蔵の病気でさらに多忙となりました。

そういうようすの分かっていた節蔵は、一日も早く退院をのぞんで焦りました。ところが再び発熱して、院長の絶対安静の指示を受けました。訪ねてきた旧友の田村医学博士に、「院長が退院をなかなか許さない」と訴えたところ、「君の病気は肺壊疽で、死亡率はコレラくらいに高い。平熱になったからといって院長が起き上がるのを許さないのはそのためなんだ」と言い、初めて病気の重さを節蔵は知ったのでした。

その後平熱がつづいてレントゲン検査が良好になるまで、約百日の入院となりました。美代子の実家の鎌倉稲村ケ崎の別荘で療養生活をし、翌一九二三年二月から外務省かよいとなりました。

省では比較的楽な文書課長にしてもらいました。

一九二三（大正十二）年九月一日、昼ちかく同僚と弁当に手をつけようとしていたとき、地震が起こった。外に出たところ、部局の建物が壊れ始めた。煙の上がるところも見え、明らかに並みの地震ではなかった。

少し静まるのを待って、とりあえず麻布広尾町の自宅を見たいと外務省を出ました。市電は不通となっていて歩いた。おおくの家が半壊ないし全壊だった。自宅は屋根瓦が落ちていたが、その他は無事でした。麻布富士見町の家内の里大山を見舞ったところ、こちらは何の被害もなく一同無事でした。

地震の震源地は伊豆大島だという。それなら、稲村ケ崎は東京よりひどくやられているに違いなく、家族の安否が心配となった。夕方、横須賀線が開通しているのではないかと品川駅まで節蔵は歩いた。駅では電車は不通、開通の見込みは全くないという。歩き出したが大病の後で体力がなく、引きかえした。夕食後、大山の家に行った。みんな鎌倉の節蔵の家族を心配してくれ、相談の結果、義弟の大山西一（医学博士）が、鎌倉まで七、八時間かかるのだが自転車で行ってくれることになりました。

翌日昼過ぎになっても義弟は帰ってこなかった。節蔵は外務省に出かけた。建物がだいぶ壊れ、職員は屋外に机を出して仕事をしていた。外務省のすぐ前にあった海軍省へ行き、ロンドンで知り合っていた藤田大佐（潜水艦図面を依託した人。のち海軍大臣、侍従長）を訪ねた。

藤田大佐によると、湘南地区の被害は東京におとらずひどく、七里ガ浜は津波でほとんど一掃されたようだという。ますます家族のことが心配になった。藤田大佐は、三日午後一時ごろ海軍では品川を出発して横須賀まで特別便の船を出す。手配をしておくからこれに便乗して、そこから稲村ケ崎まで歩いて行ってはどうかと。節蔵はそうすることにし、ちょうど上京していて、安否を気づかって訪ねてきた末弟の退蔵とともに行くことにした。四日、十二時すぎ二人は品川に行った。海軍の船はやっと四時過ぎにきて、横須賀に着いたのは夜八時半ごろ。まだ余震がつづいているうえ、あちこちに火の手が見えた。朝鮮人が出没して暴行を働いていると噂が流れていた。この噂に惑わされた人が、歴史に汚点をのこす震災時の朝鮮人虐殺事件を引き起こしたのだった。人間は混乱の渦中におちいると自己の生存をかぎりなく図る獣になるのでした。節蔵は、そうした状況に遭遇しなくてすんだ幸運な境遇でした。感情に支配されて同調し行動する民衆は、論理の持つ冷徹な力で誤りを少なくする道具は回りくどく感じて、投げ捨てるようでした。

鎌倉に近づくにつれ、沿道には壊れかけたり焼けかけたりした家々が目立った。江ノ島電鉄の曲がりくねった線路を見ながらつたい歩いた。長谷まで行くあいだに、線路わきには多数の死体が横たえられていた。

節蔵は、宅の近くで井戸端にでて洗濯をしている女中を見つけた。その話で、庭の片隅は津波ですこし洗われたが全員無事であるのが分かった。茣蓙をもって裏の丘に二晩避難し、今朝から知り合いの家の離れの八畳に休ませてもらっているという。義弟の大山西一は横浜で大火に遭って遠回りして到着し、無事をたしかめて、数時間前に東京に帰ったところでした。

美代子は、地震の日は銀行に行ってから山階宮妃殿下を訪ねるつもりでした。ところが途中で雨が降り出して遅れたため、それは翌日にし、江ノ島電鉄トンネル付近の知人宅を訪ねました。そこで地震に遭いました。案内されて裏山へ登り、津波となった海水が長谷の町に流れこむのを見たのでした。美代子が訪問するつもりだった山階宮邸は、出産間近の妃殿下の診察に医者がきていましたが家屋が全壊したため、そこに居たすべての人が亡くなったのでした。

節蔵は、安否を確かめると帰り、このあとキリスト教会の救援活動に参加したのでした。外国人宣教師たちや信者たちが手際よく設営して組織的に行動する、その見事な救援活動ぶりに感心しました。民衆の文化の違いを読み取ったのでした。

大震災のため大蔵省印刷局に保管してあった『皇太子御外遊記』の本は、建物もろともに焼失していました。殿下に渡してあった原稿と二荒の手元にあった副原稿が災厄をまぬがれて、これを手掛かりに再刊行をはかろうとしましたが、大蔵省印刷局は機能を失っていました。市内のどこにも印刷可能なところは残っていませんでした。ちょうどそこへ大阪毎日の加藤直士主幹が訪ねてきました。

「信州経由で到達しました。当初から印刷を引き受けたいと希望していました。大阪毎日でお引き受けしたい」

渡りに船でした。二荒と相談して頼むことにしました。

本ができあがると注文が殺到し、たちまち売り切れました。節蔵は、原稿料の大金が転がりこみましたので、東宮の記念事業を起こしたいと思い、若い学生のための寄宿舎建設を図りました。しかし、もくろんでいた土地の払い下げを受けることができず、ほかの土地を探しましたが資金が足りなくて諦めました。

二荒は宮内省を退官し、ボーイスカウト運動に没頭して私財を投入していました。節蔵は原稿料の大部分をそれに寄付することにした。しかし二荒が少しは分け前をとれと言ったので、一割ほど受けとり、日本国際連盟協会へ寄付もし、のこりを郷里浦富の両親の墓の整備にあてました。

それから、訪問国の関係者に英語版をつくって贈りたいと思い、やはり大阪毎日にたのみました。大阪英文毎日の記者が翻訳し、英語教育研究所長のハロルド・パーマーの校訂があって実現しました。しかし英語学の大家パーマーの記述は、外国人に興味のないと思われる所がおおくありました。そこで節蔵は序文ばかりでなく全編にわたって加筆訂正し、トマス・ベイティ博士の校閲を受けました。そうこうするうち、ワシントンへの転勤命令を受け、出版と贈り先を宮内省に依頼して出発しました。

二十二年後、日本は第二次大戦で敗北し、連合軍の天皇制存廃にかんする議論がおこって、連合軍司令部は天皇の人物その他入念に調査して、天皇にかんする書物をあさったところ『御外遊記』しかないことが分かり、宮内省に提出を求めたという。さいわいその英語版が五、六十部保存されていて、これを司令部や外人報道関係者に配ったと友人の宮内長官松平慶民から節蔵は聞きました。天皇は国の象徴として存続することになりましたが、その要因のなかに直接天皇の人柄を司令部が見極めたところがあり、松平は、その判断の一つの裏づけとして『御外遊記』が参考になったのは間違いないと言いました。『御外遊記』発行当時、天皇制存廃論が起こるなど夢にだに思わなかったことでした。

大戦後、渡欧の皇太子（平成天皇）の送別会が宮中で開かれたとき、昭和天皇が、「ローマのクィリナーレ宮殿では、澤田のような失敗をしないように」と話されたと侍従から節蔵は聞き、その記憶のよさに驚きました。

六十年後の一九八一（昭和五十六）年四月マスコミ界代表一五名が宮中午餐に招かれた。そのうちの一人江尻が、「大正十年の渡欧が一番楽しかったとお話がありましたが、そのさいお供をした澤田節蔵氏は、鎌倉で近くにお住まいです」と伝えたところ、陛下の表情がひときわにこやかになり、「節蔵とは特に親しくてね、ローマではクィリナーレ宮殿に泊まったが、ベッドに入ったら暑くて汗びっしょりになった。朝になって窓を開けたら外から涼しい風が吹きこんできてね」と言われたという。[*1]

もし節蔵が存命していてこれを聞いたなら、それこそもう一度汗びっしょりになったはず。節蔵は自分の部屋だけの失敗と思い込んでいたのでした。

＊1　『回顧録―外交官の生涯』澤田節蔵著（有斐閣）

肌色の差別（十四）

一九二五（大正十四）年二月末、松平恒雄大使夫妻と二人の令嬢とともに、節蔵は妻と二人の息子を連れて大使館参事官として横浜港からワシントンへと出港した。

雪の降る寒い日だった。老いた母久子に節蔵の妹二人と暁星中学に入学する長男英夫を預けてゆくのは、なぜか辛い別れの思いがありました。

「心配しないで、お国のために働いてきなさい」

久子は励ましてくれました。

米国は、一八九八（明治三十一）年ハワイを併合し、スペインが支配していたフィリピンを同年植民地としてさらに進出し、支那（一九一二年から中華民国）の市場の門戸開放、機会均等をとなえて、そのころにはそこの市場へ割り込もうとしていました。

第一次大戦で、欧州にたいして債務国から債権国となるほど興隆した米国は、極東でも勢力を拡大して商品市場でも確かな足がかりを築こうとしていて、日露戦争後日本が強大になるにつれ、東洋で利権が衝突し始めていたのでした。

一九二四年米国は、外国人の米国移住に関する二分法を制定しました。それは過去のある二か年の各国の移住者数の半分だけを以後各国に認めるという、差別が無いようにみえて、その特定の二か年の選び方に問題をひそめ、欧州はほとんど変わらない移住者数となるのでしたが、日本人は毎年千人から二千人あったのに、いっきょに百数十人に減らされることになったのでした。

すでに移住していた邦人にたいしても排斥運動が絶えず、土地所有権、教育問題などいたるところで制限が加えられていました。表面で言われている根拠は、日本人の文化は水と油のように共存は不可能なもので、風俗習慣も異なるという理由でした。その底には、「黄禍論」がヨーロッパは言うに及ばず米国社会にも広がっていたからでした。すでに、中国は一八八二年に排華移民法の圧迫を受けていましたが、遅ればせながら日本も移民が増えて排斥を受けるようになったのでした。人種差別のそうした出版物は下火になっていましたが、有色人種にたいする日常生活の差別はあらゆる面におよんでいました。そうした精神の底にある差別には、対策を立てようとしても有効な手段が思い浮かばないのでした。[*1]

移民立法のとき、埴原駐米大使（改革同志会の要望のときの外務次官）は努力しましたが、交渉の公文書の後尾に両国関係に憂慮すべき重大な結果（grave consequence）を招くだろう、という一句があって、米国の議会関係者は、これは戦争をも辞さないという強迫にほかならない、とことさらに問題にした。日本政府はそれをみとめるわけではなかったのですが、起草者の埴原大使を更迭して、それで問題の沈静化をはかったのでした。松平大使はその後任でした。

米国では食事に十人くらい集まれば必ずテーブルスピーチがありました。

節蔵は、いろいろな会合にできるだけ出席し、日本の政治、経済、文化事情、移民問題などについて話すことにしました。大使館嘱託であったフレデリック・モーアが、各地のロータリークラブに紹介し、報道機関との接触を援けてくれました。教会関係では、元同志社教授Dr.Gurick、元東北学院教師Dr.William Lampe、新渡戸博士夫人の弟Parmore Ellkinton、同じくWood女史、などにも協力してもらいました。また商務長官でのちに大統領になったHerbert Hooverとも教会で知り合い、私宅にも二、三回招かれて理解を得ることができました。サンフランシスコ商業会議所会頭のアレキサンダー・リンチは日本人二世を養子にし、彼も日本に理解を示しました。

いっぽう、日本が日露協商と日英同盟によって露英とむすび、韓国を併合し、満州に進出した結果、支那（当時中華民国・蔣介石政府）は、その進出を排除するために米国を利用し、強力に働きかけているのでした。

幣原喜重郎外相は、議会で対支那協定にもとづき内政不干渉、合理的権益の擁護、同情と寛容を基盤とする態度の厳守、経済的共存共栄の道を推進すべきと述べ、外国にむかってもそう訴えているのでした。

しかし、米国はしだいに対支那発言力を強め、それを背にして支那は強気になって日本商品を排斥し、満州支配の回復をはかっているのでした。日本では幣原外交を軟弱として非難する声が高まり、とくに一九三〇（昭和五）年に入ると二月の選挙で当選した松岡洋右代議士は、その政策を生ぬるい「軟弱外交」として攻撃しました。

そのころには、壮士とか大陸浪人とかいわれる右翼結社の人間が、軍部の主要な人の私宅にも出入りし、外務省にも訪れるのでした。それ以前の一九一三（大正二）年には、支那公使をつとめて帰朝し政務局長であった阿部守太郎が出勤途中、「軟弱外交」と非難する右翼のテロによって殺害される事件がありました。一九二〇（大正九）年には斎藤良衛外交官が同じ非難を浴びて瀕死の重傷を負い、また幣原外交の橋渡し役を期待されていた佐分利貞男公使が、一九二九（昭和四）年八月中国から一時帰国して箱根で一泊したおり怪死した事件があり、それも右翼によるテロと囁かれていた。軟弱外交と非難することには、単なる言葉の非難ではなく、そうしたテロの対象になってもいいのかという脅しの意味があるのでした。

日本での右翼といわれる思想の始まりは、江戸幕府を倒すときに天皇制を支持する者たちのものだったのですが、明治政府が樹立されるとその中に消え、そのうち不満があって政府から出ていった者たちや当時の朝鮮、満州を植民地化し中国へ進出していくとともにそこで一旗揚げようとした者たちなどが、先にあげた（百九ページ）近衛篤麿の例に見られるように政治に影響力を持つ中枢の人物たちや次の政権を狙う者たちの理想として描く政策や理念と共鳴し、互いに利用しあいながら、目的を遂行していこうとする関係になっていったのでした。

一九二五年の米国の世情では、日本とのあいだに破局の見えるような緊張関係はありませんでしたが、日本人移住者は特におおい中国人の移住者とともにいろいろな面で差別されていました。二世の教育、就職についても苦労していました。日本の世情と米国の世情とは、根底で人種としての偏見と反発の問題が、表面では日常生活の差別で進行していて、対応は現地に投げっ放しにされているのでした。

そういうとき、節蔵は、ハリウッドの高校を卒業する二世のジョン・アイソが全国競争演説会のカリフォルニア地区で優勝した新聞記事を見ました。明るいニュース、喜ばしいことと気に留めていました。しかし、その後病気になったとかで、全国大会には二番手のジョン・キングが出演すると報道されました。

全国大会はワシントン・オージトリアムでした。演壇中央には副大統領オーエン・ヤング、両側に審判員の上下両院議員、大審院判事などがならび超満員の盛況でした。副大統領のすぐ脇に青年がおり、どうも日本人らしかった。カリフォルニア地区で二番手であったジョン・キングが優勝した。ジョン・アイソが出ていたなら彼が優勝しただろうに、と二世問題の地位向上に悩んでいた節蔵は残念でした。

二、三日してK・川上の紹介状を持ってジョン・アイソが訪ねてきた。川上は有力朝刊紙ボルチモアに勤めていた。ジョン・アイソはやはり大会当日副大統領のそばにいた青年で、父はロサンゼルスで庭園師をしていた。アイソは優秀な成績だったので校長の援助を受けていた。アイソが決勝大会へいくのが決定すると、校長は彼を呼び、「日本人の子がワシントン入りする栄冠は学校の平和のために面白くない。辞退してほしい」と言った。

ほかならぬ校長の説得なのでアイソは断り切れなかったという。そのように差別を受けている二世に直に会ったのでした。

これに先立つこと十数年、幣原外相を軟弱外交と盛んに攻撃することとなる松岡代議士は、アメリカで高校・大学と優秀な成績をとりながら、いつも二番に止められていました。その怨念はどのようにはたらいたのか。この心の傷がのちの彼のおこなう対米政策に影響したようです。しかしまた、日本も植民地化した朝鮮や台湾の学校で、やはり同じ差別をおこなっていたのでした。強者に生じる優越感は、それを既得権として失いたくない動物じみた傲慢病を起こさせるようです。

アイソは、マサチューセッツ州のブラウン大学を希望していました。たまたま同大学の総長と節蔵は面識があったので紹介状を書きました。アイソは入学試験を優秀な成績で合格しました。ブラウン大学を卒業後、ハーバードへ行って法学を勉強し、弁護士を目ざしたのでした。

節蔵は、若いころから国際平和問題に関心をよせていたので、そういう国際会議に関わりたかったのですが、病気のこともあってなかなかその機会がなく、残念に思っていました。ともかく、国際的な人との交流、これこそが人種間の偏見をなくし、平和への出発になると待っていました。それがワシントンの在任中に訪れました。

一九二六年米国の提唱で、海水汚染防止協定会議が開かれました。日本からは節蔵と大使館付海軍武官山本五十六大佐（後連合艦隊司令長官、戦死）が代表として参加した。国際通商が激増していくとともに船舶が使用した油を海へすてて汚染し、海水浴を不可能にするばかりでなく魚類を死滅させる被害を起こしていた。日本では油汚染の被害がまだ問題となっていなくて、政府からの訓令はなく米国の提案を受け入れていった。議長をつとめた米国代表ジャッジ・デイビスは老練な司法官で会議の運営が巧みでした。節蔵はこの会議で初めて知り合うことができ、親しくなりました。

一九二七（昭和二）年には国際無線電信条約会議があった。主目的は超短波の混乱をふせぐ協定でした。節蔵と逓信省電信電話局長の稲田三之助が代表で、逓信省、陸海軍省、外務省の職員あわせて一八名が随員だった。米国はのちに大統領になったハーバート・フーバー商務長官が団長、ウィリアム・キャッスル国務次官およびジャッジ・デイビスを副団長とし、これに上下両院議員、国務省および関係各省職員をくわえた大代表団を送りこんでいました。五十か国が参加したこの会議は、超短波の混乱をふせぐ技術協定の締結でした。

第一次大戦前は、国際会議でフランス語のみが公用語で、とくに電波関係では発明者マルコーの功績もあって、フランス語のみが伝統的に用いられていました。しかし、第一次大戦後に誕生した国際連盟や関連会議では英語も公用語として併用されるようになっていた。それで節蔵は、無線電信条約会議でも、英語使用を英米両国の代表に働きかけ、その後提案しました。ところがフランス、イタリア、ベルギーなどのフランス語圏やラテンアメリカ諸国は英語併用の特例は認められないと反対した。設備機構上ただちに併用とはならないものの、こみ入ったものは英訳するという妥協が成立して実質併用となったのでした。

一九二八（昭和三）年春ワシントンで世界民間航空会議が開かれた。各国の航空事業の報告と意見交換でした。会議は一週間ほどで、最終日にはポトマック港から立派な汽船に乗りノーフォーク港にゆき、米国の航空設備を見学し、バスでノースカロライナ海岸にあるオリヴァー・ライトの記念碑の除幕式に参列するものでした。

このような会議ばかりでなく、国際会議でどうどうと論理をのべる必要のあるときには、用いられる言語に習熟していなければならなくて、自信はあったのですが、節蔵には議論が盛んになると充分でないところがあると感じ、さらに精進が必要に思われました。国際会議で成功するためには、他国人との親密な感情の交流も欠かせないのでした。

交流の一つにこういうことがありました。仙台二高在学中懇意であったウィリアム・ランペ博士は、郷里フィラデルフィアでジャーマン・リフォームドチャーチの理事長でした。博士は移民法改訂を願う日本の立場を理解し、母校のプリンストン大学の同窓生やフィラデルフィアの有力者にも働きかけてくれました。ある日ランペ博士から手紙が来て、市の議会で日本の桜を寄贈してもらいたい希望があり、配慮願いたいという。尾崎行雄が東京市長であったころ、ワシントンのポトマック河畔に寄贈した桜がよく手入れされてワシントンの名所の一つになっていました。フィラデルフィアもそうしたいようだった。松平大使も賛成し外務省に要請したところ受け入れられた。二、三千本の苗木を積み出すことになった。市議会もお礼の準備を進める手はずとなった。

ところがその数年前から大西洋岸にひろがっていた樹木の害虫は、日本から輸入した樹木についてきたという風評がひろがって、その噂がまことしやかに伝えられていて、農商務省は東洋諸国からの樹木輸入を禁止した。

節蔵は、せっかく準備したのに中止とは残念であり代案を探しました。カリフォルニア州サクラメントの日本人農園から桜苗木を日本政府が買い上げてフィラデルフィアへ贈ることを思いつきました。五百本ほどしか手に入らなかったのですが、一年たち、フィラデルフィアのフェアモント公園で贈呈式が行われることになりました。

松平大使は駐英大使に転出のため多忙で、節蔵が代理出席した。市長以下要人が出席し盛大だった。ジャーナル・オブ・フィラデルフィアが日米親善強化と礼賛し、大々的に報道した。一九五四（昭和二十九）年になって、カラースライドが送られてきましたが、美しい花を咲かせていました。

米国はリンカーン大統領が人種平等を唱えて、国内で戦死者六十二万人におよぶ大戦争を起こし、南部黒人の奴隷解放をおこなった後は、多数の黒人が北部に流れこんで白人に混じっていろいろな職についていました。しかし、まだ差別は改まっていなかった。白人のクラブや理髪店に黒人は入れず、市内電車でさえ二分して白人と黒人の席を別にしていた。黒人は全人口の五分の一を占めていました。この問題は、ずっと後、一九五五年の黒人のバスボイコット運動から一九六四年に、リンカーンの奴隷解放宣言につぐ第二の奴隷解放であるとされる公民権法成立まで、あからさまな差別として残っていたのでした。

ワシントンにあるハワード大学はかなり高く評価されている黒人大学でしたが、節蔵は教会の関係からそこの学長と知り合いました。学長は、一見して白人と変わりませんでしたが、祖父か曽祖父が純粋の黒人だったという。立派な人格と識見の持ち主でした。その人でさえ話し合っている途中で、

「一滴の黒人の血のために、なぜ自分はこのように排撃されるのか」、と机を叩いて憤激したことがありました。歴史的に黄色人種よりもなお長く深い差別を受けている理不尽さに対する怒り、その怒りを節蔵は理解しながら、同じ悩みに落ち込んでしまうのでした。

一九二七（昭和二）年早稲田大学野球部がやってきて十二、三の米国の大学チームと試

合することになった。大使館は関与していませんでしたが、日米相互理解に役立つので喜んでいました。

ところがある日、大使館嘱託フレデリック・モーアが節蔵の事務室にとび込んできて、早稲田大学が黒人の大学と試合するということだが、黒人大学と試合することは自分らも同じ人種だと認めることになる、日本人移住者を黒人同様に差別している移民法の改訂を求めている大使館の工作を根こそぎ崩すものだ、と怒鳴りました。結局試合は行われなかったようでしたが、そのように神経をとがらせていたのでした。

東京のフレンド教会の宣教師をしていた黒人のトマス・ジョーンズは、節蔵のワシントン着任と同年にフィラデルフィアに戻っていました。関東大震災のときには救援活動で寝食を惜しんで活躍し、設営や救済のアイディアでも感心させた人でした。再び日本へ行ったほうがいいのか相談を受けました。家庭の事情を訊いてみると米国に留まるほうがよさそうで、そう勧めました。

数週間後、フレンド教会の長老夫人から、テネシー州の黒人大学で学長を求めているが、トマス・ジョーンズのアドミニストレーターとしての能力、日本での活動ぶりを知らせてほしいと長い手紙がきました。節蔵は知っていることを述べて推薦しました。彼は同大学の学長に就任しました。学長就任後、彼はワシントンに来ると必ず訪ねてきました。

一年ほどたったころ同大学での講演の依頼が節蔵にありました。あちこちで講演していたので、講演そのものは苦痛ではなかったのですが、そのとき早稲田大学の事例があって悩みました。結局多忙を理由に断りました。

差別解消を訴えている節蔵は、差別的な行動をとった自身を愧じるばかりでした。自らの信仰を自らに問って、躓きの石を自分自身のうちに見出した、忸怩たる思いでした。外交官としての地位、世界の中の日本の扱われ方、邦人への思い、それらを超えて真っすぐに信仰のままに突き進めない自分を見たのでした。

一九二七年、米仏は不戦条約を提起しました。その骨子は、

一、本条約締結国は国際紛争解決のために戦争に訴えることを非とし、かつその相互関係において国家の政策手段として戦争を放棄することを各国人民の名において厳粛に宣言する。

二、本条約締結国は相互間に起る一切の紛争または紛議は、その性質または起因のいかんを問わず平和的手段のみによる解決を求める。

三、本条約は締結国各自の憲法上の要件にしたがい批准されるべきもので、その批准書がワシントンに寄託されたのち、ただちに締結国間に実施される。

本条約が実施されるときは世界の他の一切の加入のため必要な期間開放されるものとする。

一九二八年、米仏両国から日本に対して条約調印をうながす正式の申入れがありました。

ワシントン大使館では、米仏間の交渉のいきさつを外務省に逐次報告した。松平大使はロンドンへ転任のため五月に出発の予定で、参事官の節蔵が代理大使に任命され、フランク・ケロッグと交渉に当たることになり、問題の性質上国務次官ヘンリ・オールズおよび次官補ウィリアム・キャッスルとひんぱんに会うことになりました。彼は、無線電信会議の米国代表ハーバート・フーヴァーの直接補佐をしていたときから懇意の間柄となり、それ以来家族同士で往復するようにもなっていました。フランク・ケロッグは短い期間でしたが駐日大使になり、大の日本びいきになり戦中・戦後の米国対日政策について、日本支援に尽力してくれた人となりました。

日本政府は、同条文末にある「各国の人民の名において（in the name of their respective peoples）厳粛に宣言する」が、帝国憲法では天皇の大権を干犯するということで訂正を求めてきました。「人民のために（on behalf of the peoples）」とするか「人民の福祉のために（for the welfare of the peoples）」にして欲しいというのだった。

米国はこれに対して、他の諸国は原案のまま受諾している。修正すれば他の国々からの修正案も出て収拾がつかなくなる。「人民の名において（in the name of the people）」は、日本側主張の「人民のために（on behalh of people）」と全く同意義のものだから原文のままにし、日本語訳は希望通りにしていいから受諾して貰いたいという。その趣旨の機密覚え書きを取りつけると、東京の本省もそれで納得しました。

ある日、節蔵は、「in the name of peoples」を「in the interest of the peoples」（人民の利益のために）と修正すれば、ただ一字変えるだけで日本の主張も大体通りそうだし、米国側もたんに一字の修正だけなら承服するかもしれない考えが浮かびました。一等書記官の東郷茂徳（のちドイツ大使・ソ連大使・開戦時と敗戦時の外務大臣）に話すと、「代理大使になると張り切りがちで、やはり澤田も、と本省でひやかされるかも」、とこれもまた冷やかし気味の口調でした。それで止めました。

東京からは予想どおり田中首相兼外務大臣の出席不可能を知らせてきた。帰米していた駐日大使マクヴェーが訪ねてきたので、調印代表者について懇談した。外務大臣、首相（臨時）を歴任し現在枢密顧問官の内田康哉伯では、というとマクヴェーも賛成した。日本からパリまではシベリア経由の日数を計算すると四、五日のうちに決定して出発しなければならない。本省ではいそいで内田伯の説得につとめ、ようやく承諾を得たのでした。

一九二八年八月早々、パリでの調印を内田伯は果した。その帰国の途中、米国の政財界の要人と懇談をおこない、移民法の改訂や支那、満州にかんする諸問題についての対日感情を好転させてもらうよう要請しました。

内田伯は八月下旬、ニューヨークに上陸するとすぐワシントンを訪問しました。クーリッジ大統領、国務長官をはじめ多数の要人と懇談しました。大統領は一日午餐に招きました。主人側は大統領、国務長官、財務長官、秘書官長、日本側は内田伯と節蔵六人のきわめてアンチームな催しでした。

秋になると調印国は条約の批准を終え、批准書をワシントンに寄託してきました。ところが日本では「人民の名において」について違憲論議が盛んになり、条約が枢密院で「諮詢」へと裁可されるのか見当もつかないという。

明くる年、節蔵は日本へ帰任して田中首相兼外相に会い、米国の事情を話して批准促進を願った。外相も政治問題化して困っていた。これが「イン・ジ・インタレスト・オブ」であったならと言われた。節蔵は、ひやかされてもあの案文を送っておけば、と残念だった。[*2]

批准問題は、枢密院でもみにもまれ一九二九年六月ようやく条件つきで承認された。しかし田中内閣は、その経緯のうちにもめて政府部内不統一、支那問題における張作霖爆殺事件と山東出兵の不始末もあって崩壊した。

条件つきとは、「『その各国の人民の名において』なる字句は帝国憲法の条章よりみて日本国に限り適用なきものとする」、という付帯宣言でした。

第二次大戦後に占領されて二年目、弁論大会で不当な圧力を受けたアイソは、陸軍少佐となって日本にきました。鎌倉の節蔵宅を訪れ、物資不足の情況を察して缶詰を大きな袋一杯にもってきたのでした。

＊1　『漫画四人書生』一〇四葉　木山義喬画　鳥取県米子市立美術館蔵
＊2　『回顧録一外交官の生涯』澤田節蔵著（有斐閣）

鬱金木綿に包まれて（十五）

一九二二（大正十一）年三月澤田廉三は、本省でいつものように仕事をしていた。先ごろまで米国駐在の特命全権大使だった幣原さんが一時帰国してお呼びという。ワシントン軍縮会議に出席してきたことのそのねぎらいの習慣的挨拶と廉三は気軽に出かけた。やはり挨拶があり、いたわるふうに言葉があった。

「澤田君そろそろ身を固めてはどうかね」

ははあ、からかっておっしゃる。

「良縁がありましたならば」

と受け流し、ありきたりの挨拶のつもりの廉三は、いつもの和やかさに答えて背を返そうとした。

「そうかね。ま、そう急がないで。じゃ、これから先の話は岡部がもって来るからね」

えっ、と驚くことなど、さすがは老練な外交官、すべてを予期のうちにおさめてデスクの向こうの微笑だった。

急展開でその日のうちに、廉三にとって先輩の岡部長景（兄節蔵と同期入省）が場所をえらび、落ち合う茶所の指定だった。

卓袱台を挟んで向き合った。

良縁という希望を述べておいた見合いの相手というのは、三菱財閥の三代目総帥岩崎久弥の長女美喜という女性だった。

廉三は驚いた。政友会の総裁で次期総理として取り沙汰されている加藤高明も幣原も岡部も三菱と縁戚であることは知っていた。まじまじと岡部の顔を見た。

「ちょっとはっきりしている娘なのでね」

自身ばかりか回りの人も扱いかねているとばかりのふうに口ごもり、岡部は言った。

「はっきり」とはどういうことなのか廉三は尋ねた。

親の威光でふんぞり返っているような華族は大嫌い、とはっきり言う娘だという。華族を批判するような言葉をふつうの人は言えない。それもまだ二十歳の娘のくせに。

廉三がためらっていると、あとの計らいはすべて岡部夫妻がおこなうので、その「お膳立て」に乗ってほしいという。女性に対する自分の臆病さ、知識や手段の乏しさを意識して、「それでは、そのように」と承諾しました。

パリで外出するときの服装で訪問すれば、日本では超モダンの立派さでとおり、相手に失礼になるコードではない。パナマ帽にパリでしつらえた服、ズボン、それにステッキを廉三は携えて、言われた通り岡部邸に出かけた。

お相手の娘は渋く光る紫檀の卓袱台の対角となる斜め向こうの端にいた。恥ずかしがるふうもなく、まわりの散発的な質問に答えて廉三が、パリのオペラ、あるいは女優サラ・ベルナールの話をするのを真直ぐに見やり熱心に聞き入るふうだった。視野の中心にちゃんと廉三をおさめ、観察しているのがわかる。

床の間を背にした上座の真ん中は、次期総理の呼び声高い加藤高明の夫人だった。夫人の右となりに岡部の妻、はさんで左に岡部さらに廉三が端に、だった。

向かいの中央は高明夫人の妹でありお相手の母で、その母の右に娘、廉三の真向かいにはその母の弟保科がいた。岡部のイギリス帰りの土産話を娘の叔父にあたる保科とともに聞くという茶話会の形であった。

美喜は、お見合いの男性を観察していたけど、母や伯母が自分へ観察の神経を注いでいるのがよく分かった。お相手は目鼻立ちがはっきりしていて西洋風の美男子だった。その上、フランスに四年近く勤務していたとかで上着は肩台のある肩を怒らせて見えるモダンな型だった。向かい合わせになった伯母とこちらの母はその青年を品定めするよりも、美喜の方が気がかりのようなのだった。なにを言い出すのか、どのような様子なのか美喜がおかしなことを言いだしはしないか落ち着かないようすだった。視線をちらりちらり美喜に流して反応を探っていた。お婿さんになる人よりも美喜に関心を注いでいるのだった。

美喜には隣に座った母が、体をこわばらせて様子を知ろうとしているのが伝わる。美喜の向かいには、母に頼まれた岡部の叔母が座っている。青年は加藤の伯母の向こうから、少しずつ美喜を見るような具合に視線を送り、叔父の岡部や従兄弟の保科と会話した。オペラ座の話から、女優サラ・ベルナールの仕草の優雅さ、うながされてベルサイユ宮殿の豪華さの話、青年はときどき身振りを混じえた。

ぎこちない、可笑しな形になっているのは自分のせいだと美喜には分かっていました。春の園遊会で、じっと見る目を感じたのでシュークリームを口いっぱいに頬張り、これとおぼしき方向にプッと吐き出して撃退した。その次の帝劇のお見合いでは、舞台の方を向かずにオペラグラスではなく双眼鏡でこちらを見る相手にアカンベーを返した。そういうことがあったので、加藤の伯母も岡部の叔母も腫れ物に触るような思いでいる、とおかしかったのでした。

お婿さんになるかも知れない人が帰った後、美喜はみんなの沈黙に包まれた。何を言い出すのか分からない美喜に、ここで何か言わせようとすると逆効果になると知っていて、示し合わせた沈黙のようでした。

気味が悪いほどの沈黙の二日間が過ぎました。腫れ物に触るのはこういうことを言うのか、と美喜は思った。三日目、父久弥に美喜は書斎へ呼ばれた。告げにきた女中の神妙な声と態度から、いよいよ来るべきものがきた予感がありました。伯母たちが何も言わなかったのは、引導を父に渡させようとした作戦なのだと思いあたった。

「今度の話、俺は大変良いと思う。決めることにした方がいいと思う」

父久弥は、しんみりと穏やかにそう勧めた。祖先を敬う日ごろのおこないと口調から、よく言い聞かされていた話に父の思いは重っているのだった。

祖母の部屋で溺愛されて育てられた美喜には、笑い話で口にする父ばかりでなく祖母からも嫌になるほど聞かされていた話があった。美喜の性格を心配して、教訓としてくり返し聞かされていたのでした。

その話は祖先の適齢期の娘の縁談のことでした。

前触れもなく訪問された家老が、お供の声をとおされようとするとき、庭さきに干してあった魚を狙っている猫を見た娘は、ぱっと裸足のまま裾もあらわに飛び出して縁を下り、追い払った。それでせっかくの良縁が結ばれなかったという。その娘の性格に似ていると美喜は言われて日ごろから行儀作法について戒められていた。それゆえ、お見合いのおこなわれた岡部の家では、いつもは孔雀が庭をのんびり散歩させてあり、イギリスから連れて帰った二匹の犬ワイヤーへヤーも放してあるのに姿が見えなかった。それぞれ括れて蔵の中におしこめてあったのだった。園丁は堀の下で野良猫が入ってこないように棒を持って見張りをしていたとか。つまり、美喜が裾も露わに庭に飛び降りないように予防策が講じられていたのだった。そして、総本家の長女の美喜が未だに嫁がないために、遠慮して婚約を発表しない親類の娘たちがいた。

「お前がそことなく考えているように、お前はお祖母さんの気持を察してキリスト教のことは表に出さないようにしているが、キリスト教には関心があるだろう。俺は宗教については自由に考えている。相手の澤田君はクリスチャンというし、お前も少しは深く考えることができるようになるだろう。外務省の人だから外国生活も可能だし、もう一つ、岩崎家の皆がこの結婚が成るのを喜ばしいことと望んでいる。女はみんなから祝福されて嫁ぐべきであり、望まれてこそ幸せになれると俺は思うね」

真言宗の熱心な信者の家系で、冠婚葬祭は墓参して報告する仕来りがあり、そうしたことを信念に生きてきた祖母が、自分の部屋に寝させて育ててくれていた望みを美喜は裏切るつもりはなかったが、キリスト教への信仰について祖母にはもう少し寛容に考えてほしかった。父にそう言われてみると、自分の心の落ち着きどころ、それはこの縁談にあるようだった。

四月にあった見合いから、五月に親類一同が岩崎の家で会食、六月に岡部の家で澤田、岩崎両家の親子、兄弟が茶の集まり、そして七月一日が結婚式となった。美喜がその直情的な性格でまた何かをして壊すかもしれない、気持ちの変わらないうちに、と「こと」が運ばれたあわただしさだった。

結婚式の数日前、祖母は美喜を蔵の中へいざなった。

黒塗りの大小の箱の中に、鬱金木綿で包んである金唐草蒔絵の書棚、机、本箱、重箱類まで、定紋付の品々があった。めくられた鬱金木綿からそれぞれの品が光った。これらの諸道具は美喜が十歳くらいのとき、祖母は一国一城の主の子孫、あるいは華族に嫁ぐのを夢見てつくらせたものだった。皮膚の弱い美喜のため、かぶれないように米櫃の中に入れて置いてあって、それから取り出されて包まれたものでした。

「嬉しく頂戴します。ただ今のところは置き場所もありませんから、いずれいただきに来るまで、預かっておいてください」

美喜はそう言った。時代の政治の最先端を行く外交官に嫁ぐにしても、美喜は古風に彩られた祖母の夢を裏切ったようだった。

七月の式のあと、澤田家の郷里鳥取へ。盂蘭盆会をひかえて先祖に結婚を報告する墓参のこともあって、訪問することになった。

日本海に面した浦富という地には、漁業用の小船が多く港につながれ、両わきに広がる海岸には数多く大小の島が浮かび、海水は底が見えるほどに澄んでいた。

夫廉三と二人で艪船に乗って海へ出てめぐっていった美喜は、その美しさにびっくりした。夫は、訪れる人が少ないために有名でないだけのこととさりげなく言った。

なるほど、そうでなければ名だけでも美喜は知っていていいはずだった。父や母が、「お前の望むものを何でも与えていては、結婚してから夫のしてくれることに感謝しなくなるだろう」と芝居や遠い旅行には連れて行かなかった。穏やかな波にゆられ、めぐっていきながらその言葉を思い出した。

美喜には困ったことが起きた。村中の人に好奇の目を注がれることだった。泳ぎたいと思っても海に入れず、夏の暑さに涼もうと戸を開け放とうとしても青葉の陰にたくさんの人の眼があった。風呂に入っても節穴に人の眼を感じた。背中を流してくれるおばさんに、「なんでこんなに見られるんでしょう。岩崎の娘にはキツネのようにシッポでも生えているとでも思ってらっしゃるでしょうか」と言った。おばさんは、「旦那さまはネ、村の業平さんじゃもんネ、」と軽く受け流した。

早朝ようやく村人の隙を見て美喜は海に飛び込んだ。波に揺られて楽しんだ。すると浜辺にだんだん人が集まってくるのが見えた。その人たちが首だけ出して浮かんでいる美喜の方を指さし始めた。浜辺で騒ぎが持ち上がっているようすが見てとれた。上がるにあがれなくなった。

やがて夫廉三が船を出し、自身で櫓を漕いでやってきた。フランス帰りの夫の意外な頼もしさだった。

かつて美喜は、学校で友だちが「帰省」という言葉を使うのを羨ましく聞いていた。夏休みが終わって生まれ故郷のことを興奮気味に話すのだった。夫の故郷にきて、自分にもほかの人に伝えたい故郷ができたような気がした。

美喜はあらためて島巡りを希望した。少し大ぶりな艪船が漕ぎ手によって出されて夫とともに海へ出た。海面にくぐまってうやうやしく迎える島、家族そろって迎えるような島の列、傲然と屹立している島があるかと思うと、それがほかの島々を従えているように群れ、かと思うと飛び移って休んでみたいような奇妙な形の岩、いかつくとんがった岩、洞窟を抱えた島にはその中をくぐって過ぎた。かなたの島には頂に松の姿があって、見飽きなかった。

舳先が返されると岸辺に砂浜が広がり、その少し上の山あいに台地が見えた。そこからここの景観を見渡したなら、ひとしお感慨深い鑑賞にひたれそうだった。別荘に最適地だった。そこに故郷をつくりたくて、美喜は買ってもらうことにした。

岩崎家は土佐出身だった。土地柄として、とても口が悪く皮肉を言ったり冗談を飛ばしたりして、それを許し合って親しい間柄で楽しむのだった。

美喜は、東京で暮らすようになった澤田家の人と食事する機会が多くなった。食事のとき、澤田家が土佐の風習と対極にあるのが分かった。

澤田の母は、夫の兄節蔵の熱心な勧めもあって、日本海に面した山陰の漁村で布教する宣教師に洗礼を受けた最初の女性と聞いた。義妹たちも東京に出てきて女学生となっていたが、真面目一方のクリスチャンで、親しみの表現のちがいに苦労した。美喜は、食卓で姑や小姑たちと食事をしながら、つい習いで冗談を言うのだった。岩崎ならやり返したり大袈裟に驚いて見せたりして笑いに包まれるのに、何の反応も起きなかった。

「ときには男の人にも何とか言って答えてあげたら。縁が遠くなっても知らないから」

私のお眼鏡に適わないの、とか言って軽く受け流されるはずのものが、どう受け取られたのか、わっと泣き出された。日曜礼拝の英語でなされた説教に、よく見かける青年が、疑問を抱いたばかりでなく何か義妹と会話がしたかったらしく話しかけた。それを無言にあしらって終った。美喜は冗談のつもりで笑いをふくんで言ったのに、泣き出されては身の置きどころがなかった。岩崎家では結婚式のまえ、澤田家の人びとの品のある挙措に感心していたのを思い出した。

この義妹に学校へ行っているうちに、またとない良縁が持ち込まれた。美喜はその良縁なのを義妹に説明し、説き伏せた。美喜は冗談に過ぎた罪滅ぼしの気持もあってすすめて結婚に漕ぎつけた。

ところが式の一週間前になって「日本髪は嫌だ、島田は御免です」と義妹は言った。先方は「長男の嫁だから、是非とも島田を」との希望だった。

美喜は両家のあいだを行き来した。少女といっていい女には、未知の世界へ入って行く恐怖のようなものがある。それを溶かし去るには、共に姿を変えて添い、勇気づけてあげようと、「私も丸髷を結ってお供するから、是非島田を結ってあげて」と懇願した。

義妹が頷いてくれたのは式の三日前だった。

式の前日、廉三と美喜はフランス大使館の公式の宴に出席した。その宴が終ったのは零時半。美喜は髪に油がなじむようにと予約してあった髪結いのところへ。それを終えてみると一時半。歩いての家までは、もう人は通らず草木も眠る丑三つ時。

玄関に出迎えた女中は飛び上った。美喜は、人が驚いたときにはほんとうに飛び上がる、と初めて見た。夜会服にハイヒール、それなのに頭は丸髷、当然といえば当然でした。

それから少したって、町内の神社のお祭りがあった。

若い人が「門につける提灯を」と言ってきた。「うちはクリスチャンですから」と美喜は断った。新婚の妻らしい報告のつもりでそれを父久弥に話した。

すると、久弥は厳しい顔つきになり、

「町内の付き合いは大切だ。火事になったときにまっ先に駆けつけてくれるのはその人たちだ。付き合いはバテレンといえども、信仰の問題とは切り離して努めなければならない」と諭した。

美喜は飛んで帰り一番大きな提灯を町内会にお願いしたのでした。[*1]

浦富の地に建てられた別荘は、第二次大戦のときには疎開の住み家となり、サンダース・ホームを開いてからは、臨海学校として使用したのでした。

＊1　『黒い肌と白い心』澤田美喜著（日本経済新聞社）

地球のまわり方（十六）

一九二二（大正十一）年十二月九日、夫澤田廉三がアルゼンチン赴任となった。美喜は、ともに横浜港からシアトルへと向かう船に乗りました。シアトルを経て、陸路ニューヨークへ、そこからまた船で任地のアルゼンチンへの道程でした。

港まで送りに出た祖母はさびしそうで体さえ縮んで見えた。生まれてからすぐ祖母の部屋へ引きとられ、授乳のときだけ母に抱かれるだけで、手塩にかけてと言われるほど祖母に溺愛された美喜だった。

別れは美喜にも辛かった。小さい紙包みを祖母は渡してくれた。お金かと思い違いしたが船酔い止めのお呪《まじな》いでした。「寿」と書かれた包みには梅干しが一つ貼りつけてありました。

海が割れて底が見えるのではないかと思うほど冬のアリューシャン海流は猛り狂った。夫廉三は日本の陸地が見えているときからパジャマに着替え、船室にこもった。艪船の揺れに耐えるのと、汽船の揺れとはまったく違うと言う。そう言えば、夫からシベリア鉄道の話は聞いていましたが、船旅の話は聞いたことがなかったのでした。

お呪いのせいか美喜は船酔いをしませんでした。ヴァンクーバーで上陸し、鉄路でシカゴを通りすぎ、ニューヨークに着いた。列車の食堂のビーフステーキが大男の靴底の大きさほどもあり、給仕する黒人のボーイの手が、ステーキとほぼ同色であったのが印象的でした。

ニューヨークでは、ロックフェラーをはじめ日本で知り合った人々と接して、美喜は郷愁をまったく感じませんでした。しかし、アパートを借りるのに中国人や日本人は断られると聞いて、自由の国とあこがれていた国の差別を知りました。

ニューヨークから再び船で南下し赤道を越えた。海の色は鮮やか、その海水をつかった夜の風呂が夜光虫の光で輝き幻想的でした。

アルゼンチンのブエノスアイレスは、「小パリ」と言われる美しい街だった。公使が帰国し澤田は代理公使となり、公使館に移り住みました。

夫廉三は、大切なフランス語の発音が崩れると言い、スペイン語を話そうとしませんでした。日常生活の対外折衝はすべて美喜の役割となりました。雑な仕事ぶりの女中を首にするのに、辞書を片手に美喜は宣告につとめました。そのあいだ夫廉三は、トイレに鍵をかけて籠り出てきませんでした。

大統領は近くに住んでいました。ウィーンのオペラ女優だった夫人がよく訪ねてきました。片言のフランス語とスペイン語で美喜と二時間も話して楽しんでいった。心と心のかよい合うのは言葉だけではない発見がありました。海軍大臣のドメック・ガルシア夫妻は、大の親日家で「日進」「春日」の二艦が回航してくるようになったのは、この大臣の骨折りということでした。

言葉の不自由な中で美喜は出産のため入院しました。予定日を過ぎていて難産となりました。医師は、母体を保つため子を犠牲にする場合が生じるかもしれないと承諾のサインをもとめた。

廉三はそれにしたがう外はないと美喜に承諾をもとめた。美喜はそれを拒ばみました。長男を無事出産して、父久弥に褒めてもらいたかった。けっして心配をかけるだけの娘ではないと。

難産のすえ長男を出産した。四〇〇〇グラムを超える体重でした。一番先に駆けつけたのはガルシア夫人でした。言葉の必要を感じて美喜は予後の入院中、必死に勉強しました。しかしそれはすべて病院用語でした。

一九二三(大正十二)年関東大震災のニュースはこの地で聞きました。みんな無事なのを知って安心しました。

夫廉三が北京へ転任となる、そのことが知らされたとき、美喜は二度目の妊娠に気づきました。出産予定はよくて日本到着か、場合によってはインド洋上と覚悟を決めてブエノスアイレスを出発しました。これといった病気をしたことのない健康な体を両親にあらためて感謝したのでした。

一九二四年五月日本に着いて、当分のあいだのつもりで両親とともに住むことにしました。

生まれる予定の二日前、夫廉三は朝の暗いうちに腹痛を訴えました。美喜が知らせると騒ぎになって、離れに寝屋を準備するやら産婆を呼ぶやら産湯を沸かすやらの大わらわとなった。産婆が来てみれば産婦は「男性」で大笑いになりました。

夫廉三は急性盲腸炎でした。夫が入院したあと、美喜の陣痛が始まり、父母は、「こんなに忙しい、ひどい目にあったことはない」と笑ったのでした。

廉三は退院すると、先に任地の北京へ出発しました。

一九二四年十二月長男と次男を連れて美喜も北京へ向いました。

北京は、小さいときから漢文で教えられた孔子、孟子の礼節を重んじる国の首都と期待して行きました。漢文は和歌とともに関根正直博士、日本画は野口小恵先生、油絵は石川寅治先生、英語は津田梅子先生と、そしてその紹介のおそろしくきびしい英国婦人に個人教授を受けさせられていたのでした。

北京は鳩が足に小さな竹の笛を着けて飛んで、澄んだ空気をふるわせ、音楽を奏でていました。

ところが着いて三日目、一寸先も見えない蒙古嵐といわれる砂塵に満ちた暴風が襲った。その中を苦力に姿を変えた宣統皇帝が紫禁城から、赤い竜門といわれる日本公使館へ逃れてきました。二、三日すると皇后、公妃、廷臣なども逃れてきて日本府の中の一公舎を占める事件が起きました。

ひんぴんと事件が起きる北京でした。初めて電車が敷設される開通式のとき、職を失う人力車夫たちが北京ホテルの前から百人あまり線路にずらりと寝転がって妨害した。

真光劇場では、某国大使夫人が特等席から、一階の座席で同じく観劇にきていた館員の武官をピストルで射殺する事件が起きた。

政府の林菜に美喜は特別許可を受け、紫禁城内の庭園北海へいき写生をしていた。そこへ林菜暗殺の知らせがとどいた。

美喜は気味悪さを感じてカンバスをたたんで帰ったのでした。

明くる年、美喜は三男を出産しました。

一九二五（大正十四）年十月北京で中国関税特別会議が開かれた。ワシントン条約（国際仲裁裁判に訴える権利）を背景に、中国（支那政府・段祺瑞）が関税自主権を提議したのだった。

日本の幣原外相は率先してその主張を認めた。澤田廉三は外交団の一員として参加していた。各国もそれに追随せざるを得ない流れとなった。

ところがそのさなか政権主体であった段祺瑞が失脚した。北京が無政府状態になった機会をとらえ、会議中止を狙っていた英国は翌二十六年七月、中国に正当政府が樹立されるまで、会議を中止させることに成功した。これは第一次世界大戦後の一九二三年、アメリカの要求によって日英同盟を廃棄した後、初めての日英の衝突であった。

段祺瑞が政権を掌握していたのは、その配下の陸軍を日本が支援していたこともあった。[*1] 同じように英国は、軍閥張作霖にはたらきかけて段祺瑞を失脚させたのだった。

廉三は、三男晃の誕生を北京で迎えた。長男信一、次男久雄、そして三男晃が年子としてうまれ、のち帰国してから女児恵美子の誕生です。

晃の誕生後一九二六年、北京を去ることになった。その年には、イギリス、フランス合同の陸戦隊が、中国人デモに発砲して五十人死亡させる事件が起きていた。

美喜は危険な中国を去るにあたって、心残りなことが一つあった。日本クラブとして使っていた料亭で月二回、キリスト教の会合を開き、奥さん方が二十人くらい集まっていた。料亭では、隣りの部屋ではデカンショ節の歌声があがり、こちらでは讃美歌を歌うという、奇妙な取り合わせがしばしば起こりました。[*2]

そこに来る女中たちは異国を流れ流れて北京へきて、故郷へは帰れない女たちでした。一八九六年には三陸地方に大津波が襲い、一九〇二年には、東北地方は冷害で大飢饉であった。小作争議はひんぴんと起こり、工場ではストライキが日本のあちこちで絶え間なく発生していた。生活に苦しむ人々が多く、家父長制のもとで子を私物化して売るケースが多く、とくに幼女たちがその犠牲にされていた。その果ての姿のようでした。[*3]

会の給仕をつとめる女中に栄という名の女がいました。美喜とよく話し合うようになり、信仰に目覚めて変わった。やがて身請けされて天津に移ったと聞きました。

美喜が日本に帰るとき、彼女は天津港の寒い埠頭に立って見送ってくれました。日本に帰って半年くらいたち、その栄が電話してきてくれましたが、美喜はあいにく留守でした。それから音沙汰がなかった。またどこかへ行ったようだった。

デカンショ節にはこういうのがあった。

参議、参議と威張るな参議／参議は書生のなれの果て／ようい、よういデッカンショ

＊1　ウィキペディア（ブリタニカ百科事典）「中国関税特別会議」
＊2　『黒い肌と白い心』澤田美喜著（日本経済新聞社）
＊3　『近代日本総合年表』第三版（岩波書店）

桜守りの背後（十七）

一九二八年一月十日松平大使が帰任となり、澤田節蔵は代理大使をつとめることになった。

ボストンにジャパンソサイエティが結成され、その発会式に出席するため夫婦で出発し

た。十日早朝ボストンにつき、外務省研修生でハーバード大学に留学中の加瀬俊一の案内で、ボストン市長、大学総長などを訪問して、夕方ホテルに帰った。発会式のおこなわれるホテルに宿泊していた。

節蔵は、ロビーで数通の電報を受け取って、部屋に入って開いてみると一通は、長男英夫死亡の知らせでした。ほかはこれに悔みを述べたものでした。

ワシントンにはまだ日本人学校がなく、英夫は日本にのこして暁星中学に通わせていました。元旦に腹痛を起こして初めは雑煮の食べ過ぎくらいに思っていたらしかった。盲腸炎だった。どこの病院も正月の休みで、妻美代子の弟医学博士の大山西一が手をつくして日赤本院の外科部長にたのみ、手術をしたが、手遅れだった、という。式典は一時間後に迫っていた。流れる涙をこらえ、平静にかえって会場へ向った。

会場にはほぼ二百人が出席し、さすが文化の中心地ボストンらしく美しく着飾った人びとで埋まっていた。食事の後、ジャパンソサイエティ会長の祝辞があり、そのあと節蔵は答辞の祝意と日米親善強化の重要性について意見を述べた。

出席していた日米すべての人びとが共鳴してくれ、讃辞を受けた。おおくの人びとが握手をもとめた。加瀬は「式典は大成功ですね。それにしても外交官は派手でやりがいのある仕事だと思いました」と節蔵の手を握った。

大きな空白感がありましたが、その年の十月に四男の昭夫が生まれました。長男の身代わりのように思えた。フランスの外交官の長老で作家であり、日本にも住んだことのあるポール・クローデルが駐米大使で、親しかった関係から昭夫の受洗には代父になってもらった。

そのあと、母の訃報に接した。

節蔵は、覚悟していたこととはいえ、ついに父母の看取りに立ち会うことができなかったのでした。

日本では、不戦条約の批准問題、前年の張作霖爆殺事件、山東出兵問題があって、支那での軍部の行動が懸念される一九二九（昭和四）年夏、田中内閣が倒れ、浜口内閣が誕生した。幣原喜重郎が再び外務大臣となった。

関東大震災復旧のためにニューヨークでの起債が計画された。それまで起債はロンドンでおこなわれるのが恒例であったが、経済大国となった米国ニューヨークで、ということであった。担当は財務官津島寿一だった。

幣原外務大臣は、節蔵がニューヨーク財界とも知り合いの多いところから、側面援助の活動をもとめました。ニューヨーク総領事は二等官であり、すでに一等官の節蔵でしたが、情誼があって断れなかった。

総領事館では、商務関係は商務領事が、居留民関係その他のことは他の領事が担当していた。節蔵はもっぱら震災公債交渉の側面支援に力を注ぎ、移民法改訂や日米親善関係、相互理解の推進工作には副次的にあたることにしました。

震災復興公債は成功し完結した。

ニューヨークには、七、八百名の日本人がいた。日本クラブを中心に交流があり、代表的存在として三井、三菱、郵船、商船、日本銀行、正金銀行の支店長など十数名と毎週一度午餐をともにして、通商発展の施策について自由懇談した。日本の同業者のいわゆる同士討ちが激しく、阻害し合っているのが大きな課題になった。しかし、解決策が提案できないまま、本社で対策を講じてもらうお手上げ状態でどうどう巡りの結論になるのでした。

スピーチが習慣の国柄にしたがって、それを活用して日米友好につとめた節蔵は、着任後三か月で二百回以上のスピーチをおこないました。

ニューヨーク州北部ロチェスター市では、同市出身の上院議員の依頼で、節蔵は市民大会に出席し、日米親善の育成に関する講演をしました。朝食のもてなしがあって、市内見物の後商工会議所で短いスピーチをしてから講演会場へ行った。六千人は収容できる大きな会場に五千人ほど入っていた。中学生、高校生もいたので原稿外の余談も加え、精魂をこめて努力をすれば、不可能に見えることも可能になると力説した。

野口英世博士顕彰の記念講演ということもありました。「野口インターナショナリスト」という題目でおこなった。終了後、米人の野口未亡人は涙を流して礼を述べました。

一九三一（昭和六）年一月澤田節蔵は、国際連盟日本事務局長常駐代表に任命された。

青年のときからキリスト教の布教活動を通じて世界平和を説き、外交官になってからは日本に国際連盟支部をつくる活動をしてきた節蔵にとっては願ってもない勤めだった。自らの信仰の限界を知らされたとはいえ、世界に向かってなお訴えていく気力は失っていないつもりでした。

英国の六万トンの巨船マジェスティック号で新しい任地パリに向かった。第一次世界大戦中の帰国のような危険はなく、のんびりした航海で船旅を楽しんだ。

しかし、パリからジュネーヴの連盟事務局へ行き、じっさいに中に入ってみると、各国代表は例外なく高い理想をとなえながら、そのじつ自国の利益獲得に専念し、国際平和の美名にかくれて利用している現実がありました。

ただそれが、前任者の佐藤尚武駐白（ベルギー）大使によると、自国利益獲得のエゴも、ここジュネーヴの連盟で討議され揉まれているといつしか妥当なところに落ち着く不思議なところなのだ、と聞いたのでした。

一九三一年秋、第十二回総会は予定どおり運営されていた。

その二週間目に奉天で日支両軍が衝突したと知らされた。事件の経過をつたえる電報が東京からぞくぞく到着した。奉天付近の満州鉄道付属地内の柳条溝で支那（中華民国・蒋介石政府）軍隊が鉄道を破壊し、日本鉄道守備隊が出動して緊急自衛の措置をとり、日支軍隊の衝突がおきたという。両国間の軋轢は長くつづくと日本の民衆もつねづね予想していたことでしたが、この年に事件が勃発した。*1

このことが開会中の総会にセンセーションをまき起こし、連盟発足以来の大騒ぎとなったのでした。

総会は予定どおりに進んで、満州問題が理事会に付託となった。理事会では日支両国がぞくぞくと提出する主張を点検し、「両政府が平和および善隣関係を撹乱するような一切の行動を避け、事件を拡大悪化させない措置をとること」、を要望する決議を九月三十日に採択した。

総会が閉幕したのち、ほとんど毎月ジュネーヴかパリで、満州事変問題処理のための理事会や特別委員会が開かれた。日支の両代表が引き出されて鎬《しのぎ》を削ることになった。

節蔵は、いく日も徹夜作業を強いられました。東京との電報の往復、連盟に提出する書類の作成、各国代表との内部交渉などで短い時間の休みもなかった。それまでの外交官生活のうちのもっとも忙しい日々だった。総会終了後に夫婦で、と計画していた欧州巡回の旅は泡と消えました。

ほかに、国際連盟には重要政治問題の一つとして、阿片・麻薬問題があって、一九三一年五月から、ジュネーヴに製造国と消費国の政府代表を集めて、すでに締結されてあった阿片・麻薬条約を改訂補遺《ほい》して、より有効に制限しようと国際会議が開かれた。

英国が提出した条文案をもとに採択可能な条約作成が主題でした。諸国は英国案に同調した。骨子は、⑴各国が医薬・学術用の麻薬必要量を毎年明らかにし、⑵この総量を各製造国に分割して製造させ、⑶中央取締り機構が監督に当たる、というものでした。

前任者であった佐藤尚武は、政府の訓令にもとづいて努力を重ねて高い評価を得ていました。しかし、本会議が開かれるときになって、政府から、「審議には協力する態度は堅持するが、条約締結には困難な空気を醸成し、条約を棚上げにせよ。日本は輸出入を拘束されたくない事情がある」ということでした。政府のにわかに変化した態度は、孤立し脱退への道を歩むことになりかねなかった。

英国、米国、ソ連、メキシコ、トルコなど五十八か国がジュネーヴにやってきました。英国代表のサー・マルコム・デレヴェンニュが同じホテルに宿泊した。老練の官僚で阿片・麻薬問題について造詣が深く条約案も彼がつくったと言われていた。一度懇談したいというので節蔵は朝食で会うことにした。日本の方針を婉曲に訊ねられた。その片鱗をもらすと顔色が変った。会議が崩壊するかもしれないと言った。

主要国で秘密のうちに会議を開き、そのあいだ主要国以外の代表に一般討議の意見表明をしてもらおう、となった。マルコムはこの主要国会議で日本を説得すれば何とかなると思っていたようでした。四、五回秘密会が開かれたが、日本としては方針を変えられなかった。

節蔵は、「条約は麻薬製造国ばかりでなく消費国にも適用されるものだから、通商の自由と産業の機会均等を基盤とし、製造量の割当制のみを根幹とするものでなく、諸国の必要量を満たす注文製造を認め製造量の制限を設けるものでなければならない」と主張した。英国はじめ主要国が反駁し、やはり日本は孤立した。その後運営委員会でも英国代表と反論しあった。

六月初旬、国連の阿片部長がやってきた。「阿片部だけの問題ではなく連盟全体の問題で、思いきって英国案を廃棄する。日本側提案の条約を作成してほしい」となった。

そうなったとき、マルコムはそれまでのいきさつを捨てて、日本側提案の案文作成に協力した。その潔い態度は節蔵の記憶に強く刻まれました。

民族問題では、第一次大戦後のヴェルサイユ条約によって、最終的にヨーロッパにはチェコスロヴァキア、リトアニア、ラトヴィア、エストニアなど多数の小独立国が生まれた。そのため小独立国に住んでいたドイツ民族は少数民族としてあつかわれ、いろいろ面倒な問題を起こした。

ポーランド民族とドイツ民族とは、言語風俗習慣および宗教や教育方法が異なっていて、ドイツ民族が新興国ポーランドの統治に服従することが困難で、あちこちのドイツ人居住区で抵抗する紛争が絶えなかった。石炭、鉄などの天然資源が豊富な工業地帯上部シレジアはヴェルサイユ会議でポーランドに属するとされながら、後にドイツとポーランドに分割された。ポーランド併合地域でも各種鉱山の資本はドイツ系会社に握られていて、ポーランド人は鉱夫だけという例がおおかった。そのため、学校の建設、教科、言語課程、教師などの問題がつぎつぎにおこり、ときには暴力問題が生じていた。

利害関係のない日本は、中立的に裁定をはかると期待され、民族問題を担当することがおおかった。日本は駐仏大使が連盟理事を兼務し、初代は石井大使、つぎは安達大使だった。安達大使はフランス勤務が長く連盟創立の功労者でもありました。厄介きわまる少数民族問題の解決にあたって、彼はすこぶる評価が高く事務総長ドラモンドは、「日本はじつに不思議な国だ。係争国の一方から喜ばれると他方から悪口を言われるものだが、双方から常に好評と満足を買っている。こんなことは自分の連盟経験上ないことだ」、と称賛していました。

少数民族問題について、節蔵はまったく未経験でした。前任者の佐藤大使がベルギーにあったので、ときどき行って会い勉強させてもらいました。ドイツ側としてはポーランド領内で生活するドイツ民族にたいして教育ならびに税制措置の実施を要求していましたが、ポーランド側が実施せず長く論争がつづいていた。裁定書を両国に内示するとだいたい同意となった。しかし「改革を実施した」という部分に、ドイツ側が猛反発した。「実施しようとしている」ことは認めるが、これはポーランド側の言い分である、というのだった。この部分をめぐって双方論争となり互いにゆずらなかった。

節蔵は、長岡理事をはじめ内部関係者とも話し合った結果、他の理事国にやってもらっ

ても いい、と連盟に報告した。連盟は双方を説得した。すると、それぞれ双方が挨拶に訪れ、裁定案を受け入れたのでした。*2

阿片問題について、第二次大戦後になってから驚く事実を節蔵は聞きました。大戦で節蔵は家を焼失し、鎌倉の簡素な家に住んでいました。そうしたとき、旧友十人ほどで毎月一回順ぐりにおたがいの家に集まって日曜の半日を時局漫談ですごしていました。たまたま阿片の話が出たのでジュネーヴ会議のことを節蔵は話しました。するとある大手商社の重役だった人が、親友の陸軍省の経理部長にたのまれて、阿片の商売をおこなった話をした。

それは陸軍が軍備拡長として、内地に三か師団、朝鮮に二か師団増設することにしたが、一師団あたり五万円の金を捻出することができなかった。そこで重役を呼びだし、金策を依頼した。重役の会社は汽船をチャーターし、ペルシャから阿片を輸入し満州に流して純益金五百万円を得た。それを陸軍に献納したというのでした。

ジュネーヴの会議では、常に人道上の目的達成を第一義に掲げて行動することが政府の方針であった。しかし、その手段ならびに具体的問題処理になると、節蔵は明瞭さに欠けるところがあると感じていた。連盟当局者および各国代表中には、裏で日本はいろいろ細工をしているのではないかと疑うものがありましたが、そう疑われていた根拠の一つの例のようでした。

また陸軍では日清戦争当時、支那で捕獲した馬蹄銀を多量保有し、これを処理しては機密の用途にあてているため、派手な工作を進めることができるのだ、という噂をしばしば聞きました。馬蹄銀もさることながら、阿片麻薬の取り引きも巧妙におこない、軍備工作資金にあてていたのでした。

＊1　これに関する著作物は多数。その一つ、『陰謀・暗殺・軍刀』森島守人著（中公新書）
＊2　『回顧録一外交官の生涯』澤田節蔵著（有斐閣）

先行国を真似したための罪（十八）

国際連盟で問題となったのは、一九二九年の張作霖の爆殺事件、一九三一（昭和六）年九月、満州柳条溝で起こった事件だった。

政府は浜口首相はじめ幣原外相が事件不拡大を内外に宣言して、支那側との二国間交渉を主張していた。

一九三〇年十一月浜口首相がテロ行為に倒れた。一時首相代理を幣原外相はつとめ、若槻内閣でひきつづいて外相だった。翌年陸軍将校によるテロ未遂事件（三月事件）が発覚し、その暗殺リストのうちの一人に幣原は載っていました。議会では松岡洋右代議士が幣原外交を「軟弱外交」と非難し、「満蒙はわが国の生命線」と唱えて演説し、民衆の喝采を浴びていた。そのキャッチフレーズは早速コマーシャルに利用されるほど流行して、暗黙の支持を受けているのでした。

一九三一年秋の第十二回国連総会に、支那（中華民国・蒋介石政府）は米国を仲介にして国際連盟理事会へ満州柳条溝で起こった事件を訴えた。日本は自衛行為で、両国間の交渉において局地解決をはかるべき問題である、と主張して、連盟が議題として取り上げるのに反対をとなえた。

一九三一年には米国は国際連盟にまだ加盟していませんでしたが、支那が不戦条約にもとづいて米国を動かし、ジュネーヴ駐在のギルバートをオブザーバーとして出席させる工作に成功していた。かつて債権国だった英仏両国は、第一次世界大戦の戦費から逆転して米国への債務国となっていて、米国を加盟国と同等に扱い、スペイン、スイス、ギリシャ、スウェーデン、アイルランドなど小国の代表は、満州問題によって連盟が滅茶苦茶になれば、小国にとって保証するものが失われるとばかりに、ともに日本を激しく非難するありさまとなった。

支那（中華民国・蒋介石南京政府）の代表は施肇基、ついで登場した顔恵慶、顧維鈞などいずれも英語力がすぐれ弁論にたけていた。小国代表を味方につけて日本を激しく非難した。

その根底には、日本が一九一五年に袁世凱に要求した対華二十一か条を縮小させたにしてもその骨子を承認させ、権益を拡大したことにあった。第一次世界大戦で得た膠州湾周辺の権益を中国に返還する見返りに、満州での権益を確定させたのでした。この日本の確実な浸透が、ヨーロッパ諸国には「黄禍論」を裏づけするものとして捉えられているところがありました。

こうしたことにたいし日本の代表部も一致し反論釈明しましたが、政府の方針が一貫性を欠いていました。陸軍なかんずく関東軍の独走をおさえることが困難でした。柳条溝事件の二十日後には、北京にむかう鉄道線上の錦州を爆撃し、不拡大をとなえつつも拡大しているのではないか、と日本への不信感を各国に植えつけたのでした。

情勢はここでとどまらず、北満の嫩江鉄橋爆破事件、十一月のチチハル（中国黒竜江省の中心都市）への軍の進出となった。連盟理事会では、あらゆる機会をとらえて不拡大の政府の方針を日本代表部は強調した。しかし、軍の行動はとどまるところなく、日本の代表部は釈明に苦しめられたのでした。「マルシャンダージ」とは、汚い商取引のやり方のことですが、この言葉が日本の行動の悪意あるやり方ということにつかわれ、それを日本の代表部は聞かされたのでした。

当時日本は、政府東京との連絡を電信にたよるほかなかった。アメリカ、スイス間にはすでに電話があり、アメリカ総領事はワシントンの国務省と直接連絡がついていた。こみいったこういう状況では意思疎通をはかるにはうまくいかなくて、代表部は日夜いらいらした。

激動する状況に、理事会では日支双方の激しいやりとりがつづいた。しかし連盟も現地の実情が正確に分からず、日本軍の行動を認めるわけにはいかないが、だからといって明確な理由をあげ、日本糾弾の措置を取ることもできなかった。日本軍の即時撤兵と第三国武官で構成する調査団の現地派遣がとなえられた。

代表部は、第三国武官による現地査察は拒みましたが、連盟に選抜された委員による調査団の容認に追いこまれました。

一九三二年一月半ば、英国のリットン卿を委員長とし、イタリア、フランス、ドイツ、アメリカの委員で構成された調査団が現地に派遣されることが決まった。

その調査団が行動中に、三月一日に日本が後押しする、満州国建国宣言がなされた。このときの満鉄総裁は内田康哉であり、七月には帰国して外務大臣に就任となった。

連盟事務局の少数民族部長スペイン人のアスカラッチーは、元大学教授で、連盟発足後事務局入りした、少数民族問題の権威者でした。地味で厄介な少数民族問題をうまずたゆまず処理しつづけたことで事務総長ドラモンドの信頼は厚かった。連盟自体の浮沈にかかわる満州問題が会議の俎上にのせられると、直接関与しなくてもその推移に終始注意していたようでした。

満州問題が揉めて、日本が連盟と衝突する形となり、日本が脱退するかもしれない空気が漂いはじめたころ、少数民族問題に関する要件があって節蔵はアスカラッチーの部長室を訪ねました。用談の後、アスカラッチーはひきとめた。

「満州問題についてかれこれ言う立場にはないが、この問題は連盟発足以来の最大の試練であり、よほどうまく処理しないと連盟の存続に関わることになる。日本の行動が止むにやまれずとった措置だということは分かるが、一部理想論者が日本を糾弾しつづける議論にもじゅうぶん傾聴に値するものがある。日本側も反省し歩みよる余地はないものだろうか。日本が満州でやっているようなことは、欧州先進国はすでにくり返しやってきたことなのだから」

節蔵にもうなずけるところがありました。

「日本もこれらの国々のやり方にならい、手ぎわよくふるまってもらいたい。遮二無二押切ろうとするやり方は慎まれたらどうか。自分の祖国スペインは世界各方面へ勢力をのばし一時は世界に覇をとなえたが、国力発展の夢のとりこになって、自重自粛の機を逃した。そのために、モロッコ問題の紛糾で本国の生き血まで吸われることになり、それ以来、転落の一途をたどって今日にきてしまった。忠告がましいことを述べたと思われては困るが、うまくやってもらいたいと願っている」

節蔵は、満州問題と英、独、仏、スペインの争いのモロッコ問題との違いに触れながらも、アスカラッチーの言葉を誠意あるものとして聞きました。

節蔵たち代表部としては、政府の訓令を忠実に執行して連盟で説明につとめるのでしたが、満州で起こる事件の説明を東京の指示どおりにおこなうと、一週間か十日もたたないうちにこれを裏切る事変が現地でおこって代表部の顔が丸つぶれになるのでした。このような苦しい立場の節蔵には、アスカラッチーの直言が身に沁みてこたえました。一応問題の違いに異をとなえましたが、先進国の植民地獲得戦争はその国ぐにの経済の伸展と密接にかかわっているのが明らかでした。

国際連盟の公用語は英語と仏語で、連盟では通訳の仕事を重視し、英仏人の中から語学に堪能なものを採用し、満四年連盟事務局の特設の通訳訓練所で鍛えた。その課程をおえると一か月ないし三か月くらいもっとも簡単な委員会関係の文献の勉強をさせ、その委員会にわりあてた。これだけの準備をととのえたうえで実務をさせて、成績優秀な者を理事会や総会にあてていた。

芳沢大使はすでにわが国外交界の長老で、支那勤務が長く、支那問題についての権威者として認められてもいました。また多年英国に勤務し英語も堪能で、その上駐仏大使としてパリに勤務し仏語も相当だった。しかし満州問題のような大政治問題をあつかう会議では、言葉づかいのうえからも真に英仏人の敬意を招くぐらいでなければならなかった。

日本を相手にする支那代表はいずれも英語の達人でした。各種会議でわが国を糾弾し、憂国の情をこめて主張する弁舌は敵ながら見事なものでした。英仏伊などの外務大臣が出席する理事会では、論議が白熱し日支両国の一騎打ちとなる。

こうしたときにいかに周囲の者が助言しようとしても、芳沢大使（国連理事）に代わって発言するわけにいかず、代表部では芳沢大使に日本語で発言してもらい、これに堪能な通訳をつけることで主張の貫徹をねらおうとする意見が起こりました。その意見を事務局長の澤田節蔵が進言することになった。そこへ館長符号の暗号電報がきました。

館長符号の暗号とは、とくべつの機密事項について外務大臣と在外大公使との間の通信のみに用いられる暗号でした。それによると、東京の苦しい事情がつたわっていなくて切歯扼腕している。この際芳沢大使に通訳をつけて十分に主張してもらいたい。かつてワシントン軍縮会議では、加藤友三郎大将が通訳をもちいて交渉をおこなった例がある。早急に芳沢理事に話して措置をとるように、との訓令でした。

この訓令と代表部での意見をつたえると芳沢大使は不愉快に拒否の無言だった。節蔵は説得に努めた。不本意のようでしたが芳沢大使は納得した。

つぎの理事会では、各理事国の外務大臣が出席し、連盟事務局幹部、関係各国代表部、報道陣、一般傍聴者多数が仏国外務省大広間に集まり、立錐の余地もないほどになった。開会宣言につづいて、十数ページの日支両代表にたいする質問書が配られ、日本代表の回答が求められた。

質問は代表部が想定していたとおり、事実問題と法律問題だった。それぞれについて通訳者を用意していてそれでやりおおせた。

一九三一年暮れ日本で政変があり、芳沢大使は岳父犬養首相の組閣した外務大臣に就任するため帰国し、通訳問題は解消した。

一九三二年十一月下旬になって、リットン調査団報告書が理事会で審議されることになった。

発表された日本の代表団の一人に松岡洋右代議士が加わった。松岡は外務省入省後、退職して満鉄の理事、副総裁をつとめ、一九二三（大正十二）年、ときの東宮（のちの昭和天皇）を狙撃した難波大助の虎ノ門事件で、この父の衆議院議員が息子の責任をとって辞職すると、その選挙区から立候補して代議士になった。

松岡代表は、幣原外交を「軟弱外交」と攻撃する先鋒だった。松岡は、雑誌や新聞に、民意高揚、満蒙はわが国の生命線なり、と「強硬外交論」を主張発表していて、その説く軍事力誇示は、当然のことながら政権を左右する軍部との関係がよく、議員の中から選んで代表にしているのは、彼を陣頭に立てる考えが政府にあるようでした。

政府は代表に、連盟理事でもある長岡春一駐仏大使、それに佐藤尚武駐白大使、松岡洋右の三人を決め、澤田節蔵は代表代理でした。

連盟加盟の英国、仏国、独国はそれぞれ一流の政治家外交家を送り込んできた。日本政府は三代表を決めながら主席（全権）を誰にするのか指示していなかった。そこで各代表の意見を節蔵が取りまとめることになりました。

節蔵は知るよしもなかったのですが、以前に帰国して国内事情を知っていた佐藤尚武駐白大使は、国連の役割を遠いヨーロッパ諸国の事務局くらいにしか思っていない政治家や官僚に会って驚き、深い懸念におちいっていて、松岡がやってくると知ると長岡駐仏大使のいるパリへ会いに行き、意見を伝えていました。

「長州では君（長岡）が二年先輩で、宮中席次でも上位だが、こういうことは私情を捨てて松岡に任せてはどうだろうか」と。

長岡大使はそれを承諾していたのでした。[*2] 話し合いの結果、松岡が首席代表になった。臨時総会で松岡代表は、支那代表顧維鈞と熾烈かつ辛辣な議論を交わしました。

松岡は、リットン調査団の報告書についてまず批判した。日本が連盟に提訴しなかったのは問題が二国間協議にゆだねられる性質のものであること。満州国は清朝の天領または世襲属国であり、混とんとして無政府の状態で、ここに権益がある日本が支援し独立建国へ進ませるのに関わるのは当然のこと。日本が自衛権について主張するのは、エジプトの軍隊がギリシアの反乱をおさえるためにトルコ人を援けに行く、それを英仏露の艦隊が妨げたが、それはエジプトとトルコ人の希望を失わせた。この紛争は自衛行動から出ていたはずのものだ。また一九一六年から一九一七年にかけて米国がメキシコに遠征軍を送った事実を思い起こすなら、その時代のメキシコ政府は、米国居留民の生命を保護する能力がなく、米国は自国民を保護するための行動だったからではないか。これらと同じように、満州の場合もこの地の官権が反日運動を扇動し、日本国民の生命を脅かしたものである。これは支那政府と張学良の独立政府が責任を負わなければならない。日本は決して連盟規約にも、パリ不戦条約にも違反するものではない、と主張した。

支那代表は、項目ごとにリットン報告書を裏づける事実をあげ、歴史的経緯をのべて整然と反論しました。

このとき松岡代表は、一九二五年の関税特別会議で、日本が率先して支那の関税自主権の立場を支持して共存共栄をはかった実例を挙げ、支那に対する支配権拡大の意図のないことを主張することは念頭にないようだった。たとえそれが一時期のものであったにしろ、有効な論拠となるはずのものでした。松岡は支那事情に精通していると豪語していただけに知らないはずはなく、それが宿敵と見なしていた幣原外交の事績であったので故意に黙殺したのか、あるいは嫌いな者の仕事の事績には意識を留めない性格によるもののようでした。

松岡代表は、反論を重ねた。イギリスがスエズ運河の紛争をめぐって軍隊を派遣したのは当事国のあいだの問題として処理したからであった。連盟に加盟していない米国が、第一次大戦後債権国となり、英国を動かして支那問題に加わっているのには不当性があると、婉曲につけ加えた。

くわえて、日本がこの連盟で数をたのんで糾弾される状況は、かのイエス・キリストが理不尽にも民衆によって十字架に架けられたようなものである。たとえ主要国が自らを省みることなく、また各国が理不尽に日本を糾弾しようとも、歴史が日本の主張の正当性を認めるだろう。松岡代表は原稿もなく弁説をふるった。*1 連盟では、日本代表がサイレント映画からトーキー映画になった、とこの弁論を評価するものが少なくなかった。

連盟は一九か国の代表からなる特別委員会を設け、紛争解決にかんする提案を総会に提出させることにした。

十九か国委員会は、一九三二年十二月中旬から案の作成にとり組み、年末の休みをはさんで同案を仕上げることになった。

この委員会の報告ができあがるまでいろいろな会合が開かれた。日本の代表首脳部は手分けして、連盟関係の有力代表などと接触をかさね有利な結論が出るように努力した。しかし大勢は、侵略者であるとの裁断が下されそうだった。

明くる二月になると、日本は連盟を脱退し世界をむこうに回して、血路をもとめる以外に道がないように見えだした。すでに、外務大臣内田康哉は、政府内で「脱退やむなし」の意見を表明していた。代表団はジュネーヴから、日夜現地の情況を細大漏らさず東京に電報を打ちつづけた。

二月中旬のある朝、松本書記官（のち駐英大使）が松岡代表の命令でかんたんな電信案をもって節蔵のところへきて発電してもよいかと聞いた。「政府は断然脱退の処置をとるべし」、というものだった。節蔵は発信を停止し、代表者会議の開催をもとめた。

小さな一室で、三代表と節蔵の四人で朝食後から昼食まで、その短い電信文に協議を凝らしました。

節蔵は、連盟を脱退することは日本が自ら進んで世界の政治的孤児になる。決定は、国の内外のあらゆる情報を把握している政府が熟慮しておこなうことであり、出先代表部が言うのは避けるべきである。

松岡代表は、論議をつくしたが頑迷な自己撞着に陥っている西欧諸国は聞く耳をもたない。連盟に加盟していて手足を縛られるような状態になっては何も得るところがない。日本の民衆もその方向を向いている。脱退以外の道はないと主張した。

節蔵はさらに、平和に背を向けるような脱退は急ぐ必要がなく、国内に向かっても、諸外国に向かっても、この問題をよく知っている者たちが説明し理解を求めるよう粘り強くおこなうべきだ、と主張。

松岡代表はそれにも反論し、自論の世界情勢分析から、日本のとるべき態度として脱退すべきである。日本が勢力を拡張していく手足を縛ろうとする連盟にとどまっても運命はひらけない、と主張。

長岡、佐藤両代表も松岡に傾く意見となった。

ついに、節蔵の意見は葬り去られました。室外に出ると佐藤代表が節蔵に歩みより、「澤田さんは温和な人と思っていたが、熱烈強硬そのもので驚きました」と言った。[*3]

東京では二月七日、日比谷公会堂で東亜連盟議会ほか十四団体が、「満州問題挙国一致各派連合会」の名のもとに三千名あまりの集会を開いた。

「帝国は即時連盟を脱退すべし」と集会は決議した。

主催者はこの決議を全権団に打電し、首相、外相、陸相、海相には宣言文を手交した。

前年の七月外相に就任していた内田康哉は、就任以前から国内情勢、なかんずく軍部そして関東軍の動静に接近していて、脱退やむなしの意見で異論はなかった。関東軍が中国で熱河作戦をすすめたがっていたが、その停止をもとめる政治決断のないまま、事態はずるずると進行していくのだった。

国事の重大決定に関与する元老西園寺公望は、秘書の原田熊雄が毎週往来して、政局や軍部の動静をこまごまつたえていた。「そうか、そうなのか」と西園寺公も脱退を認めていく結果となった。[*4]

連盟では、二月二十四日ベルギー代表イーマンス議長が主宰して総会が開かれた。傍聴席は超満員であった。リットン調査団の報告をもとにした特別委員会の結果は、予想どおり日本を糾弾するものだった。支那代表顔恵慶は、無条件無留保でこれを受諾すると述べた。

松岡代表は、支那の無政府状態をかさねて説き、二国間協議にすべき問題であり、再考を促すと論述をかさねた。

投票の結果、調査団の報告を認めるもの四十二票、反対一、棄権一であった。

松岡代表は発言をもとめて、現地の実情を理解していない特別委員会の結論は、世界歴史上でおこなわれた事情に照らし合わせて諸外国、衆人の偏見から結論づけられたものであり、日本は十字架上のキリストのように犠牲とされるものである。そのような結論をみちびいた各国の偏見に猛省を促す。われわれは決然として連盟を脱退すると宣言した。このときも原稿なしでとうとうと演説し、脱退を宣言し終わると日本代表団全員に退席を促した。

近年フランスで、イスラム教宗祖ムハンマドを風刺する漫画を掲載した新聞があって、多数の死者を出すテロ事件がおきた。宗祖のことがらについて政治問題にからめて揶揄的にあるいは比喩的に用いられれば、心情の複雑な曲折を生み、あるいは強い反感を呼び起こすことがあるのではないか。当時にあって、はたして松岡代表の言説はどのように受けとられたのでしょうか。

余談ながら、日露戦争奉天会戦についてフランスの観戦武官（当時は中立国の武官の観戦を両国が認めていた）の本国報告が新聞にのせられ、桜美林大学・川西重忠教授が発見入手された事例があります。日本の連盟脱退のときの松岡代表の演説について論評をのせたフランス、イギリスなどの新聞記事が紹介されればと思います。

＊1　『松岡洋右』―その人と外交　三輪公忠著（中央公論・中公新書）
　同じく『近代日本総合年表』第三版（岩波書店）
＊2　『回顧八十年』佐藤尚武著（時事通信社）
＊3　『回顧録一外交官の生涯』澤田節蔵著（有斐閣）
＊4　『西園寺公と政局　第三巻』原田熊雄著（岩波書店）

七色の愛（十九）

一九二三年七月、ロンドンでの美喜は、水を得た魚のように語学の勉強に励み、施設のととのった公園や荘厳な教会に出かけた。日曜礼拝のあと、召使の行きとどいた援助もあって、慈善事業に参加した。召使は、美喜がロンドンに着くまえにたのんでおいた信頼のおける人間だった。

「四人の言葉の通じない子どもの面倒を見て下さる気の長い、家事に熟練した女性を……」とナポリに入港したとき、船から前もって英国の「保母カレッジ」に手紙を出しておいた。ロンドンに着いて三日目に、女性がホテルへ訊ねてきた。召使でも、保母カレッジ卒業の制服を着て公園で乳母車を押していると、ほかのそうした役目の者たちが道をゆずって敬意を払うくらいだった。

「奥様は酒、タバコを嗜まれますか」「勝負事が好きで、夜更かしをされますか」「子どもさんたちを日曜日英国教会に連れて行くことに異存はありませんか」。

なんのことはない保母兼家庭教師から口頭試問を受けたようなものでした。美喜はその試験に合格しました。父の家に四十年も務めていた女中は、就寝するときには枕もとに短刀を置き、ジャンと半鐘が鳴ろうものなら鳴り終わらないうちに身だしなみを整え廊下にひざまずく、そういう人だった。美喜はその文化のへだたりに驚くとともに、憧れていた西欧文化の一端として楽しめたのでした。

しかし、お茶に、コクテルに、午餐に、夜会に、華やかな社交界の絶え間ない催し、そして富士山と桜と美しい芸者を褒めたたえる日本および日本人への賛美のくり返しに、やがて美喜は飽きた。日本人は、地球のどこにあっても、どうしてお互いに親しみあえないのだろう。つまらない争い、醜い嫉妬、憎み合い、陥れあいに嫌気がさしたのでした。

ある日曜日の礼拝の後、司祭が老婦人を紹介した。

「もし、あなたが今日ゴルフウィドウだったら、……」

老婦人はユーモアたっぷりに美喜を誘った。言われる通り、夫廉三はこちらにきてゴルフに熱をあげていた。

老婦人との約束の場所に行くと、大きな黒いダイムラーに制服の運転手と助手がいた。中世の古城が葉隠れに見える道、白鳥の浮かぶ湖のほとりを過ぎ、着いたところは濃い森の中に石の門があり、二つ目の門を過ぎて石造りの館と森に小さい館が点在しているところだった。ドクター・バナードス・ホームという孤児院だと運転手が教えた。

「これが孤児院？」

美喜は驚いた。日本では悲惨で暗い孤児院のイメージしか抱けなかった。そうした想像とかけ離れていた。入っていくと、暗い顔をしている子は見あたらなかった。衣服は古くても小ざっぱり。ボタンは一つも落ちていなかった。小、中、高の学校設備もあり、教会あり、職業補導の教室、実習の工場があった。法の定めによって十八歳で去るときには、その日から職について働けるだけの技能を身につけ、実習で得た金をポケットに出て行くという。

「哀れな子どもをただ可哀そうだ、といって頭を撫でるのではなく、あなた自身が哀れなものだと頭を撫でられるようにならなければ、この仕事は成功しませんよ」

園長バナードス博士は言った。

美喜は、バナードス・ホームの奉仕活動へ欠かさず行くようになりました。

「要らないと言われる子どもを皆が引っ張りだこにするような、有用な人間に仕上げるのは素晴らしい魔法です。これのできる手品師なのです」

バナードス博士のやりがいのある仕事と信じている明るさは、人間には秘められた可能性があると信じ、それは神が人に与えたものが人の躓きによって埋もれたままになっているからで、その埋もれたものを引き出す手助けがとりもなおさず、神の創造の業を信じることであり、その創業の片鱗に携わらせてもらうことは人としての素晴らしい仕事である、とすこしのためらいも疑いもなかった。その信念に満ち、明るい声で述べられる事柄が、博士の人柄そのものであった。人柄に包まれたものとしての信仰、言葉を超えた深さに美喜は染められました。

美喜は感動に包まれた。人間にも、こういう素晴らしい事業ができるのだと。この強い感動がのちにエリザベス・サンダース・ホームをひらく原動力となったのでした。しかし、美喜には読み落としていた聖書の章句がありました。

「あなたがたは、わたしが地上に平和をもたらすために来たと思うのか。そうではない。言っておくが、むしろ分裂だ。今からのち、一つの家に五人いるならば、三人は二人と、二人は三人と対立して分かれるからである。父は子と、母は娘と、しゅうとめは嫁と、嫁はしゅうとめと、対立して分かれる。」（聖書ルカ伝第十二章五十一節）

友人知人と親愛を保とうとするのか、夫婦、親子の愛情を保とうとするのか、それとも信仰による良心が命じるままに生きようとするのか。この問いに直面するときの深い意味を跳び越え、身をもって迎えるときとなるのは、十八年後になるのでした。夫とは生きるのですが。

彼女は、それを彼女なりの信仰と天性の直情と両親からの贈り物の体力で乗り越えていく道がわかれ、彼女の子たちは、「子が孤児となり、孤児が子となる」と呟くことになり、[*1]

ロンドンでの家族は、日曜の朝、全員車に乗りこんで出かけました。保母との約束どおり、子ども四人を英国教会につれて行き、美喜はメソジスト派の教会に属していたのでベーカー通りにあるウェズリアン教会へ、そして廉三はゴルフクラブへという道すじでした。昼になると空車が美喜を迎えに、それから子どもたちの教会へ寄って家に帰るのでした。ところが、月末のガソリン代の請求があまりにも高かった。運転手を呼んで節約を相談した。彼は即座に答えました。

「奥さん、何も教会を二つにしなくてもいいじゃありませんか。一つの神さまなのですから。思い切って子どもさんの教会に行かれては」

美喜はそうすることにした。

各国のなるべく特徴のある一幕劇を出して基金を集める慈善の催しがあった。在英邦人と相談して、美喜たちも参加することにした。イギリス夫人と結婚していた駒井権之助という詩人のアイデアで、「天の岩戸」を詩と音楽に合わせ、パントマイムでおこなうことにした。神代の服をつくったが、男神たちの首にかける勾玉がなく、美喜はそこで行き詰った。しかしアイデアが浮かんだ。日本クラブや日本料理屋にある箸置きだった。本番の日に箸置きをのこらず借りあつめ、五人の男神の首からの紐にくくって垂らして劇をおこなった。ともかくそれは大喝采で迎えられた。

美喜は、演劇学校でも学びました。シェイクスピアの劇について興味深い講義を聞くことができました。講義が終了するときには、レディ・マクベスをやらされました。舞台装置も衣装考案も全部自分でさせられて、自分で演じて見せなければならず、ずいぶん勉強になった。かつて長屋のきっちゃん、鶴ちゃん、けん坊などを集めて芝居ごっこをしたことに洗練を施していく歓びがありました。

油絵の勉強もした。聖ジョン・アート・アカデミーにもかよった。

夫廉三がロンドンからパリに転任になると聞いたとき、名残惜しさもありましたが、また新しい文化に遭遇できる期待に胸を弾ませた。

一九三二年十月パリに移りました。

美喜は、今度はきちんとした絵の勉強を思い立った。マリー・ローランサンの画塾へ入ることにした。一流の女流画家ということだった。

しかし、いい教師ではなかった。気まぐれで思うままに描き散らして理論には一つも触れなかった。九時から十二時という授業時間を守ることはなく、ワイヤーへヤーテリアの犬を散歩させ、鼻歌を歌ってようやく描きはじめ、十二時を打つと犬を連れてさっさと帰った。

ジョセファーというアルジェリアの若い娘のモデルがいて、売れっ子で三か月前から頼まないと来てくれなかった。肌の色はミルクの入ったコーヒーというぐらいでしたが、均整の取れた体はギリシャ彫刻のようでした。ある画家に騙されて妊娠し流産したということだった。それから四か月経って、ジョセファーはモデルに来てくれた。豊かだった胸のラインが少し崩れているということでしたが、以前のジョセファーを知らない美喜にとって、よく均整の取れた肢体に見えました。

ローランサンはアルジェリア人を嫌っていた。彼女の画風の淡い色調に合わないせいのようでした。塾生が描いたものに筆をくわえた。塾生たちは、はっと息をのんだ。カフェオーレの肌色が、柔らかいピンクに染められて見事でした。

ローランサンの書斎は素晴らしかった。蔵書は彼女の好みの色で分けられてパステルカラーの皮で装丁されていた。薄水色は歴史、桃色が詩集、灰色は伝記もの、薄緑色は論文、レモン色は評論、藤色が旅行記などと、きちんと整理されていた。

寝室は、彼女が描く魔法の画風の世界でした。

中央に黒檀の中国風のベッド。かつて美喜が万寿山の離宮で見たことのある皇妃の寝台と同じもの。満月のような入り口から燃えるような緋の夜具は目を射るようだった。ベッドの下には銀の引手の引き出しが三段両側にあった。

「引き出しの中には、私が今までに貰った恋文が入っています。寝る前にそれを一つ一つ読むと、子守唄のように深い眠りの国に誘ってくれます」

彼女は夢見るような目つきで言った。そのときくらい彼女を幼くて、かわいらしい心を持った人と思ったことはなかった。

美喜は、チェレリー展に二回、サロン・ドートンヌに一回入選できた。パリをこよなく好きになり、讃える気持になった。

一世を風靡したといっても過言ではなかった歌手・女優のミス・タンゲットが盛りを過ぎたころ、米国からパリへ渡ってきたジョセフィン・ベーカーが評判になって、美喜は公演を観に行った。たちまち美喜はその大ファンになった。彼女のショーに魅せられて欠かさず観に行った。

ジョセフィン・ベーカーは、ミズーリ州のセントルイスで白人の父との間に生まれたカフェオーレ色の肌の女だった。すらりと伸びた肢体をコケティッシュにあるいは優美にあやつり観客を魅了した。踊りばかりでなく、だしものの歌はヒットソングへと発展変貌するものがおおくあった。涙ぐましい日ごろの努力の賜物の華麗な芸でした。フランス語がみるみるうちに上達し、イタリア語ドイツ語も日常会話ならできるということでした。

美喜はそのジョセフィン・ベーカーを自宅に招待しました。それでしぜんに行き来するようになった。芸に魅せられたのは勿論でしたが、何よりもその人柄にぞっこん参りました。劇場では幕引きに、家族が病気していることにも気遣った言葉をかけるし、休日にはオープンカーの後ろの座席いっぱいの籠に菓子をつめて積み、貧民街の子どもたちへ贈り物をするために出かけるのでした。美喜はその行動に同行するようになりました。

ジョセフィンのだしものはいつも大入り満員で、ついにジャック・オッフェンバッハのオペレッタ「クレオール」の主役を演じました。踊りばかりでなく歌劇女優としてのその卓越した技能をパリの全新聞が取り上げ、評判となった。つぎつぎにロンドン、ウィーン各都市での興行契約が成立しました。

彼女の一切のマネージメントをおこなっていたのは、夫のアパティノ伯爵という、イタリア、パレルモの名門アパティノ家の御曹司だった。興業の事務のみならず語学、そしてトーダンスの練習にも手を抜かせないのでした。彼女の練習が深夜二時におよんで靴を脱ぐと足の指先に血が滲んでいた。そんな時間にまで美喜は付き合える間柄になりました。

遠くアフリカのファンから寄贈された豹の子をジョセフィンは可愛がり、舞台にも登場させていましたが、歯が生えて危険になりボア・ドゥ・ブロニューの動物園に寄贈した。ところが動物園では豹を殺して皮は利用し、その肉は食べたという。

ジョセフィンは怒って訴訟を起こした。三年がかりの訴訟で勝訴し、豹の供養ができたと喜んでいました。

そのジョセフィン・ベーカーが、あるとき病人のいる家を訪れ、幾年か寝たきりの老母、老父は交通事故で片腕を失っているのを見舞った。息子は大工で三人の年子の小さなほうの子は床を這い、よちよち歩きの子、一人はやせた母の乳房にしがみついていた。彼女の目から涙がこぼれ頬をつたった。彼女は左の薬指に差していた五カラットほどのダイアの指輪を抜いてその母にわたした。「三人の子を育て、学校に入れるように……」彼女はそう言って離れていった。

ジョセフィン夫妻は、キャジノ・ドゥ・パリの幕開きの前、廉三夫妻のアパルトマンによって晩餐をともにし、夫君の運転するキャデラックで舞台へ行くこともたびたびとなりました。

廉三夫妻もベルト・ラン・マセス画伯らとともに、週末にはジョセフィンの住居の泊り客となりました。寝室に小サロンと黒曜石の浴室がつき、寝具は絹づくめ、枕に頭を落すと下からモリーヌのナンバーファイブのローションの香りが立ちのぼりました。

ガソリン代のため一つの教会に行くことにしたことは、のちにカンタベリー大僧正がサンダース・ホームを訪れたとき、おなじ信仰に生きている歓びを、「私は油によって滑り込んだようなものです」と答える美喜のジョークとなったのでした。[*2]

＊1　『ＧＨＱと戦った女　澤田美喜』青木富貴子著（新潮社）
＊2　『黒い肌と白い心』澤田美喜著（日本経済新聞社）

巨人たち（二十）

二年四か月のパリ勤務ののち、一九三二年二月澤田廉三はニューヨーク総領事へ転勤となった。

美喜にとって、ニューヨーク総領事館とは、村の庄屋であり峠の茶屋と変わらなかった。庄屋役は、アメリカにいる日本人の冠婚葬祭すべてに顔を出すことだった。峠の茶屋とは、アメリカからヨーロッパへ、ヨーロッパからアメリカへ来る人の通り道で、そのもてなし役でした。

ジョセフィンのアメリカへの凱旋公演は、ハドソン湾へ入港するフランスの新造豪華客船だった。故郷に錦を飾る女王にふさわしい客船だった。

だが、波止場で彼女を出迎えたのは、澤田廉三夫妻しかいませんでした。夫君は数週間前に到着し、ホテルサンモリッツに泊まって、興業の下交渉をしていました。

波止場からジョセフィンを車に乗せようとすると運転手が嫌がった。

「黒人を乗せるんですかい」

ジョセフィンを廉三夫妻が同行して宿泊の手続きを取ろうとすると、ホテルでは「あいにく満室で」と言い、あるホテルの支配人は「有色者（カラード）は泊めるわけにはいかない」とはっきり言い、拒んだ。

ジョセフィンはれっきとしたアメリカ人であり、いまヨーロッパでは押しも押されぬ舞姫歌姫であると説明しても応じなかった。

憤然と立ち上がったジョセフィンは、廉三夫妻にアパートメントの借り入れを世話してくれと言いました。廉三たちが借主となって話をつけ宿泊所を見つけました。ところが借りたアパートメントにきた夫君は、「マネジャーとしての活動の便宜上、自分はホテルに泊まる必要がある」と言って別居を主張した。

ジョセフィンは、無言を貫いていたが、やがて彼女は銀行の小切手帳を取り出し、すらすらと五百万フランの金額を記入した。

「これをもって何処へでも行って下さい。そうしてもう二度と来てもらいたくない」

破鏡の鋭い気魄に打たれて、アパティノは小切手を手に無言のうちに出て行った。

アメリカの教会の人たちは、ヨーロッパ大陸の人とちがって友だちになりやすい面がありました。慈善事業が企画され催されたとき、美喜はサマー・シアターを結成して、ニューイングランド地方を回った。十人前後の素人劇団でした。町や村の秋の収穫物を入れる大きな納屋が主な舞台でした。

あるときの舞台で、ふと前を見ると最前列で夫廉三が心配そうに見ていました。とたん、主役の美喜は台詞をトチったのでした。[*1]

一九三四（昭和九）年春に赴任した斎藤博大使は、アメリカ人にとても評判が良く、澤田廉三は仕事がやりやすかった。

その斎藤大使の赴任のときであった。満州事変、国際連盟脱退、支那問題、そして国内では大冷害が起き娘の身売りが多発して問題となり、日本の世界的評価が極端に悪化している、そういうときだった。

斎藤のオランダ公使から駐米大使への転任は、破格の栄転ということで評判だった。そういうことは米国では大袈裟に騒ぎ立てる。大西洋をわたって船がハドソン湾に着くと、米国新聞の記者団は競ってランチを駆り、新大使の人柄を見極めて報道しようと本船をめざした。襲うようにして接舷して会見を求めた。

斎藤新大使は船のラウンジの席に着いて、テーブルを挟んで応対した。

「大使は何をなそうとしてアメリカに来たのか」

それはまず、異例の抜擢となった人物の品定めをしようとする質問だった。国際情勢を考慮するなら向けられてとうぜんの関心事でした。

「トゥドリンク　ウィスキー、ウィズ　グットアメリカンズ（アメリカの友人たちとウィスキーを飲みに来た）」

彼は無造作に言った。

どのような演説を披露するのかと固唾をのんで待っていた記者団は、どっとどよめいた。

しばらく爆笑の余韻があった。翌日、新大使を歓迎する言葉が全米の各新聞におどるように載った。

この斎藤博大使は、ロンドン参事官時代にパリから出張していた澤田廉三にちょっとした事件を起こさせた。

時は一九二〇年の春、アメリカはまだ対独条約を批准しないため、ただ会議に加わるだけの代表ウォーレスを送ってきていた。

代表ウォーレスは、「本国の政府に相談しましょう」と自分だけでは決議に加わることのできない態度を示すのが常だった。

そのころ英国出版界では、ベストセラーのメリー・ストーブス女史著『マリッド　ラブ』が出ていた。その本をぜひとも読めと斎藤は廉三にすすめた。ストーブ女史は自分の友人その他多数の結婚経験者にたいしてたずね、その回答を集めて医学的に系統的につづったものだった。女史はもちろん医者で、名声のある人であり、珍田大使のお茶の会にもしばしば招待される人だった。

斎藤は、「ぜひ買っていけよ」とえらく推奨したのでした。

購入した廉三は、翌日のパリへ帰る汽車に持ち込みロンドンからカドゥヴァーまでの気持のいいパーラーカーで読み始めた。それがよほど熱心に読んでいるように見えたのか、通りがかりの松井大使が、「君、何を読んでいる？」と聞いた。そしてその本を取り上げてしまった。

松井大使が熱心に読み始めたと横目で見ていたや先、ひょっこり米国大使ウォーレスがコンパートメントをのぞき込んで「何を読んでいる?」となった。松井大使が廉三の説明(斎藤の説明のまま)をすると「そりゃ面白そうだ、ぜひ貸してもらいたい」となった。どこをどう回し読みされていたのかなかなか本が帰ってこなかった。

その次の大使会議のやかましい議事を終えて散会になったとき、アメリカ大使ウォーレスが真面目な顔で、「有益なドキュメント、ありがとう」とあたかも会議用の書類を手渡すようにして、問題の本を松井大使に返した。

この両大使に挟まれて議長席に座っていたフランス代表のカンボン老大使が眼鏡越しに、会議用のものなら黙ってはいられないとばかりに、「有益な書類とは何かね」とウォーレスに聞いた。ウォーレスはきまり悪そうに、本の性質とこれを読むことになったいきさつを話した。

するとカンボン老大使は、「ウォーレスさん、あなたは本国政府に相談した上でそれを読んだのかね」と洒落た議長ぶりをみせ大笑いとなった。

この一同笑い崩れた話は、廉三と斎藤との笑い話にもなった。

一九三七(昭和十二)年十二月、揚子江上で日本海軍機が誤ってアメリカの砲艦パナイ号を攻撃沈没させた。すわ大事件へと全米に緊張が走った。

斎藤大使は、本国の訓令を待たずただちに全米ラジオ放送をつうじて平和解決を訴え、鎮静化に貢献した。

しかし彼は健康にすぐれなかった。ヘビースモーカーだった。廉三が、館務が終って、まだ暮れやらぬハドソン川を眺め下ろしながら、故郷の浦富海岸の風景をおりこんだ小唄を作詞しているところへひょっこりやってきた。

「残って、何してるんだい」

廉三が作詞を見せると、タバコをくわたまま机に尻を預け、

「英詩にしてやろう」と興にのって韻を踏んだ英詩にしてくれた。*2

第一次近衛内閣は、斎藤に外相就任を要請したが、彼は健康を理由に固辞した。医学のすすんでいた米国バージニア州で療養することとなった。

その地で、彼は客死したのでした。

アメリカは、巡洋艦アストリア号に斎藤の遺骸をのせ、横須賀港に送葬しました。

この「時」が、日本とアメリカとの信頼の頂点でした。

外務省は築地本願寺において彼の省葬をおこなった。*2・*3

＊1　『黒い肌と白い心』澤田美喜著（日本経済新聞社）
＊2　『凱旋門広場』澤田廉三著（角川書店）

＊3　『外務省の百年』上（外務省百年史編纂委員会編）

問題と解答（二十一）

一九三三年日本の連盟脱退にともない帰国した澤田節蔵は、五月には郷里鳥取県浦富に帰って休養した。岡山県津山から鳥取市に通じる鉄道が敷設されて、駅からは浦富町までバスが走っていた。隔世の感がありました。

休養しているとそこへ電報がきて、帰京を促がされた。重光外務次官が、通商条約局長川島信太郎と政府代表としてインドへ行ってほしいというのだった。

節蔵は政務関係の仕事一筋で、経済関係には無縁といってよく、家庭では妻の出産前で難産を警告されていました。

帰京した節蔵が芝の紅葉館の宴会に招かれて宴たけなわのころでした。重光次官が訪ねてきて別室で会った。

「どう考えても適任者がいない。今夜ここへくるまえに、じつはお宅を訪ねて奥さんに会ってお話してきた。重任をたのむことは心苦しいが、補佐できるたしかな人をつけるから了解してもらいたい。内田大臣からも重ねてそう言われている」

内田大臣には多年にわたり節蔵は情義をこうむっていた。帰宅すると節蔵は妻に相談しました。

美代子は、重光から大体の話を聞いて覚悟を決めて待っていました。

「それほど信頼されているのなら、断り切れないでしょう」

出産予定を八月半ばと知っていた節蔵は、お産をたしかめてから出発したいと、医者に相談した。人工出産ということでは、となった。しかし、危険がともなうことを教える人があって、自然出産ということにして節蔵は出発した。

前年八月二十四日、インド政府は、日印通商条約廃棄を英国の圧力のもとにおこなっていた。英国の植民地インドは、輸入する綿布の九割を英国品が占めていたが、第一次大戦後に飛躍的に日本製品が増加してとってかわる勢いとなった。それで関税を三年の内に二割から五割に、さらに七割五分に引き上げた。インド綿購入の上得意の日本にたいするそのような扱いに、日本紡績協会はインド綿不買で対抗した。それで交渉となったのであった。

政府側一九名、民間側十名で、神戸から出港した。インド政庁はニューデリーにあったが、五月中旬から十月中旬まで、避暑のためヒマラヤ山麓のシムラに移転する。九月二十三日からはじまった交渉には、商社員や新聞記者をふくめると七十余名となった。

交渉は、シムラでは進展がなかった。十月中旬政庁がニューデリーに移ってもつづいた。本会議を開くこと十七回、委員会七回、節蔵とインド首席代表ボーアとの私的会談三十二回、総督との会談は十余回おこなって、ようやく妥結にこぎつけた。

英国の統治下にあったインドは、外交・防衛一切をロンドンがとりしきっていた。在日英国大使館の商務参事官サー・ジョージ・サムソンがインド代表の顧問として派遣されていた。彼は長く日本に勤務して日本語の読み書きはもちろん、外務省宛の文書も日本語で書き上げた。日本文化を研究し、これにかんする著書さえあった。

節蔵がシムラに到着したときに、彼は会見をもとめてやってきた。ホテルにくると内密だが、と話した。

「なぜ日本は総勢七十人もの人をつれてきたのか。日本は今回の会商を利用してインド国民会議派と連絡し、政治運動をする魂胆ではないか。インド警察の報告によると一行中のボンベイ駐在の商社員には以前ガンジー一味の運動を助けるパンフレットを配ったことがある。私は日本の状況を説明し、あなたの人柄と業績もよく話し、杞憂にすぎないと説明した」

外交上手の英国流の情誼をこもらせた内談でした。

「それはまったく誤解です。カルカッタに到着したとき、たまたまその地にきていたタゴールとの懇談をすすめられたことがあって、個人としては世界的人物に会ってみたいのは望むところだったが、インド政庁と話しあうまえにインド政情の分からないままでは会えない、と断った。またカルカッタ商業会議所が同地の要人をあつめて歓迎午餐会を催したとき、ヒンズー語新聞としては最大のマドラス新聞の社長が、私の話をヒンズー語に訳してインド青年にあたえるメッセージを発表したいと言った。しかし交渉前になにか新聞に談話を発表することは悪影響がある、とこれも断った。一行の中にガンジーの国民会議派の運動をたすける行動した商社員がいるというなら、交渉の妨げになる。東京に電話して帰国させる。証拠とともに氏名を知らせてほしい」

彼は、節蔵の踏み込んだ反応に驚いたふうだった。

「インド側でもそこまで事実を把握していないかもしれない。あなたの態度と決意のほどはインド側に伝えましょう」

そう言ったが、最後まで要注意人物の名は言ってこなかった。植民地支配をアリの一穴からでさえ水を漏らすまいとする、イギリス外交の巧みなフェイントのようだった。この会談で成果のあったのは、新聞社が東京とのあいだで交わす電報の迅速化でした。インド側が電信の検閲を止めたせいのようでした。

翌年一月協定を結ぶことができた。

一九三四（昭和九）年五月、七か月あまりの日印交渉をまとめて節蔵は帰国すると、ブラジル大使に内定していると知らされた。

公使中の古参であり、日印交渉では大使待遇で交渉をまとめて帰った。それなのになんという仕打ちか、と節蔵は内心穏やかでなかった。*1

ブラジルは、いちおう国の移民政策の最大受入れ国であり、一時は一年に一万人を超えるほどであった。それがブラジルでも、いわゆる二分制限条項の法（十四で既述）が施行されて、二千八百人くらいまで落ち込んでいた。しかし、わが国の外交の中心は英米であり、それを軸に支那（中華民国・袁世凱から孫文そして蒋介石）へは対華二十一か条を承認に漕ぎつけて権益を確保する、支那問題に取りくんでいた。ブラジルは政財界の評価もそう高くなく、その上もっとも遠隔地への赴任は、配所へ追放するのと同じではないかと不満があった。

外務大臣は内田から広田弘毅となっていた。広田はロンドン以来の知友であり、節蔵は広田大臣を訪ねて心境を述べた。

「ブラジル情勢が急に悪化し、大使を更迭して改善を図らねばならない。省内幹部一同、ご苦労だが、あなたに引き受けてもらいたいということになりました」

広田大臣は苦しく事情を話した。

節蔵は、帰って妻に相談した。遠隔地のブラジルへは単身赴任となる。

「広田さんまでそう言われるなら」

美代子は、外交官の父に母がそうであったように、妻として、家の外の事情に意見を言うべきでなく、いつ、何が起ころうと夫を悩ませてはならないと日ごろから覚悟がありました。ブラジルに赴任すれば三、四年は帰れない。

たやすく帰国できない事情は、節蔵にある行動をとらせた。ジュネーヴ在勤中、国際連盟脱退までずっと苦しめた満州問題をこのさい実地に見ておく気にさせました。

行ってみると、満州では軍は言うにおよばずすべての民間人が、現地の人を支配する傲慢な言葉を浴びせ、接する態度もそうだった。節蔵がアメリカで経験したことの裏返しだった。節蔵の願う国のあり方、そして進むべき道と異なっていた。

朝鮮を通過していく列車の中で、日本人の中学生くらいの子が、朝鮮人の車掌にお金を手渡すことなく座席に投げるのを見て、暗い気持になった。このように侮蔑する日本人は、果たして国際社会とうまくやって行けるのだろうか。深い絶望を感じさせたのでした。しかし、それは命じられたブラジルの仕事で、あまねく公正平等の意義あるものにしたい、そんな気力を湧き立たせたのでした。

帰国すると暗い気持のまま、節蔵はブラジル問題の勉強にかかった。

ブラジルの日本人排斥問題は、

1. 日本は帝国主義のもとに勢力拡大をはかっている。移民によって日本の勢力を拡大し、あわよくばブラジルの一画を占拠するものではないかと疑っている。

2. 日本移民は日本人だけで集団生活しブラジルに同化せず、財力を蓄えたものはそれを持って帰国する。

3. アマゾンの開発をはかっているのは将来勃発するかもしれない日米戦争の拠点とする

ためだ、などという誤解がかなり深く浸透している。

そうした事情のくわわったブラジルの移民制限措置であった。

その誤解を解くためには、政府間のやりとりばかりでなく民間の永続的な交流を築いていく必要がある。それには経済使節団をおくり交流を深めるのがよいではないか。それは、赴任してからではなかなか聞き入れてもらえず、もどかしい進行になるのではないか。そう考えた節蔵は、出発前にその準備にとりかかった。

その行動に、赴任への同情があったのか交流使節団の予算の保証がついた。しかし使節団団長の人選がなかなか決まらなかった。

関西実業界の重鎮平生釟三郎に説得を重ねた。しかし、固辞されて受諾してもらえなかった。たまたま平生氏の長男に嫁いでいる妹に節蔵は駅でばったり出会った。

「お父さんは、あちこちから説得されてまんざらでもなさそうですよ」

それを聞いて、それならまだ脈があるとふたたび節蔵は訪問した。説得を重ねてようやく承諾をえました。節蔵は、使節団一行の人選を依頼して出発した。

一九三五（昭和十）年一月十八日北米経由の船で、ブラジルのリオに着いた。信任状を提出すると二週間後、ゼツリオ・ヴァルガス大統領は、大使以下館員一同大礼服でと条件をつけて、カテッテ宮殿に招いた。

南米では暑い季節だった。館員一同、黒い毛織地に金糸の刺繍の重い大礼服で出かけて汗だくであった。

大統領は、日本の経済使節団を歓迎するとし、移民問題については関係者とよく話し合ってほしいと答えた。

経済使節団の訪問は遅れて五月となった。要望していた鉱山関係者は加えられていなかった。やはり念押しが足りなかったようでした。

しかし、経済使節団は外交使臣の礼でむかえられ、交通規制や警官の特別警護などがあった。通商問題発展の講演や経済施設の視察がおこなわれた。だが、具体的な商談は何一つまとまらなかった。

ブラジル側でも適当な時期に答礼として経済使節団を日本に送るように要望しました。しかし、費用が捻出できないと答えられた。表面上はブラジルが派遣し費用は日本が負担することにして実現へとこぎつけました。

日本とは遠隔地であり交通の不便さは仕方がないとしても、それならせめて情報交換となる通信網の整備ができないのだろうか、と考えた。

リオには米国大使館はじめいろいろな米国機関があった。これらの人々と知り合いとなった。その中にリオ駐在の世界の電波事情をリードするＲＣＡの代表所の所長がいました。

彼の紹介でリオ郊外にある無線電信局を視察できることになった。ちょうど無線電信専門の古賀助教授が大使館を訪問してきました。彼は東京で教壇に立っていたが、ブラジルには通信に使用する水晶の良質のものがあるので、その調査のために欧州留学の帰途に寄ってみたという。これさいわいと無線通信局視察の話をすると、ぜひ同行したいという。

その日は、内山参事官（松岡外相の方針によって一九四〇年ほぼ全員の辞職を強要されたとき、抵抗したが外務次官などに説得されて退職。のち五期にわたって神奈川県知事をつとめる）[*2]以下おもな大使館員、古賀助教授とともに電信局に行き、局内をすみずみまで見てまわった。専門的なことが分かるのは古賀助教授だけだった。その意見を聞くと、わが国の無線局と劣ることがなく、やる気であれば日伯電話開設は十分である、とのことだった。

さっそく外務省に報告し、両国間に電話を開設するよう進言した。

翌年、一九三六（昭和十一）年四月十五日、両国間の電話開通が実現した。日本では、節蔵と大学同級の有田八郎が外務大臣となっていて、両国の公式初通話は節蔵と有田が日本語で話し、ついでブラジル外務大臣が駐日ブラジル大使とポルトガル語で話し、たがいに電話開通を祝いあうことになった。

朝八時ごろだったので節蔵が、「おはよう」というと、有田は、「いや、こちらは晩だよ」と答えました。

節蔵の着任前年は、ブラジルの対日輸出は三百三十万円でしたが、三年後には八千万円に伸びた。鉱山関係ではドイツ人所有の有望なニッケル鉱山があり、三菱、住友の専門家が視察し商談がすすんだが、リスクが高過ぎるとして成立しなかった。

ブラジルの最高の工科大学リオのポリテクニックの学長リマ・シルヴァ博士と知り合い、大学の優秀な学生をひきいて日本見学に行かないかとすすめた。往復費用を工面してもらえれば、ということだったので、大阪商船に船賃を半額に、日本滞在費を全部外務省でまかなう、ということにしてもらった。学長夫妻と学生十二名の参加となって実現した。学生に山縣という二世がいて、通訳をつとめた。具合よく桜の季節に日本に到着。日本の工業状況の見学や風光を楽しみました。

学長はその後満州および北支（北京を中心とする広汎な中国北部の地域・日本人だけが用いた呼称）の鉱山や地質を視察して帰国した。学長はじめ学生は非常に喜んで、帰国するとあちこちで日本についての講演をおこなうほか、新聞雑誌にも記事をのせ、日本事情を紹介して予想以上の成果がありました。

学長夫人は大の日本ファンとなり、「君が代」「さくらさくら」「もしもし亀よ亀さんよ」と美声を披露してくれました。

翌年も外務省にねだって同様の日本見学団をおくり出した。第一回目通訳の山縣の弟がガイド役をつとめた。

当時わが国が大使を交換していたのは英、米、仏、独、伊、露、ベルギー、ブラジル、トルコの九か国だった。大使はその国の役目をおえて帰国するとき、その国の珍品をたずさえて帰国し、天皇に献上するのが恒例になっていた。節蔵はかつて供奉の交流があって、儀礼的なものより長く親しんでもらえるものをと考えた。しかし、なかなか思いつけなかった。文化交流のうちに、海軍少将となった旧知の山本信次郎が派遣されてきた。

彼は植物園を見学したとき、

「陛下は植物学に興味をもたれているから、こういうコケがいいじゃないか」と言った。

しかし、節蔵は、コケについてはなんとなく汚いものに感じていた。それは節蔵が漁村育ちで、海辺のすべてが風と波に洗われて清潔感にあふれた環境に育って、その感覚が沁み込んでいたせいのようだった。

その後知り合いのベルギー人の神父と会食した。

「ブラジルのコケにはずいぶん面白いものがあり、毎年ベルギーの研究所におくって喜ばれている」

その話を聞いてやっと決心がついた。

コケを専門に研究している日本人を探しあてて収集を頼んだ。二、三年たってもなかなか思うように集まらないということだった。帰朝命令が出ると急いでもらい、直接たずさえて献上しようと荷造りしてもらいました。一メートル四方もある木箱が十五個となった。

横浜港に揚陸した荷物は無事通関して、全部自宅にとどけてもらうことにしました。その後一週間して、「コケ類は一切輸入禁止にしてある」と通知があった。

「実はそのコケは、天皇陛下に献上するつもりで、遠路わざわざ持ち帰ったもので」と言い、外務省から大蔵省にかけ合ってもらった。

自宅に配送されると懇意の甘露寺侍従長に電話した。天皇の研究所の所長とその助手と甘露寺にもきてもらった。三人とも天皇は必ず喜ばれるということでした。甘露寺侍従長が宮内庁のトラックを手配し、全部御所へ運びました。

天皇からの喜びの言葉が伝えられた。気温や湿度の関係上東京より那須のほうがいいので、そちらへ運んで調べたいということでした。

ブラジルでは、国民のほとんどがカトリック信者であり、人種的偏見がなく、黒人であろうと誰であろうと差別をしなかった。北米勤務中に節蔵は、在留邦人子弟の教育、就職問題で困りぬいた経験がありましたが、ブラジルでは日本人だからと差別されることはなく、気楽につきあうことができました。

勤務二年目に、世界的に学識者と知られていた田中耕太郎博士が、ローマその他イタリアの各地で講演をおこない、その評判がブラジルまで聞こえてきました。かねての知り合いでもあり、電報でブラジル来訪を勧誘しました。しかし、夏季の休みを利用しての講演で、秋の学期の講義準備のためにリオに足を延ばせないとの返信でした。よく知られた法学者であるだけでなく熱心なカトリック信者で、外国語に堪能でもあり、講演してもらえばブラジルでも文化交流の成果があるのにと残念だった。

一九三八（昭和十三）年、節蔵は帰国すると田中博士に会って口説きました。博学の彼もブラジルについてはあまり知らず興味を感じない様子でした。騙されたと思って行ってほしいとまで言って承諾してもらいました。

外務省とリオ大使館の計らいで、田中はまずブラジルに行き、ついで近隣数か国を訪問し、講演旅行をすることになりました。節蔵は田中の要望におうじてブラジルの有力な人たちに紹介状を書いた。そのなかに控訴審判事のポンテス・デ・ミランダがありました。哲学・文学にも造詣が深く、彼が日本の俳句をブラジル語訳したものの推敲をたのまれたことがありました。家の中は蔵書が一杯で、一階は法律関係、二階は文学哲学数学、全部で三万冊以上とのことだった。

田中はリオに着くなりポンテス・デ・ミランダを訪ねたらしかった。二人は法律家でもあり、たちまち意気投合し、旧知のようになったという。各地で講演したほか、アルゼンチン、チリなど歴訪国の法曹界の要人と交歓をおこない、法律家としての評価を得たのでした。

戦後、田中が、最高裁長官を定年となるころ、政府は彼をハーグの国際司法裁判所の判事候補として選挙工作をおこなった。国際連合加盟国の投票で選挙されるので、外務省も友好諸国に田中候補支持を要請した。ただ要請しただけではダメなので、彼自身にも支持をとりつける運動をおこなう必要があり、歴訪旅行へ出ることになった。一九六一（昭和三十六）年その努力の成果があった。ラテンアメリカ諸国の票は全部田中へ、それにアフリカ新興国の票が加わり当選となった。*3

第二次大戦後、節蔵はリオに滞在したことがあった。すると、ポリテクニック工科大学の訪日団で通訳をつとめた山縣兄弟が訪ねてきて、今日このようにあるのは訪日した結果と深く感謝の挨拶をしたのでした。

山縣兄弟は、末弟の慶応大学を卒業した三人と合同で土建会社を設立し、リオ市の主要な工事を請け負っていてその業界の大手企業となっていました。

天皇誕生日には、節蔵は旧奉仕者の一人として参上してお祝いをのべ、酒肴をいただく恒例があった。第二次大戦後のその日にも参内した。御所を退出しようとしていたところ、入江侍従から、「陛下がねんきんについて御渡しされるからちょっと待って」、とのことだった。

どうして天皇から「年金を頂くのだろう」と疑問に思って待っていると、同侍従は小さいノートブックを持ってきた。天皇は、十年も前に献上したブラジルの「粘菌」の標本を全部調べていて、その結果を記録した写しだった。

「これをあなたにお渡ししてくれとのことでした」

そういうことでした。*3(再)

＊1　「南米はなにか老朽の人たちの行く所でもあるかのように考え、若い有為の人物を当てることをせずに、むしろ養老院としているように見える」（一九二五年ごろの駐ベルギー大使佐藤尚武の見方）。『回顧八十年』佐藤尚武著（時事通信社）

＊2　『私の履歴書』　内山岩太郎（日経新聞）

＊3　『回顧録一外交官の生涯』澤田節蔵著（有斐閣）

＊註記　澤田節蔵著『回想録』発行元の有斐閣では、その編者が調べたところ、大村立三著『日本外交家三〇〇人の人脈』（一九七四刊）に次のような記述があると挙げています。

「昭和になってからのブラジル大使を列挙すると、有吉明、林久治郎、澤田節蔵、桑島主計、石射猪太郎となる。このうち有吉はその後、初代中国大使となったが、現地軍の〝華北〟分離工作に反対して辞任。林は〝柳条溝事件〟の際、奉天領事として関東軍と対立。澤田は国際連盟帝国事務局長として、これも軍を代弁した松岡首席全権の〝脱退論〟に最後まで反対した。（中略）たしかにブラジルは南米の大国である。……ゆるがせにできない相手国だった。だからこれら各氏のブラジル行きは、建前としては〝左遷〟ではなかった。だが、このような軍と対立した外交官たちの連続ブラジル大使を、単なる偶然とばかりみるわけにはいかない。」（一四四ページ）

思惑の交錯（二十二）

一九三八（昭和十三）年十二月、澤田節蔵は四年半の勤務を終えブラジルから帰国した。美代子は、節蔵が留守のあいだに家を完成させて待っていました。

その家に美代子は、ニューヨークから二年前に帰国し、満州大使館参事官を半年経験し、再び帰国して外務次官に抜擢されていた夫の弟廉三に足しげく訪ねてきてもらうようにしました。夫が四年半も日本を離れていたあいだに政情がうごき、戦争を当然のこととしている世情となり急激に変化していた。その詳しい事情の、外務省と陸海軍省との意見のちがい、テロに狙われているという人の名のリストが右翼結社から発見されたこと、それに誰の名があったかとのこと、どの問題について誰がどのような意見だったのか、話が交わされるようにしました。そのような重要な情報を義弟に気兼ねなく訪ねてもらって、出来る限り交わされるように電話で来訪を促しもしました。

元蔵相井上準之助の一九三二年の暗殺事件は、ブラジル赴任前に起きたことで夫節蔵は知っていましたが、その前年にもあった三月事件、つづいての十月事件のテロ未遂事件を陸軍将校が起こしたことと民間人のその後のつながり、一九三三年七月には、やはりテロ未遂事件とはいえ主な閣僚を狙う神兵事件の処罰など、その後の推移などが夫の知りたいことのようでした。

とくに一九三六年二月二十六日（二・二六事件）の斉藤内大臣・高橋蔵相・渡辺教育総監の暗殺のときの軍部中枢人物のそれぞれの行動、天皇の態度についての確からしい話。その後始末に陸軍、海軍、外務省の人の目立った行動や交わされている話、詳しいいきさつ、それらの裁判の推移について。そしてこれからの言動についての意見交換が、夫と義弟の廉三が額をつき合わせるようにしてできる時間を美代子は用意したのでした。

節蔵はロンドン大使館参事官のときに、先輩の広田弘毅参事官と親しくしていましたが、その人は外務大臣を歴任したあと総理大臣となり、上海事変で勝利した軍部とその勝利に湧きあがった大衆の声を背景に、駐華ドイツ大使トラウトマンを仲介にして支那（中華民国・蔣介石政権）と和平交渉をおこなっていました。

しかし、相手の蔣介石は、日本の行動を審議する九か国の会議の結論をみてから、その対策を講じようとして返答を遅らせ、その間に日本の軍は装備を充実させて現地に兵を増派し、圧力をくわえて交渉条件に追加を重ねるという緊張状態となっていた。

そのような方針を決定する首相、外相、陸相、海相の会議にたいし、陸軍にあって注目人物だった石原莞爾作戦部長は、かつて謀略して戦線拡大させる方針から転換して戦線はここまで、と不拡大方針に変わり、それを唱えているのでした。

石原は、不拡大方針を現地にもおもむいて軍指導部に説明し、説得しようとしたという。

しかし、「石原先輩のされたようにやっておるにすぎません」と現地武藤章参謀に答えられ、まわりの将校からも笑いを浴び、苦笑して引き返すことになったと廉三には聞こえてきていました。石原は現地軍指導層に変節漢とあしらわれたようでした。

外務省内では、石射猪太郎東亜局長が和平交渉に動かない広田首相にたいし、辞表を提出して動揺が起きていた。

そうした内外に目立つ言動があるのにたいし静観しているふうにはっきりしない広田首相の態度は、アジア主義を唱える右翼団体玄洋社の内田良平に、不遇のときに学資などの援助の恩顧があって動けない、などの憶測も流れているのでした。

そういう国内事情をよく知る人や廉三から情報を受け取りつつあった節蔵は、ブラジルとの交流を評価されたのか、日本経済連盟会対外委員会副委員長に任じられた。そこでの交流で、節蔵は政情の細かいつながりがしだいに分かってきた。

一九三七年一月、宇垣一成内閣が誕生するはずのことが、陸海大臣は現役武官とする制度があり、それをつかった陸軍の抵抗にあって組閣できなかった。それは誰の目にも、一九二五（大正十四）年五月に四個師団、将兵三万四千人を削減軍縮実施した当時の陸軍大臣、宇垣への陸軍中枢部がおこなった報復にみえました。

それに代わって、林銑十郎内閣の誕生となった。林銑十郎は一九三一（昭和六）年にあった謀略の満州事変発生のとき、朝鮮軍司令官をしていて、勅許を待たずに満州へと軍を越境させて移動した。この行為こそ明らかに統帥権干犯と咎めなければならなかったのに、それを重臣と見なされていた人、政府中枢、議会、政党が咎めだてできなかった。うやむやの内に黙認の形になったため、先例のようになり関東軍の独断行動を許すことになった。この軍の越境行動によって、不拡大方針を内外に訴えていた幣原外交が崩壊したのでした。

このような林銑十郎内閣は、選挙でえらばれた議員で政策が作られることへの配慮がなく、また各担当大臣の施策の円滑な施行のために働く次官は置かない方針となって現れた。そうしたため内閣は四か月の短命に終わりました。氏名をもじり「何にもせんじゅうろう内閣」といわれた。節蔵には自分の願う方向とは反対のほうへ日本が進んでいく恐れを抱いていたのでした。

一九三七（昭和十二）年六月、第一次近衛内閣が西園寺公元老はじめ、衆望をになって成立したのを知り、節蔵も遠いブラジルでほっと一息つける思いだったのでした。日本の国情からして、近衛家は天皇家に最も近い家柄で、その出自の人なら好戦的ではないだろうと期待された。しかし、政治家にもっとも必要な決断力に欠けているらしい近衛文麿の性格がしだいに明らかになってきて、この内閣も事変の不拡大方針を貫くことができず、かえって拡大していくことになり、政党政治に失敗したこともあり一九三九年一月辞職しました。

一九三九年一月平沼内閣が成立した。ブラジルから帰国したばかりの節蔵に外務大臣となった有田八郎が、毎日外務省に出所しイタリア大使を退任した同級生の堀田正昭とともに相談相手になってくれ、と言った。節蔵は国内事情をよく知らない不安がありましたが、僚友堀田とともにならと引き受けました。

ドイツでは、日独防共協定のきっかけをつくった大島武官が駐独大使となり、ドイツと同盟をむすぶことに反対であった大使の東郷茂徳は罷免となっていた。さらに進んで同盟を結ぶ折衝は第一次近衛内閣でつづいていて、そのあと発足した平沼内閣は外相に有田を留任させた。有田は節蔵に国際的な視野の相談相手と期待するところがあるようでした。

陸軍および同盟論者は、ドイツが日本とロシアとのあいだに入って、善意で正直な仲介者と期待できると評価していた。いっぽう海軍ならびに外務省では、信頼できない相手国であると同盟を結ぶのに反対し、このような同盟は英米との露骨な対立になると危ぶんでいた。

一九三九（昭和十四）年七月五日には、右翼テロによる、米内海相と親英米派と見なす要人の暗殺計画が発覚した。

同年七月二十六日、米国は日米通商条約破棄を通告してきた。

八月、日本は五月から起きていたノモンハン事件で、ロシア（ソ連）軍に第二十三師団が壊滅的損害をうけた。

八月二十三日、ドイツは、世界で予想されてもいなかった独ソ不可侵条約を結んだ。

条約締結にソ連へむかうドイツのリッペントロップ外相は、日独防共協定をむすんだときの相手大島日本大使にそれを知らせた。大島大使は、日本が国をあげて共産主義を弾圧している政策からして、ドイツがソ連と条約を結ぶのは、裏切り行為ではないか、と詰め寄った。それにたいしてリッペントロップ外相は、ソ連に壊滅的打撃を受けていたノモンハン事件の収束に悩んでいた日本の状況を知っていて、事件収束の仲介をする、となだめた。

そうであっても、大島大使は面目丸つぶれであった。日本陸軍の参謀本部も「ありえないこと」と驚愕に包まれた。しかしノモンハン事件の収束について期待した。

ドイツ国民は、第一次大戦の敗戦で過酷な賠償請求されたその負担から、一九二三年関東大震災があった年には一ドルにたいするレートが四兆二千億マルクのインフレとなり生活苦に喘いだ。ドイツ政府は、ワイマール共和体制のもとに領土復権を目指し、ロシア革命政権と秘密条約をイタリア・ラパッロで結び、軍備再建を図ってきていたのだった。

いっぽう、ロシア革命に刺激をうけたドイツの左翼思想家たちは、それが理想的な国家が実現したものと見なして、自らの国もそれを目指すべきと勢いづいて活動をおこなった。保守主義者たちは既得権維持の政治体制活動を軸にそれぞれ政党結成して活動した。そうした極右極左が入り乱れる情勢に、暗殺と陰謀が頻発して共和体制は政治混乱を招いた。

その政情混乱のうえに世界恐慌の発生の荒波が襲い、一九三〇年ドイツには四百万人の失業者が発生した。

ヒットラーは一揆をおこして一度は失敗しましたが、自国民優先の政治体制構築を唱えて支持者を増加させていった。

いつの時代でも、理想の制度、社会保障の充実、実現への目的に達するまでには、絶望と思えるほどの長く耐え忍ぶ苦痛の年月がかかる。その道筋にあってちょっぴり媚薬の、限られた自国民優先の安直な言葉を聞かされると人びとは容易に酔い痴れる。

ヒットラーは民衆に、第一次世界大戦で敗北したのは、背後から裏切り者が刺したからだとする政治有力者の証言を利用し、それが無かったなら敗北するはずはないと民衆を喜ばせる弁舌をふるい、優越人種であるアーリア人のドイツ国民がこのような苦痛を強いられることはないと、生活苦に喘ぐ民衆に訴え、民族意識を煽るとともに、ユダヤ人たちへの憎悪をかきたてる物語を作り、かつ陰謀劇をデッチあげたのでした。民衆に迎合して選挙戦に勝利すればいいという投票民主主義の弱点をついた巧妙なヒットラーの戦術でした。

一九三三年一月三十日、ついにヒットラー政権が誕生した。政権を握ると第一次大戦の賠償義務を放棄し、あからさまに軍備増強を進めた。この政権は、一九三三年に国際連盟を脱退し、一九三五年にヴェルサイユ条約を破棄し、一九三九年四月には英独海軍協定を破棄した。

ワイマール共和体制下でひそかに一九二二年四月ソ連と結んでいたラパッロ条約の実行で、最も協力関係が進んでいたときには、ロシアが原材料と労働力と工場を提供し、ドイツが技術指導する航空機生産を年間三百機とし、内六十機をロシアが受け取ることが実現していました。さらにロシア参謀指導部の将校指揮指導をドイツはおこなってもいました。[*1]

独ソ不可侵条約が成立すると日本は、ドイツにたいし信義違反である、として平沼内閣は三国同盟締結協議打ち切りを閣議決定した。信義違反とは、日本とのあいだにあった、共に共産主義国に敵対し、国内の共産主義者に対して弾圧をおこなう防共協定についての背信であった。

ヒットラー政権が相容れないはずの共産主義国と不可侵条約を結んだことは何を意味しているのか、ヨーロッパ諸国の政府、民衆には容易に想像できた。背後を保障しておいて、第一次世界大戦の復讐の矛先をこちらに向けてくる、と。

平沼内閣は、防共協定をむすんだ情勢が覆ったことを複雑怪奇とし、政策に誤りがあったことを理由に八月二十八日辞職し、阿部内閣が発足した。外相は元アメリカ駐在武官、海軍大将、退役後学習院校長歴任の野村吉三郎だった。

一九三九（昭和十四）年九月一日、独ソ不可侵条約を締結したその一週間後、ドイツはポーランドに侵攻した。軍備を充分ととのえていたドイツ軍は無敵の勢いで席巻した。

これにたいして、九月三日英仏はポーランドとむすんでいた協定にしたがい、ドイツに宣戦布告した。米国は中立を宣言したが、十一月に修正し、英仏への武器供与に踏み切った。ソ連は、その抗争に乗じてポーランド、フィンランドに侵攻し領土化した。国際連盟はこれを理由にソ連を除名した。

日本では、こういう国際情勢では満州国（中国東北部）および北支の産業の整備興隆資金の調達を政府が米英でおこなうのはむずかしく、民間の経済団体でおこなうことが考え出された。経済関係の改善が実現したなら、日米関係の改善にも寄与するはず、と虫のいい期待をしたのでした。

大蔵省の迫水久常、商工省の美濃部洋次、外務省の曾根益、岸偉一、海軍省の柴勝男中佐、陸軍省の景山誠一中佐、日本銀行の新木栄吉らが満州国大使館と連絡の上、日本経済連盟会長郷誠之助が対外委員会会長となり、一九三九年、資金調達委員会が発足した。澤田節蔵は、この委員会の初期には有田外務大臣の相談役をつとめながら、その事務顧問の役目をつとめました。

会長の郷誠之助は神経痛とかで自宅から出ることが稀だった。毎月何回か番町の自宅を節蔵は訪ねた。経済界の大御所であるだけに政財界の重要会議も自宅でおこなわれ、そこに集まる人たちと節蔵は知り合いました。

事務局の調査研究と委員会の審議が煮詰まり、満州の二、三の鉱山と北支産業助成の米国資金を導入することに結論がたっした。アメリカの主要な財界人に直接見てもらおうと招待することになって、ニューヨーク駐在の大蔵省在外財務官西山勉がその招待工作を進めました。しかし、その人選は一流財界人が多いとして、米政府が認めませんでした。対独ヤング・プランで知られたオーエン・D・ヤング夫妻を招くことにしたが、これも大物として認めなかった。

やっと、ニューヨークの大銀行の顧問弁護士オーラインを探しあて、その人に決まった。彼は大統領ルーズヴェルトとは懇意、陸軍長官ヘンリー・スチムソンとは陸軍学校で同窓だったという。

オーライン一行は、事務局の調査書類に対する関係者の説明と懇談のため、三週間ちかく東京に滞在した。

物事はその正面にある問題ばかりではなく、その環境をよく知ってもらう必要がある。日本をよく知ってもらうため、日光東照宮などの観光に節蔵はいざなって案内しました。

一次報告書には、「米国は早期に満州国を承認すべき」とあった。

その後、事務局長鮎沢を通訳兼案内役にして、オーライン一行は満州各地を視察した。北支経由で南京までゆき、支那情勢一般もながめて報告書を完成させた。

だが、日独伊三国同盟の進行が報じられた。

すると、「これらの書類は反故となった」と、彼は残念がる言葉をのこして帰った。

わった。

一九四〇（昭和十五）年一月、三国同盟に肯定的であった阿部内閣が米内光政内閣へ代

米内内閣は日独伊の三国同盟締結に否定的であった。その米内内閣を崩壊させようと陸軍中枢は動いた。陸相を辞任させて後任を出さなければ制度上、内閣崩壊を実現できる。しかし陸相畑俊六は、その見えすいた狙いを知っていて従わなかった。陸軍はなお画策した。

畑陸相が皇室を尊敬していたところを狙って、七月、参謀総長閑院宮載仁親王をうごかして辞任させた。米内内閣は崩壊した。

敗戦後の一九六〇（昭和三十五）年、米内光政の顕彰像が故郷の神社に建立された。その除幕式の前日、巣鴨プリズンから仮釈放されていた元陸相畑俊六が、周囲の草むしりをおこなっている姿があったという。[*2]

＊1　『戦略思想の系譜―マキャヴェリから核時代まで』ピーター・パレット編　防衛大学研究会訳（ダイアモンド社）

＊2　『米内光政』阿川弘之著（新潮文庫）

そのハンドルは握らせない（二十三）

一九四〇（昭和十五）年七月二十二日、第二次近衛内閣が発足した。外相に松岡洋右を内定した。代議士として議会で、あるいは新聞、雑誌、演説会で、機会をとらえては、日本の外交を「軟弱外交」と非難糾弾し、アジアの民族主義を高らかに謳っている人物を選んだ。

国力（総生産量）では日本は、諸外国わけても米国の生産能力から遥かに劣っている。内閣がそれをよく知っている松岡を選んだのはある面で民衆を安心させました。しかし彼は、国民精神高揚をうったえ、「わが国には神風が吹く守護がある」と述べる不合理な精神主義者でもありました。かつ国内政治について、政党解消論をとなえて国民一党主義（大政翼賛会への構想）をとなえてもいました。*1

近衛首相は、そのアクの強さによって好戦的な陸軍指導部の方針を制御できるのではないか、と期待したようでした。近衛首相は別邸荻窪に、内定した松岡外相、東条陸相、吉田海相を招き会談をおこないました。弁説の能力ではこの四者のうち松岡は抜きん出ています。席上、松岡は外交一任を求め陸相、海相、首相からも了承を取りつけた。陸軍、海軍の行動で、外交がやり難くならないように、との予防線でもあった。

松岡はそれを近衛に念押しし、正式就任すると外務官僚一新を図った。赴任したばかりの重光葵イギリス特命全権大使を除き、主要な外交官四十数名に辞任をもとめ更迭しました。さらに有力な外交官たちに辞表を出させ外務省を退職させた。駐ソ大使の更迭を通達された東郷茂徳ら数人は辞表提出を拒否しましたが、ほとんどの外交官が辞表を提出した。

役職を全うしようとする信念と役職名の名誉は表裏一体ともいえますが、当時の日本の文化では役職を辞さない行為を、「その職に連綿としてしがみつく恥ずべきこと」とする風潮が強く、おおくの外交官が辞表提出におうじて辞職しました。軍部の行動で外交政策が破壊されたり、また干渉されたりすることに嫌気が差していたせいもあるようでした。

辞表を提出した澤田節蔵は、右翼結社をはじめ外郭団体が圧力をかける陸海軍にたいして、外務省は外郭団体もなく孤立している弱さを感じました。そうした社会的に支持支援する団体があってもいいのではないか、と動きました。

有田外務大臣の相談相手であったときに郷誠之助男宅でかかわった経済・財界の人たちを訪ね、外務大臣が夕食に招待する形式にし、大臣には当面の課題を提供してもらい、自由な討論・評議する懇談会を提案したのでした。

その開催が実現しました。これは双方から歓迎され喜ばれました。松岡、重光、東郷、各外務大臣時代（一九四二年）までつづきました。

一九四〇（昭和十五）年九月はじめ、アメリカ・カソリック教会のウオルッシュ、ドラウト両神父が、一般の旅行は難しくなっているとき、来日して澤田節蔵をつうじて日本政府の要人と話し合いたいと言ってきました。仲介者は近衛文麿に近しい産業中金（現・農林中金）理事の井川忠雄でした。

節蔵にはその会いたい趣旨が不明でした。朝鮮でおきていた宣教師投獄や日本での宗教統制であれば陸軍や文部関係であるし、日米関係一般であれば外務省であるし、と文部大臣の橋田邦彦、前陸軍大臣畑俊六、それから松岡外務大臣へと話していきました。松岡大臣がぜひとも来てもらってくれと一番喜びました。

横浜港に着いた両者は、まっ先に節蔵宅を訪ねてきました。日米関係の悪化を憂えて熱意をこめて語りました。

「われわれは外交や政治には全く素人で分かりませんが、最近の日米関係を見守っていると悪化の一路をたどっています。もしも戦争勃発となれば日本ばかりでなく米国も想像できないほどの不幸に見舞われます。否、それ以上に人類の破壊すら招きかねません」

素人でよく分からないと言いながら、満州事変から日本の連盟脱退と支那事変のいきさつ、支那における英米と日本の権益、日独伊の三国同盟への動き、ソ連のシベリア方面の勢力、極東における日本の地位、日米の通商の内容までの知識があった。両神父はまだ煮詰まっていないアイディアをこもごも情熱的に話した。

およそアイディアは、文章化することによってより明確になります。とにかく書き物にしてもらえば外交をおこなう松岡に話し、外務当局に研究させることができる。節蔵はそのようにして欲しいともとめました。

彼らは二世のタイピストを雇って終日その作業に打ち込んだ。つくり上げたものはかなりの長文でした。

「米国としても日本の勢力を認知し、その基礎の上に立って国交調整にあたるべきだ。日米両国はその国家活動を両国各自が緊要かつ死活的利害関係のある地域に限定し、相手方の領域にその活動を拡張したり、相手方の活動に介入しない」

そういうことを骨子としていた。

数日後、松岡外相と会談しました。外相も両神父の申出を歓迎しました。その取りなしで近衛首相や木戸幸一内府とも懇談を重ねることができました。

成果のある見通しの感触をえた両神父は、こうなった以上一刻も早く日本政府が公表し、北米全土に周知させることが必要です、と節蔵に方法を相談しました。

九月二十七日日独伊三国同盟が東京とベルリンで調印され成立しました。

このことがあって、節蔵は、この意義ある事柄が台無しになってはならない、充分かつ慎重に進めなければならないと思い、相談できそうな主だった人に急いで外務次官邸に集まってもらいました。

いっぽうには逆向きに進んでいることがあるだけに、衆知を結集してもなかなか成果のありそうな方法が見つからなかった。寺崎アメリカ局長が、「十二月十九日に野村吉三郎アメリカ大使赴任の送別会がある。そこで松岡大臣にそれを盛り込んだ演説をやってもらえば」と提案した。いいアイディアと一同はよろこび賛成した。

その送別会の席上、グルー駐日米大使は、両神父の仕事を知っていて、それを踏まえて赴任する野村大使に期待している挨拶をおこなった。

そのあと、松岡大臣が立ち、独特の抑揚のある弁舌で日米問題の打開となる糸口が開けているとし、やはり両神父の原稿の趣旨を踏まえた長口舌をふるった。国際連盟脱退時の代表であったときもそうした弁舌であったが、外相となって一段と抑揚が弾んでいた。

出席していなかった両神父は、その報告を聞いて喜び、こうなった以上は一刻も早く帰国してルーズベルト大統領につたえ、全米に公表したいと言った。節蔵は二人と野村大使の懇談の場をつくった。

松岡外相は就任当時、「ドイツ人ほど信用できない人種はいない」と言っていました。しかし、ドイツ軍がパリを陥落させてヨーロッパを席巻する勢いを見せ、日本陸軍はそれに乗じて支那事変を有利に終息させようとたび重なる使者を松岡にたてて三国同盟の推進をもとめた。そうしたところへ、ドイツ外相リッペントロップの使者であるスタマーがやってきました。大島駐独大使と協働しての推進役でした。託されたメモに日ソ関係の仲介、支那（中華民国・蔣介石政府）への支援をドイツは中止する、提案があった。松岡外相は会談に応じ、日独の提携が成立すればアメリカとの交渉で譲歩を引き出すことができ、西欧諸国にもアジアへの介入を手控えさせることができると読んだのでした。

小畑酉吉・松平恒雄・吉田茂ら外務省の一部では、その接触と交渉に根強く反対の態度を表明していました。

一刻も早く同盟を成立させたいドイツと日本陸軍の要求もあって、松岡は私邸に交渉を移し、秘密裡におこなった。背景に、ドイツは九月七日にはロンドンを猛爆していたし、フランスには深く進撃し、ヨーロッパ全土を支配する勢いがあった。そのドイツと同盟をむすんで、アジアで日本と利権が衝突する英、米、オランダと今後交渉するときには、役立つ、と見たのでした。

すでに九月三日に米英は防衛協定を結び対決姿勢を強めていました。そういうはざまで松岡外相は対策を模索していて、ソ連を三国同盟にさそいこんで四国同盟にしようとした。しかし、それはソ連が三同盟への加入条件に、多くの領土割譲を要求したため、それを知ったヒットラーが激怒し、十一月末にその交渉は決裂して失敗したのでした。

だが、日本は単独でソ連と同盟を結んで強化し、英米と対抗する力を構築する案が松岡にはありました。ウオルッシュ、ドラウト両神父の行動は、そう松岡が独自に描く構想に添うもので、支援材料となるものとみなしたようでした。

明くる一九四一（昭和十六）年三月、松岡外相は三国同盟成立祝賀会に日本代表として、シベリア鉄道経由でベルリンへ旅立った。鉄道経由の一週間、相席の同行者は、松岡がひとりで喋りつづける弁舌を聞かねばならなかった。その聞き役は交代してつとめたのでした。松岡の饒舌は、駐日大使グルーが本国に報告したとき「会談でしゃべったのは松岡が九〇%、自分は一〇%」と言ったくらいであったし、リッペントロップ外相の記録として、「ヒトラー総統と対等にしゃべったのは日本の松岡外相とソ連のモロトフ外相くらいのもの」といわれるものでした。

松岡は、往路モスクワで下車し、駐ソ米国大使スタインハートと接触し、ルーズベルト大統領との会談を依頼する伝言をした。一方でクレムリンとも接触した。

松岡はベルリンでヒットラーとムッソリーニの両首脳にそれぞれ大歓迎されました。両国は会談の成功を喧伝しました。松岡は帰路、ふたたびモスクワに下車して市内見物をおこないました。ソ連側の呼びかける時間をつくり、それを待った。遂にクレムリンから呼びかけがあった。

四月十三日、日ソ中立条約を成立させた。

スターリンが人を駅頭に見送るのは極めて異例だった。駅頭でさらに抱擁し合い、その熱い礼遇を松岡は受けました。条約締結前に英国のチャーチルは松岡宛に「ヒットラーは近いうちに必ずソ連と戦争状態に突入する」と手紙を送ったが、松岡はこれをブラフとして黙殺していました。*2

松岡がこうした行動中、駐米大使野村吉三郎は、陸軍軍事課長の要職にあった岩畔《いわくろ》豪雄を派遣してもらい、井川忠雄、ウオルシュ、ドラウト両神父とともに米国務長官コーデル・ハルと会談し、「日米諒解案」が作成されるまでに漕ぎつけた。日本軍の中国大陸からの段階的撤兵と引きかえに、「米国の満州国の承認」や「日本の南方における平和的資源確保に米国の協力」があり、「三国同盟の死文化」の要求はなく、成立可能に見えました。

澤田節蔵は、駐米野村大使にウオルシュ、ドラウト両神父をひきあわせて米政府に働きかけることの活動について説明もし、松岡外相にはその推進意志を確かめてもいて、和平への成果に期待をふくらませて待っていました。

そうした期待は陸軍軍事課長から大使館付武官として赴き、努力の甲斐あって成案を見た岩畔豪雄にもありました。東条陸相、武藤軍務局長からもさらに推進していいという意向があったと伝えられ、成功への喜びをふくらませていました。それなのに、本国政府から現地へ次の訓令がこなくて苛立ちました。*3

近衛首相は、松岡の留守中外務大臣を兼任していました。にもかかわらず、松岡の性格を考慮し帰国を待っていたようでした。しかし松岡は、わざわざ出迎えて話そうとした近衛をふりきって、日ソ中立条約を締結して意気揚々と帰国した勢いのまま、彼を歓迎する明治神宮外苑で開かれた民衆結集大会へ向かいました。

そのあと松岡は、交渉が野村大使のもとで進捗していた報告を聞くと、猛反対の態度を表明した。別のルートや方法を考えていたらしく、彼抜きの進展が気に食わなかったとしか見えなかった。独ソ関係がもつれて日本が引き込まれるおそれがある、という三国同盟を懸念する声には、独ソ開戦はあり得ないと断言した。

一九四一（昭和十六）年六月二十二日、しかし、ドイツは独ソ不可侵条約を破棄し、突如、ソ連攻撃を開始した。事態の急展開だった。

日本は、ドイツがパリを占拠しフランス軍の力がアジアにおよばなくなった情勢に便乗した。フランスが植民地にしていたインドシナ（現・ヴェトナム）に軍隊をすすめ、支那蔣介石を支援していた英米仏の仏印ルートの遮断をおこなった。陸軍はなお南進してビルマ（現・ミャンマー）、インドへと向かい、そうした地にある支那支援ルートを遮断し、支那事変を終らせようと意図したのでした。

最高指導会議において、初期にはその支援ルート遮断の行動に賛成していた松岡外相は、とどまるところのない陸軍のインドシナから南への行動は、必ず英米の反発を招く行為である、と反対に変わりました。

自身が成立させた日ソ中立条約を破棄し、ドイツと呼応してソ連を挟み撃ちにすべき、と言明した。陸海軍の「南進論」に対するこれが「北進論」といわれる主張でした。「北進論」は、明治時代から事あるごとにそのソ連の脅威を取り除こうと論議されていたことでした。この長く日本に根をおろしていた脅威に、機会が到来したと政府、重臣会議も考えたのか、会議がなかなかまとまらなかった。そうしたなかで、陸海軍はあくまで南下進出を唱え、松岡は孤立しました。

松岡外相が独自に築いていた本心の世界観、米国観は、公表すれば効果を失う性質のもののようでした。神の守護のある民族自賛、国民精神の高揚を訴え、合理的物量優位の考えを否定して支持されてきたのは、表向きの主張であり、保たれてきた地位であった。そのためとはいえ、ここにいたっては自ら招いた孤立でした。

米国と英国の行動を分離して考え、米国に対抗する三国同盟などの条約を構築しておいて、それを背景に米国と交渉に入ればいい。軍はその交渉を有利にするために力を保持する必要がある。しかし、戦争ではとうてい米国に勝てないからあくまでも行使は控える、という松岡の構想を明らかにしたのでした。*4 雑誌や新聞で、民衆や軍部に向って吐いていた情感をあおる意見とは根底でちがい、ここでくるりと逆転したものとしか受けとられないのでした。少なくとも言動で支持され勢いづいた軍部、それに賛同する民衆、そうありつづけた松岡でした。いわば拍車を馬腹にあてつづけ勢いづけてその悍馬を制御できなくなった騎手に松岡はなっていました。

陸軍は、米国英国が要求するように支那からの撤兵は、それまでに犠牲になった十数万の兵士の英霊にたいして申し訳ない、とうてい容認できないとした。海軍は、米国英国が禁輸する石油が無くなっては戦争ができない。そうしたジリ貧の欠乏への道をたどって衰退滅亡していくくらいなら、一気に資源獲得の戦争へ突入すべきではないか、そうしてはならないのか、ジレンマに陥っていた。

そうしたときに松岡は、自説をとおすためには上奏するしか手段がない、とその行為に出た。つまり文字どおり当時にあっては天の声によって、自説をつらぬこうとしたのでした。

天皇はその上奏を聞き、豹変したととれる内容であり、日ごろの松岡の言動とあわせ、信頼のおけないこととして松岡の辞職を望んだ。

近衛首相は、彼にとっても松岡が独自の外交政策を展開して意に添わなくなっていた。松岡へ辞任の要求をした。近衛を軽んじていた松岡は応じなかった。

近衛内閣は、七月二十二日総辞職に踏みきった。次いで組閣には松岡を外して豊田貞次郎を外務大臣にした。松岡を狙い撃ちにした内閣改造だった。

辞任した松岡は、「テロを恐れてなにもできない臆病者のくせに」と近衛を蔑む言葉を吐いた。[*5]

しかし、そういう松岡こそ心の深層では、軍部や跋扈する右翼浪人のテロの匂いに敏感で、趨勢を読んでその中に生き延びる小路を辿る、独自の言動をおこなってきたと言えるようです。

そういう騒がしさのあったある日、近衛公から幣原へ電話があった。近くに親類の家があるから自分は表から入るが、裏から来てくれということだった。

指定された場所へ指定された時間に行くと、近衛公は、「いよいよ仏印の南部に兵を送ることにしました」と言う。

「船はもう出帆したんですか」と幣原が聞くと、

「ええ、一昨日出帆しました」と言った。

「それではまだ船は向こうに着いていませんね。この際、船を途中台湾かどこかに戻して、待機させることはできませんか」

「すでに御前会議で論議を尽くして決定したことですから、その決定を自分の力で翻すことはできません」

「そうですか、これは大きな戦争になりますよ」

幣原は断言した。

「そんなことになりますか」

近衛公は沈黙した。*6

一九四一（昭和十六）年八月二十七・二十八日、各官庁・陸海軍・民間からほぼ均等に選抜され、調査・研究していた三十二名の若手エリートによる総力戦研究所は、首相官邸において、「第一回総力戦机上演習総合研究会」と題し、日米戦争の展開を仮定し、研究から導き出された結果を発表した。

この研究機関は、勅令により一九四〇年九月に発足したもので権威があって、政策に反映されるはずのものだった。

近衛首相・東条陸相以下、政府・統帥部関係者一同が集まった。その前でおこなった発表でした。

「開戦後、緒戦の勝利は見込まれるが、推移は長期戦であり、その後の負担に国力は耐えられない。戦争末期にはソ連の参戦もあり、敗北は避けられない」

日本必敗の結論でした。生産力の総合、軍需への傾斜による国民生活の窮乏、あらゆる面を論理的に構築していって、到達した結論であった。

歴史を「なぞって」見ると、この結論は少しも外れていない。過去、現在をきちんと分析し、未来を予測するなら、そう間違った結果にはならないのは、日常生活でも経験していることです。そこに願望や欲望を混入させるために、予測が外れるようです。総力研究所の結論は、未来を見とおす神がいたなら、その神は「正解」と褒め称えるにちがいないものでした。

東条陸相は、「戦争には別な要素が入る。日露戦争は負けると見られていたが勝った」と発表をただ一人全面否定した。積み上げていく論理ではなく、感情的に受け入れられない反発に過ぎなかった。人情に篤くていわゆる近辺の者には人気があって地位を保つことができても、その地位に必要な、判断の論理回路に欠けていました。

帰国した井川忠雄は、澤田節蔵と連携して駐日グルー大使を通じて、和平工作を試みました。そうした日米和平交渉を実現するためには、国内では国民感情暴走の恐れのテロと、軍部にはテロをちらつかせる威嚇があってとても円滑にはおこなえない。天皇家とは縁戚関係にある近衛公なら、テロに襲われる危険の最も少ない人物である。井川は節蔵とともに近衛を動かすはたらきをした。

一九四一年九月六日近衛首相は、天皇に上奏して交渉の裁可を得ました。駐日米大使ジョセフ・グルーと秘密裡に会談し、フランクリン・ルーズベルト大統領との交渉進行の約束を得た。それはハワイ島で両首脳が会談する案へとすすみました。

米本国では、ルーズベルト大統領との橋渡し役であったコーデル・ハル国務長官は、野村大使、ウオルッシュ、ドラウト両神父と井川忠雄、岩畔豪雄との会談で、「ハル・ノート」なる私案を作成していましたが、大統領と会談するなら正式交渉への踏み台となる案文の提示がなければならないとし、日本の外務省と交渉を始めた。

米国は、南仏印への進出をはじめた日本軍に対して、七月二十六日に米国の日本資産の凍結をおこない、八月一日には石油の輸出を全面禁止していた。交渉に入る条件にはその米国の措置の撤回と日本軍の南仏印からの撤退をもとめる案が向き合うことになった。政府が案文で交渉する了解をもとめると陸海軍中枢は、強硬に反対をとなえた。入り口の交渉案件で躓いた。

日米首脳会談は実現できなかった。ちょうどスパイ事件が発覚し、十月十四日逮捕された尾崎秀実が近衛の側近であったこともあり、同十六日にゾルゲも逮捕となり、近衛首相は十月十八日辞職した。

ゾルゲによってなされた日本の「南進」の通報で、ソ連はアジアに駐屯させていた師団軍隊を一挙に西部に移動させることができ、それによってドイツ軍へ反撃をおこない、敗走させることになった価値ある情報だった。

近衛辞職後の組閣について、軍部とくに陸軍をおさえる人物を探すことになった。宮家出身の軍中枢にあった人が候補にあがった。しかし、戦争の経過によっては責任が皇室におよぶおそれがあるとして、内大臣木戸幸一は強硬に反対した。元老西園寺公望が一九四〇（昭和十五）年死去し、木戸がその地位に代わっていました。存命の首相経験者全員出席の重臣会議の結果、陸軍を抑える者として、やはり木戸が、十月二十二日東条の名をあげて指名となった。彼は天皇に上奏した折、「虎穴に入らずんば虎子を得ず、だね」と東条就任の承認を得ています。[*7]

つい二か月ばかり前、「第一回総力戦机上演習総合研究会」で、日米戦争の展開を仮定し「必敗」の結論を出したとき、ただ一人「戦争は別な要素が入る」と精神的な面をあげて反対意見を述べた東条でした。彼をなぜ推挙するに至ったのか、疑問が残ります。この「研究会」の発表のとき、木戸が同席した記録は探し出せませんが、近衛とは学習院時代から西園寺公望側近の原田熊雄とともに学友で、中央政界ではほぼ毎日情報交換し、それに陸海軍大臣やその中枢とは内大臣として緊密な関係にあることからして、この結論を知らないはずはなく、人間の決定することの奇怪な面を見てしまいます。首相経験した者たちを網羅した出席者の中での東条首班の決定でした。

外相には和平交渉を主張していた東郷茂徳がなった。

東条内閣となれば、日本陸軍の行動が撤収に向かわないことがより明白になり、米国と交渉を進めるのはより困難になるばかりでした。

十一月十五日駐米野村大使を支援するため、東郷外相の命を受けた来栖特使がアメリカ本国に到着した。経歴としてドイツ語圏滞在が長かった野村大使の英語力をカバーする使命のうえに、来栖は訓令を帯びていた。しかし、来栖は三国同盟に署名した大使であったため、米国側の感情はよくなかった。

ハル国務長官は、日本が米国に対して甲案それに関心を示さなければ乙案を提案する、かつ交渉期限を設定した日本暗号電文を解読して知らされていた。交渉では日本案拒否の強硬姿勢をとった。解読された暗号電文に、交渉期限日の設定があったのを重大視していました。

東条首相は、交渉中の十一月十七日にラジオ放送をつうじて政策演説をおこなった。特別軍事予算の増加をふくむ政策の議会承認のためが主目的でした。首相、陸相、参謀総長を一人でつとめることとともに、ラジオでおこなうヒットラーの宣伝方法も踏襲していました。中国戦線で戦う兵士たちを励まし、「蒋介石政府の崩壊は近い」と希望的観測をのべ、「現状は英、米、オランダ諸国が軍事的経済的包囲網を築いて圧迫しており、帝国およびアジア諸国に重大な締めつけをおこなっている。この軍事的経済的敵対行使に、自衛のためにわが帝国軍は行動している」

とこれら諸国に敵愾心をあおり、国民の戦意高揚をもとめました。

翌日、各新聞は大きくとりあげた。日本でのこうした情勢は米国をなお硬化させました。

そういう緊迫熱気のあふれていた社会で、講演会をひらいて東条首相を侮蔑する男がいました。東条が陸相になる以前から軽蔑し、関東軍時代には東条が参謀長で副参謀長をつとめていた石原莞爾でした。彼は、東条に戦略構想力がないことを見抜いて、「東条上等兵どの」「憲兵しか使えない女々しいやつ」と公言して憚らなかった。一九四一年三月に予備役へ編入されたのは、その旧怨のため陸軍大臣東条がおこなったものと言われていた。予備役に編入されると給与は半額になります。*8

彼は予備役とされると立命館大学に講師として招かれ、民間人として軍法の直接的な拘束を免れました。大学で国防学を講義し、自説の世界戦略構想を述べ、間接的に軍部批判をおこなうばかりでなく、学外でも演説会を開いて批判をおこなったのでした。すべての演説を監視し中止命令を出す権限のある官憲は、満州事変の仕掛人であるうえに二・二六事件では鎮撫にあたった偉物であるとみなされていて、かつ関東軍では参謀をつとめた石原莞爾の名を知っていました。予備役であっても陸軍中将の肩書のある人に、巧みな論述もあってなかなか中止命令が出せないのでした。

講演での軍部わけても東条批判は、意外に大衆の喝さいを受けていました。

＊2　松岡がスターリンと不可侵条約をむすぶ前、英国のチャーチルが松岡宛に「ヒットラーは近いうちに必ずソ連と戦争状態に突入する」と手紙を送ったことは、東京裁判になって明かになりました。

＊9　敗戦後、追放解除された岸信介（一九五七〜一九六〇年首相）は松岡の北進論について、「歴史には、もしもはないからな。松岡の叔父の提案は国を救ったかもしれないが、あの性格だからなぁ、長州の血だ」と語った。

＊1　「青年よ起て」―世界政局と大和民族の使命―松岡洋右　稿（日本思想研究会出版部）
＊2　ウィキペディア「松岡洋石」
＊3　『文芸春秋に見る昭和史』1　岩畔豪雄　稿（文芸春秋社）
＊4　『欺かれた歴史』斎藤良衛著（読売新聞社）
＊5　『松岡洋右』―その人と生涯（松岡洋右伝記刊行会）
＊6　『幣原喜重郎　外交五十年』（日本図書センター）
＊7　『木戸幸一日記』下（東京大学出版会）
＊8　ウィキペディア「石原莞爾」
＊9　ウィキペディア「松岡洋石」

仕事のいろいろ（二十四）

時は遡って――一九三六（昭和十一）年五月、澤田廉三一家は、米国ニューヨークの任地から帰国しました。廉三はすぐ、駐ソ大使として赴任する重光葵に従っていき、満州（現・中国東北部）視察に出かけた。いったん帰国し、十月から在満州国日本大使館参事官として単身新京（現・吉林省・長春）に赴任となった。

帰国してからの美喜は、慌ただしかった。四人の子どものうち、信一、久雄、晃の三人が学校に行っていたのですが、日本の学校に馴染めないのでした。なんども学校に呼び出されて始末書を書く羽目になりました。中でも三男晃が富くじを作り、自分の皮コートやカウボーイ風の靴などを賞品にして、学校中を沸かせる事件がありました。校長や担任に平謝りにあやまった。長男、次男が起こすいざこざもあり、その始末に落ち着けなかったのでした。

美喜は、帰国すれば今度こそ親孝行をと思っていましたが、外国で暮らしていたあいだ、「お姉さまの分までお留守に親孝行しています」と手紙に書いてきていた妹が病気し、毎日病院に見舞ってもいました。

その妹が、七か月間の闘病の末亡くなりました。妹を導いてクリスチャンとしてあの世へ旅立ってもらったのが、せめてもの慰めでした。

一九三八年十月に満州から帰国した夫廉三は、有田外務大臣の次官となり、やっと落ち着いた気がしました。

このようなとき、夫の兄がアルゼンチンから帰国したのでした。右翼テロの横行、政権の中枢にある人がそういう結社の主導者を子飼いのようにしていること、あるいは邸内にも出入りさせていて政策に影響を与えているほどにはびこっていることを嘆き、夫はそれらの情報を訪問して兄に伝えに行っていたようでした。几帳面すぎる兄の緊張をほぐすため、本家の虎蔵に依頼されて作ったという「浦富小唄」を伴奏つきでレコードに吹きこみ広めているのを渡して、聞いてもらったと得意そうでした。

一九三九年十二月、夫廉三は、今度は単身で特別全権大使としてパリへ赴任となり、家族そろっての暮らしは一年とちょっとの間でした。

すでに九月にドイツはポーランドに進撃し、それに対し英仏は宣戦布告し、国際間が難しい状況となっていたため、単身赴任となったのでした。そのヨーロッパの事情を子細にしるして、父久弥に夫廉三は手紙を送ってくれました。父久弥は外国の情況や起きる事件に特別に関心があり、それに応えてくれる気の配りようでした。口下手を補うように夫は筆まめに美喜にも手紙を送ってくれました。

赴任した廉三は、覚悟していたこととはいえパリの情況にひとかたならぬ緊迫感があるのを感じた。

赴任の翌一九四〇年五月には、ドイツ軍はノルウェー、デンマークを占領し、英、仏との戦争もはげしくなり、フランスに侵攻しはじめ、ついには六月、パリが陥落してしまったのでした。廉三はパリを去っていくレイノー政権を追い、代わったペタン政権のヴィシー政府と交渉し、日本軍の北部仏印（ヴェトナム）進駐の同意を取りつけた。

着任したばかりの廉三が、まだパリにいたときでした。パリには珍しく大雪の降った日だった。

大使館に諏訪根自子がやってきました。彼女は、ロシア帝政時代の宮廷オーケストラ第一ヴァイオリニストを務めていたカマンスキーの指導を受けていると言った。

「後援者の大倉喜七郎氏から送金が滞っています。パリのコンセールヴァトアールに入学し、プルミエプリ（最優秀賞）を獲得するようにと言われた。その活動地位を保証する賞は獲得できそうにないと返信したところ、その条件は取り下げられたようですが、その後送金がない。カマンスキーの指導料も下宿料も払えない。その事情を大倉氏に話して、送金を再開してもらえるよう橋渡ししてもらえないでしょうか」

というのでした。

廉三は日を改めて二人と会った。

「この娘の何処からか湧いてきて流れ出るあるものを感じるので、それを引き出してやりたい。しかし学校の注ぎ込んでくれるものでは、持てるものを充分に引き出してやれない。世界的芸術家に育てたい」

そうカマンスキーはやせた体を震わせて、しかし力を込めて言った。

噂として、諏訪根自子がカマンスキーに食い物にされている、と悪く言うものがありましたが、廉三は、話から受けたとおり見たとおりに大倉へ信書を送りました。その後、何とかレッスンはつづけられたようでした。

それからだった。パリの街は何となく重苦しい雰囲気に閉ざされていった。春ともなればドイツ軍が大攻勢に出ると噂されていた。

廉三は、第一次大戦時にフランス政府がボルドー落ちしたことから、冬のあいだに書記官をフランス政府の移転先と言われたトゥールに派遣して下準備させた。

一九四〇（昭和十五）年五月十日、ドイツ軍は、オランダ、ベルギーに侵入した。フランスに向かって侵入してきても、パリまでには近代式軍隊では通過不可能と信じられていたアルデンヌの森林に隠された要塞地帯があった。

そのようにフランス国民を安心させていた要塞地帯だった。それをドイツ軍は、重軽戦車の大部隊と急降下爆撃とを巧みに組み合わせた共同作戦で突破した。

パリでは、レイノー首相をはじめ政府首脳、および篤信の人びとが集まって、ノートルダム寺院で、大護摩（大ミサ）をあげた。廉三にはキリスト教会のミサが日本の寺社でおこなう護摩と同等にしか見られなかった。そのようなことをしても、ジャンヌダルクの奇蹟も神風もおこらないのは同じと判断する理性があった。神に頼って戦争に勝てるなら、対立する双方の信仰する神が戦争をすればいい。そうすれば人間たちは平和に暮らせる。知性のあるとされる人間の奇妙な行動にしか見えなかった。

ドイツ軍南下の作戦が開始されてもパリに達するまでには、ソンム川の防御線があり、エーヌ川にもそれがあり、この守りによって一、二か月は支えるだろう、と人びとは期待していた。しかしドイツ軍はやすやすとその戦線も突破した。

六月九日、レイノー政権のフランス政府はパリを撤退した。

六月十一日早朝、日本大使館に館員全員が集まった。パリに踏み止まって在留邦人の保護にあたる者とフランス政府とともに移って行く者とに分かれた。

廉三は御真影（天皇の写真）を保持して出発した（この時代、全国小中学校に奉安殿という蔵があり、そこに天皇の写真を保管していた。火災のためその写真を焼失したと思い自殺した校長があったほど重大視）。

パリを南下する車は二百万台になったという情報があった。これに逆行して北上する戦車や砲車があった。道は大混乱だった。車を止められるたびに「公用車」と明らかにしつつ切り抜け切り抜けして、用意してあったトゥールを目ざした。

たちまちドイツ軍の飛行機が機銃掃射と空爆で追いかけた。

十三日、パリは無防備都市と宣言したとラジオ放送があった。パリが陥落したのだった。十五日、フランス政府はさらにボルドーを目指した。外交団はその後につづいて南下した。首相レイノーは、途中その車がドイツ空軍機の襲撃の的となり、機銃掃射に首をすくめつつ逃れたという。その晩に、ドイツ軍の空爆がボルドーの街に激しくおこなわれた。ルブラン大統領の宿舎を狙って盛んに爆弾の落ちるのが見えた。

政府の脱出先はもとより要人たちの日程や足取りまで、正確な情報をにぎっているドイツの諜報網の完璧さを廉三たちは思い知らされた。

抗戦継続を主張していたレイノー内閣が総辞職し、ペタン元帥が首相となった。若い命をこれ以上犠牲にするのは忍びないと、ラジオをつうじて元帥は訴えた。ときには声につまり、第一次大戦では凱旋将軍であった人が敗戦降伏を告げた。

ボルドーにおいてドイツに休戦を申入れするか否かが問題となったさい、抗戦継続をさけんだレイノー内閣の一部閣僚とこれに同調する上下院議員にその友人などは、亡命政権を樹立しようと考えたのかボルドーの岸壁につないであったマッシリア号に乗船して、仏領モロッコのカサブランカを目ざし、そこに入港した。同情すると見なされていたモロッコ総督ノゲース将軍は、陸上との一切の連絡を遮断させ、ヴィシーに移った政府の命を受け入れて、八月初めに送りかえす措置をとった。敗残して落ちゆく者には冷たい仕打ちしかなかった。

一九四〇年九月一日松岡外務大臣は、在外公館、外務省員のほとんどに召喚命令を発した。世間でいわゆる松岡旋風と呼んだものだった。

澤田廉三もこの旋風にあおられ十月初め、ヴィシーを後にしてシベリヤ経由で帰国することになった。帰朝命令にしたがうなら、パリに引きかえして荷物をまとめる必要に迫られた。ドイツ官権の特別許可を九月初旬のうちに得た。

パリはいたって平穏だった。セーヌ川は相変らずとうとうと流れていましたが、広場の中央に昼も夜も照明を浴びて薄紫の噴水をあげていたネプチューンの水は止まっていた。オテル・ドウ・クリーヨンは占領軍総司令部としてハーケンクロイツの旗を翻していた。占領軍兵士の規律は厳正そのものであった。車道横断に困っている子どもや老人に手を貸してむこう側まで渡してやっていた。地下鉄では、婦人が乗車してくるとドイツ兵は立って席を譲っていた。

しかし、外国人にも広く知られたレストラン・マキシムでは、コンコルド広場のドイツ軍司令部から近く、将校たちがきて中央の卓をかこんで贅沢な飲食をおこなっていた。フランス人の常連客は周囲の壁にそったクッションベンチに座り、もちまえの大声も出さずに眺めていた。将校たちはお国ぶりを発揮して最後はビールを注文した。パリジャンは互いに顔を見合わせて「田舎者」と言わんばかりに視線を送っていた。

廉三は、パリ滞在三週間の後、ヴィシーに引きかえしてフランス当局へ暇乞いに回った。

ペタン元帥はパリに行ったことを知っていて感想をもとめた。

「おたずねなのでお答えしますが、ドイツ政府に占領政策の緩和を申しいれ、フランス市民とドイツ兵士のあいだに衝突事件が起きないようにされる方策を講じられてはいかがでしょうか」

翌日にはラヴァル首相と会った。首相は老元帥と同じく、その懸念があってドイツ側に会談を申しこんでいるといい、「だがリッペントロップ外相は返事をくれない」と不満そうだった。

廉三はドイツを経由しての帰国であり、そのお気持ちを伝えましょうと約束した。スイスを回ってドイツに入り、ベルリンに到着すると早速来栖大使に会い、リッペントロップと話し合う機会のあっせんを頼んだ。

リッペントロップは若いときフランスのグルノーブル大学で学んでいて流ちょうにフランス語を話した。最近のヨーロッパの情勢を三十分間も一人でしゃべった。話のとぎれるのを待って廉三は、軍律をゆるめられたほうがフランス人の感情を尖鋭化しなくてもすむから、出来るだけ早い機会にヒットラー首相とペタン元帥の会談をもうけられるように尽力されてほしい。ラヴァル首相も両国首脳の会談が不可能なら、せめて外相のあなたとの会談をおこないたいと熱望し、取り次いでもらいたいと依頼を受けたと話した。

リッペントロップは終始腕組して俯き、聞いてくれたのか疑わしかった。しかし首をあ

げると、

「ヴィシー政府の気持がわかりました。早期の実現は困難かもしれませんが、ラヴァル首相と自分との会談は考慮してみましょう」と答えた。

それから約十日後、廉三がシベリアを横断して満州里（中国・モンゴルの市）に着いたとき、新聞はペタン・ヒトラー会談の実現を報じていた。*1

*1　『凱旋門広場』澤田廉三著（角川書店）

別れのいろいろ（二十五）

一九四一（昭和十六）年十二月八日、寝室の電話が慌ただしく鳴るのを美喜は聞いた。夫廉三が出た。重光葵からであった。夫は、「とうとうやりだしましたね」と答えた。第二次世界大戦勃発についての短い会話だった。

緒戦の勝利に日本中が沸き立った。美喜は米国事情を知っていて、そうした勝利がほんとうにつづくのだろうか、と疑問に思った。

一時は、その疑問が間違いだったのかと美喜自身が疑うほど、日本軍が勝利していく報道があった。しかし、明くる年の同じ季節になると、疑問とともに抱いた予感どおりガダルカナル島からの敗退があり、緒戦の勢いが失われた。その間の戦果の報道が背伸びして得たものだったのが明らかになった。

戦局がそうしぼんでいったとき、美喜の母寧子《やすこ》は狭心症でたおれ、二十日後死亡しました。

大磯の住民である樺山伯、吉田茂、美喜に特高や憲兵がつきまとった。麦畑の中の道で美喜は樺山伯にばったり出会った。

「私の後から付いてくるのは特高じゃよ」

「私の後ろにいるのもそれらしいんですよ。何も悪いことをしていないのに」

「われわれを親米派と思っているからじゃよ。戦前アメリカに友人を持っていたというだけで睨まれつづけるんだから」

樺山伯は国の無知な政策に情けなさそうだった。

美喜を尾行する特高はいつもおなじ顔のおなじ服装の鼻声の男だった。あるときはタイプを打っていると「暗号電報だ」などと言いだした。

美喜のところには二世の人が出入りしていて、さまざまな嫌がらせを受けているのが分かった。アメリカ生まれの青年の下宿先に憲兵が突然飛び込んできて家宅捜査をしたり不意に下宿を追い出したりした。そういう不合理な出来事を起こす文化に、世界にはもっと知ってもらわねばならないことがある、と美喜は演劇を上演しようとした。

菊田一夫演出、長谷川一夫主演で新演劇座の第一回興行としての上演を予定した。ところが戦時下に敵国ハワイを背景にしているということで、なかなか上演の許可がおりなかった。初日の六時間前にやっと許可が出た。

二世はアメリカ国籍から日本国籍に移るとすぐ徴兵の赤紙がきた。職につくのにも偏見があった。そうした事情下で海軍の司令部が三十名近く採用してくれた。

美喜の三人の息子は、一九四三（昭和十八）年学徒出陣の名のもとにほとんど時を同じくして兵役に入った。長男信一は英語を役立てて海軍省軍司令部、次男久雄は航空隊、三男晃はその翌年に航空隊に志願して入隊した。

一九四三（昭和十八）年七月、夫廉三に、ビルマ（現・ミャンマー）全権大使として赴任命令が出た。いろいろな疫病の蔓延が知られていて、皆の敬遠している土地であった。死を覚悟して任地へ行くということでまたも単身赴任でした。

廉三は、現地に着いて間もなく、官邸の大阪出身の守衛長が二週間寝込んだ後死亡することに遭遇した。ボーイの佐藤がラングーン腫れで寝込んだ。現地で雇った料理人が天然痘で隔離された後、家屋中を消毒する騒ぎになった。またボーイのうち一人がデング熱にかかった。ついで本間副領事がコレラにかかって病院に担ぎ込まれた。

何か台所に祟りのあるものが棲んでいるのではないかという騒ぎになった。お祓いをしてもらう神主を探すこととなった。フランスで大護摩を苦笑して聞いていた廉三は、人間は恐怖に襲われると同じような愚かしさに陥ると冷淡に見ていましたが、館員の心情を無視するわけにいかず、その要望に応えた。

一九四三年十一月五・六日、東京で開かれた大東亜会議にビルマ国独立運動を指導しているバー・モウ首相が出席することになった。廉三は同行し、一時帰国しました。

会議には、世界的に知られていた哲学者西田幾多郎が出席して挨拶した。右翼に脅迫されて促され、そうしていると聞いた。廉三は、バー・モウ首相を自宅に招いてもてなした。

帰任の途中、事件は生じた。飛行機を友軍の飛行機が誤認した。銃撃をうけて撃墜されそうになった。香港空港に不時着して危うく死を免れたのでした。

一九四四（昭和十九）年三月、妻美喜の母寧子死去の報がとどいた。

廉三は妻と義父久弥にお悔やみの手紙を送った。家庭で家族に見守られての死は、戦場のように災厄に満ちた世界とくらべて、穏やかに迎えられて幸せ、と不謹慎にもふと浮かんだ。ラングーンでは連日連夜空襲に見舞われ、寧子から贈られたお守りを胸に廉三は防空壕に駆け込むのでしだ。

一九四四年七月、廉三は任を全うして帰国した。

東京でも空襲に備えなければ、とそのための慌ただしい日々となった。

一九四四年十二月十三日午後四時ごろであった。廉三に、外務次官官邸から三男晃が別れの挨拶のためにきていると電話があった。

急いで官邸に車で帰ると晃が待っていた。海兵の軍服を着た見すぼらしい姿だった。何のための別れかと聞くと、まだどこに出動するのかこれから横浜に行って見なければ分らないと答えた。母に会って行く暇はないのかと聞くと、直ぐに行かなければならない。皆に宜しく伝えてほしい、と言った。

何も食べさせてやるものがないと思っているとボーイの金沢が気を利かして、十個ばかりのリンゴを並べた。晃は、ちょっと微笑み、リュックに詰めた。有難う、これで発ちますと言った。自動車で都合のいいところまで送ろうというと、渋谷まで行って妹の恵美子に会うから、虎ノ門の停留場までと言った。そこまでは二分とかからなかった。降りて、廉三は、無思慮に飛びだすではないよと言って晃の手を固く握った。

無口な晃は簡単に「はい」と答えた。くるりと踵をかえすと地下鉄への階段を下りていき、次第に姿を消していった。[*1]

「孫三人の出征も知らず毎夜の空襲騒ぎも知らないで世を去った母は幸せだったのかも」

空襲が激しくなって狭い防空壕の中で、今までになく身近になったような父と、美喜はそんな会話を交わした。

一人になった父へ兄妹はかわるがわる世話をしに行った。

「ようやく親孝行ができそうだ」

そういう喜びがあったところ、疎開していたその大磯の別荘が日本陸軍に徴収された。

一九四五（昭和二十）年四月はじめ、美喜は夫廉三の郷里鳥取浦富へ末娘の恵美子を連れて疎開することにしました。*2

東京の空襲は、一九四四年十一月から始まっていましたが、初めのころは下町方面だった。それが一九四五年三月から頻繁になり、鈴木内閣が四月七日に誕生したころから山手方面にもひろがり、美喜たちはそれで疎開の決心をしたのでした。

五月には銀座、日本橋、麹町方面から小石川、品川、渋谷、新宿などの住宅地域が空襲を受け、焼け野原のようになった。

すべての人が、空襲の災害に遭う覚悟が必要になった。死を覚悟するのは、戦場の兵士ばかりではなくなった。

節蔵は、そうした空襲の危機がほんのそこまで迫っているのが分かった。空襲で火災が発生して避難するときには、青山の自宅から道幅の広い神宮表参道をとおって、代々木練兵場へ行くのが最善と考えた。

五月二十三日だった。節蔵は、麻布富士見町の義弟の家が全焼したので、家族とともに焼けのこった家具を受入れていました。

義弟大山西一の家族を受け入れて二日後の二十五日、ひと安心と二家族夕食をともにしました。眠ろうとしていたところ空襲警報が鳴り、赤坂見附方面に火の手が上がるのが見えた。

しばらくすると、家の近くにも焼夷弾が落ちはじめた。妻美代子、昭夫、壽夫、女中をつれ、義弟家族とともに門を出た。考えていたとおり神宮表参道に向かった。ところが、火災が起きていて煙に巻かれそうだった。

小路をたどりたどりして青山大通りに出た。避難をいそぐ大群衆に揉まれて義弟家族とはぐれた。青山墓地に達し、そこで一夜を明かした。

この空襲では、知り合いに多くの犠牲者が出た。外務省の先輩であり外務大臣をつとめ、石井・ランシング協定を結んだ石井菊次郎は五、六軒先であった。夫妻は火災にあって行方不明であったが、のちにこのとき亡くなったと聞いた。家を同時に逃げだした義弟家族は、青山五丁目の師範学校の庭にたどりついた。校舎の燃えていく火の粉を浴びたが助かった。しかし義弟は子どもを庇って背に広くやけどを負っていた。

翌朝五時ごろに火炎が下火になった。

節蔵たち家族は家に向かった。途中梨本宮邸に寄った。ひろびろとした屋敷は全部焼失、紀殿下は土蔵の中であった。節蔵は見舞いの挨拶のあと家に向かった。予想どおり全焼し、コンクリートの塀だけ残っていた。前夜朝食のために用意しておいた釜の米が、ちょうどよい加減に炊きあがっていた。これで一同お腹をつくった。近所の人にも分けてあげて喜ばれた。

家も家財も失いどこに行けばいいのか思案した。隣の中島久万吉元商工大臣が訪ねてきた。彼は麻布広尾町の親戚の家に避難すると話しました。節蔵の姪が広尾町にある元大蔵大臣三土忠造の長男に嫁いでいた。それならそこも助かっていると思い、しばらく避難させてもらえないかと足を運んだ。快く迎えてもらえることになったのでした。[*3]やけどを負った義弟大山西一は療養につとめましたが、その年の冬に肺炎を起こして亡くなった。

＊1　『随感随筆』澤田廉三著（岩美町刊行会）
＊2　『黒い肌と白い心』澤田美喜著（日本経済新聞社）
＊3　『回顧録一外交官の生涯』澤田節蔵著（有斐閣）

消えたもの残ったもの芽生えるもの（二十六）

一九四一（昭和十六）年の開戦時にあげた勝利は、長く欧米列強諸国に圧迫されていると感じていた日本の民衆の意識を一気に解き放った。はっきりあった物理的数理的ながいが、神社・仏閣に祈願したことで叶えられたように思えた。おおくの戦場の報告に、神の佑けがあるかのような言葉があった。

その戦果のうちに九人の軍人が死を知りながら真珠湾に突入し、魚雷とともに爆死していた。そうした死に方は、一九三二（昭和七）年上海事変で爆弾をかかえて敵の防御施設を破壊した三人の兵士が、肉弾三勇士とたたえられ映画になったこともあり、命を国のために捧げることとして、さらに美化されたのでした。こうした死は、日本人として覚悟しなければならないこととして、ただちに小学校の教育に取り入れられたのでした。

奇襲攻撃は、日本大使館で暗号電文解読に時間がかかり宣戦布告が遅れたため、米国では騙し討ちとされていることは知るよしもなかった。日独伊三国同盟を締結した松岡洋右は、「同盟締結は一生の不覚だった」と後悔していましたが、この初戦の戦果に積年の鬱屈が晴れたのか、彼さえ「欣快にたえない」と喜んだのでした。

この奇襲攻撃は、アメリカ国民にあとの時代にも残る深い傷跡をのこしました。現在、核戦争が危ぶまれる時代では、どのような小国であろうと滅亡の危機に陥ったなら、滅亡するよりも、と宣戦布告なく奇襲的に使用することが予測され、それが全面的世界核戦争を起こす引き金となるとして、外交戦略への大きな影響を及ぼすこととなったのでした。*1

それはさておいて、大戦は日月が経過するにつれて戦況は日本にとって不利となり、地域敗北から全面敗退へと様相が変わりました。しかし、戦況を報じるラジオ、新聞は戦果を吹聴する大本営発表をそのままにおこなっていた。一九四二年末から敗退していった、そうした真実は報道を禁じられたままだった。

一九四三（昭和十八）年二月、ガダルカナル島からの敗退は、「撤退」あるいは「転進」

と言葉を変えて報道された。これは「敗戦」での終結を「終戦」と言い換えたのと同じく、事実を糊塗する言葉だった。国内政治は、独裁者ヒットラーの模倣と考えられる東条首相の陸軍大臣・参謀総長・内・外務・軍需大臣兼任でした。アジア諸地方、諸海域の戦闘で敗北を重ね、一九四四（昭和十九）年六月要衝のサイパン島が陥落した。日本本土はそこから離発着する敵機の空爆圏内に入った。

政府関係者、識者たちは特高警察に怯えて口を閉じ、このまま戦争を継続して全責任を東条に負わせればいい、と投げやりになっていた。しかし、激しくなった東京への空襲で、そうばかりは言っておられなくなった。サイパン島陥落の責任をとらせる形で、テロ遭難の恐れの少ない元首相近衛文麿を中心に密かに、東条内閣打倒、和平交渉の模索がはじまった。

その結果、一九四四年七月二十二日小磯国昭内閣が成立した。敗北の戦況の中で局所的な勝利を得たなら、それを手がかりに和平交渉をおこなう意図を持っていました。しかし、その機会のないまま崩壊した。

一九四五（昭和二十）年四月、鈴木貫太郎内閣が成立した。国力はあと何か月つづくのかと懸念された。

そういうとき節蔵は、内閣顧問に任命された十人の内の一人となった。空襲被害の交通事情があって、情報局総裁で国務大臣の下村広、同じく国務大臣の左近司政三および桜井兵五郎三人は、必ず顧問会議に出席することと決定されていた。五月中旬、左近司が節蔵の意見をもとめにやってきた。海軍中将の左近司は、鈴木首相とも親しく節蔵とは以前からの知り合いでした。

総理は時局収拾のため、わが国と不可侵条約を締結しているソ連へ、参戦しないように申し入れるとともに、英米との間を仲介斡旋させる腹を決めた。強腰であった陸軍も参謀本部もそれを認めたと伝えました。

節蔵は、ソ連が善意の仲介者になるとは到底思えない。この年の春、条約の不延長を通告してきている。ソ連は力で実利を獲る傾向がある。変節豹変する国であり信用できないと言い切った。では、他にどんな国があるのかと左近司が重ねて訊いた。節蔵は、ヴァチカンに頼むがいいと答えた。左近司は一瞬唖然とした。総理、外務大臣、誰もヴァチカンは考えていないようでした。

政府は、広田弘毅元首相を駐日ソ連大使マリクと会談させ、和平交渉の仲介を試みていたのですが、すでに二月四日から十一日にかけてのヤルタ会談で連合国側と約束していたソ連は、五月そして六月になっても回答を引き延ばし日本をあしらっていたのでした。

そのような状況になっても、節蔵は東京に踏み止まらなければならない事情をかかえていた。

第一次大戦のときロンドンにいた節蔵は、ドイツ潜水艦によって物資の輸入が困難になったことを体験し、日米戦争が長引けばかならず交通・輸送問題が重大視される。敵国の海軍力、海運力を調べて対策をねっておかねばならないと考えた。軍部も同調したので交通委員会を立ち上げた。参謀本部、軍令部所属の陸海軍人がつねに参画することにした。ほかに、金融委員会、ソ連委員会、人的資源委員会、南米委員会に関わっていました。

金融委員会は、大戦後の金融体制はどうあるべきか、スイスのバーゼルに創設された国際決済銀行の機能を参考にして、外務、大蔵、商工各省、日銀ならびに民間にも呼びかけて設立した。

ソ連委員会は、陸海軍将校、関係各省職員、満鉄調査員、東京帝大（現・東大）と東京商大（現・一橋大）の教授を委員として、情報収集にあたってもらった。

南米委員会は、節蔵が長くブラジルに関係していたことと、そこの鉱工業に未来があることから、たとえ戦時中関係が薄くても、将来のための基礎調査は必要と信じ、これは東京帝大出の鮫島という青年に調査を担当してもらった。

鮫島は、中南米諸国の人口、道路、鉄道、経済、工業、生産力が、一目瞭然におさまる図表（グラフ）をつくりました。節蔵にはかつて見たこともなく、それは見事な出来栄えでした。二年がかりの制作でしたが、陸海軍は大いに賞賛し、この方式で東南アジア諸国の事情も調査、図表化してもらいたいと言った。

彼を慰労する意味もあって出張してもらった。ところが彼の搭乗した飛行機が台湾上空で事故を起こし、墜落して悲惨な最期を遂げました。つくられていた資料は、印刷のため小石川の工場へとどけられていましたが、そこで空襲に遭い全部焼失した。

彼は空に消え精魂打ち込んだ図表は灰となって消えました。[*2] 戦禍はこのような人を含めて無残無情の世界に、多くの人とその足跡を呑みこみました。

いっぽう美喜は、末娘恵美子を連れて疎開しましたが、父久弥を東京に一人残したのが気がかりでした。

「岩崎本家の家長として、一族一人残らず東京を去らぬ限りは、私は東京から一歩も出ない」

父久弥はそう言って留まっていました。

美喜は、空襲が一段と激しくなってくると改めて疎開先から勧めたのでしたが頑として受け付けませんでした。

疎開先の鳥取県浦富の生活は、配給と足りないところは自給自足でした。勤労奉仕があった。松根油をとる松の根掘りや、ゴム樹脂をとるように松の幹に筋を刻んで松脂をとる作業があった。

海水から粗塩をつくる潮汲みの作業もあった。菊五郎の「潮汲み」は、この十八時間もかかる作業を優美に舞台化したものと思いましたが、その苦しさは、舞台とは縁遠いものでした。どうにかしのぐよりほかなかった。テニスコートをつぶした畑には野菜をつくった。

美喜は疎開婦人会々長を任命されました。六百人ほどの疎開組女性の半分は、京阪神地方の二号さんたちでした。軍人の隊長の命令にも、チン、トン、シャンと口三味線でこたえるような立ち居振る舞いでした。

鳥取市近くまで一時間くらいも歩いて、山の中腹にトンネルを掘ることを命じられた。子どもを負ぶった母たち、工場に徴用できない大年増たち、孫を持つお婆さんたちでした。爪で引っ掻いて穴を掘るような作業ぶりで、敗戦の二週間前には山の向こうから掘り進んできた穴とぶつかるはずだった。どこで逸れたのか開通できないままでした。

戦争末期のある日、美喜たちは海岸の砂浜に非常招集された。竹槍持参ということだった。八字髭の退役大尉が軍服姿で訓示しました。

「つまりだな。ここに敵が上陸すると仮定する。君たちは大声をあげて竹槍を振り回せ。大きな声ほどよい。その間に、われわれは木に登って石を投げる」

真面目な顔をして女性軍は聞きました。

八月六日広島に、八月九日長崎に原子爆弾が投下された。これは、ハーグ陸戦条約で禁止されている行為なのは知らなくて、ただ驚き恐れました。

八月十五日の天皇のラジオの放送を聞いた。美喜は胸の塞がる思いだった。しかし、頭の上を覆っていたものが、晴れていく気がしました。

次男久雄は特攻隊として出動する二週間前に終戦となり、毛布二枚米一升担いで舞鶴から浦富へ帰ってきました。長男信一は内地で帰ってくる見通しがついていました。

三男晃の消息だけがなく美喜は、波の音、風の音を聞いても、絶望と僥倖を願う気持ちが交錯するのでした。

一九四五年六月二十五日付郵便
冠省
晃は、四国の某基地から出撃する、これからしばらくは便りがないかもしれないけど安心してくれ、と私に一月末ハガキをくれた切りです。かつてニューヨークに勤務していた田島に会った。彼の息子は去年の十月戦死した。それが一月になって正式の通告があった。今まで大体三か月くらいの内には正式の通知があるのが例だから、従って晃君が一月の出動なら、もう通知があるはずでそれが無いならまだ無事の証拠だと言ってくれました。
急ぎ要用の件
番町の家を外務大臣官邸に借りたいとの申し入れがあり、いろいろ相談したい。で、切符の入手が困難と思い外務省より岩美駅長あてに売り渡してもらうように申し入れました。その旨打電したのですが、駅からは二度とも返電がありません。

番町の家はあの界隈ではたった一軒の焼け残りで、住居払底のため、各方面から狙われるのは必然で、外務省からの希望なら安心と思います。そうなれば、半焼けの家具などどう処分するのかなどの決定もあり、あなたの意見が是非必要です。なるべく早く上京されたし。

先日久雄が末広まで出てきたとき、金曜日なら面会できると言っていたので、六月二十二日金曜日に行ってきました。土浦の先にある石岡航空隊です。久雄が御父上にお願いしたスーツケース、望遠鏡、洗濯石鹸、ワイシャツ、靴下、軍刀なども持っていきました。駅から二里歩いて、正午の訓練がすんだ時刻に到着しました。校庭で弁当を開いて食べ二時の汽車で帰るつもりだったが、久雄がもう少しいいでしょうと言うので、一列車遅らせて四時の汽車にしました。

貴女も早く帰ったなら、移動前に面会に行って大部しっかりした将校になった久雄の姿を見ることができます。近く移動があるそうです。

菜園の虫食いを防ぐには、面倒でもはびこらないうちに虫を取り除くことです。カラスが荒らすのには、鳴子を家から引いて脅すようにするとよろしいでしょう。

こちらでは、大豆食によって胃腸を壊す人が多くあります。それに比べれば、空襲もなく食事も普通にとることができるのは、日本で一番安全な所かと思われます。それからもし、そちらに滞在を余儀なくされるなら、冬ごもりの準備のため、麦わらを買っておいて囲いの作り方を周りの人に訊き、福田に作ってもらう手はずをしておく必要があります。

廉三

美喜殿　座下

速達・・一九四五年八月十七日付

詔勅発せられて、前便でお知らせしたとおり、意外に早く一家集結の日が来ると期待したのに、運輸省は、疎開者で帰京しようとする者には当分乗車券を発売しないように決定したと、昨夜ラジオが放送しました。よって、あなたも当分は駄目かと思います。だからといって、浦富での冬越しはなく、その前には帰京が可能と考えますので、そのつもりでいてください。

いよいよ東久邇宮が組閣されて、*註 重光君が外務大臣になりますので、小生もまた走り使い連絡などの用事が生じることと予想しています。そうなると、出入りの便利、人の来訪の便宜を考えるとやはり帝国ホテルへ逗留した方がいいのかと考え、その間に番町の家を元通りにはならないまでも、ともかく住めるように設備の修繕など進めておきたい。あなたたちもそのうちに帰京可能となり、そう早く番町が元通りにならなければ、しばらく大磯を足溜まりとするのもいいでしょう。

このようにして冬までには家族集結の日を実現できたなら幸いです。敵占領軍の進駐してくる後では、そうとう堪忍袋の緒をしっかり締めて居らねばならぬこともあると思います。少なくとも現在は、夜中に防空壕へかよう必要はなく、火事や爆弾の恐れもなく、この点、御父上にもよほど安心されているようで、今日は壕の中に運んであった荷物、中庭の土中に埋めてあった夜具布団などを出すように言われ、そして二十日ごろにはまた末広に行ってくると言われています。遂に疎開せずに頑張り通されたこと、本当に敬服の至りです。茅町に敵弾の落下が無かったことは本当に芽出度いことでした。

久雄は去る十日付きのハガキでは、すこぶる元気な様子で、引網をして、鰹、鯖、キス、ハマチなど数十匹を獲ったと知らせてきました。先般の福井市が相当ひどい戦禍を被ったと報道があったときには、御父上は「久雄は大丈夫かなあ」と心配されていました。このハガキで安心されたようです。

信一はそのうち除隊となり大学の課程を履修するだろう、と期待しています。

恵美は柏木より望まれて居ます。あなたの大体の意見を聞かせてください。異存がなければ相手のことを大蔵省の伝手を頼んで身上調べをしても宜しいかと思います。

廉三

美喜殿　座下

＊註　東久邇宮内閣は一九四五年八月十七日から同十月九日まで。

一九四五年九月二日付

拝啓　あなたの速達便と同じころの恵美の普通便とが同時に三十一日に着きました。久雄が突然に帰ってきたとのこと、こちらでも先日信一がきたとき、久雄は除隊になったなら先ず浦富に行くだろうと話してました。本人少し疲労しているということですが、澤田本家からの手紙でも「稜々とした意気は伝わりましたが、そうとうお疲れのようで、駅から荒砂神社と墓参を済ませたその足で、拙宅に挨拶に参られ、幼少より義理堅い信念には敬服」とありました。このこと早速御父上にも報告しておきました。

ところで、大学の講義は、今月の半ばから始まるのではないかと。それなら講義は初めから聴かれたほうがよく、中途からではなかなか興味がつづかず、そのうち講義はどんど ん進んで、ますます嫌になってしまうものですから、久雄も少し休養して元気が回復したら、一度京都まで行って大学に連絡し、少し講義を聞き初め、そのうち御父上のご機嫌を伺うようさせたらどうか、と思います。

信一は、少なくとも半年は残れと言われて、いやだいやだと言っているのですが、これは海軍省そのものが本日降伏文書に調印した後、やがて解消される事です。現に松本次官の長男は、除隊になれば外務省勤務と確定していて、外務省から早く返してくれと頼んでいるのですが海軍が聞き入れないそうです。それゆえ信一のことも今更小生の知り合いに頼んでも意味がないと思います。そのうち、日吉を引き上げて放送局の隣りの艦政本部に通勤するようになれば、茅町に御厄介になりたいと言っています。九月一日には中尉になったはずです。

小生は、大抵毎日朝八時には帝国ホテルに出かけシゲバン会議をしています。いっそのことホテルに引越そうと思ったところ米国新聞記者が六、七十人もやってきてそこもダメとなり、重光君も引越す先を原田積善舎か大東亜省官舎を考えているところです。それで、ホテルに引越すのは見合わせ、信一の宿の問題もあり、こうなれば早く番町の家にみんなで帰った方がいいように考えます。あなたもなるべく早く浦富を引き上げるよう考えて下さい。

本日は、いよいよ降伏文書調印の日、ただ今九時、重光君かの敵艦に乗り込んでいるころ。

廉三

美喜殿　座下

新聞に、連合軍の病院船撃沈、原爆投下の国際法違反の報道が小さくあった。占領軍情報局の取り締まりをかつての日本の特高のように想像し、おびえて目立たない大きさだった。事実の情報が制約されると、いろいろ噂がはびこった。

一九四五年九月九日付

前略　小生も重光君との毎日の会見もあり、帝国ホテルに引越そうと思ったのですが、ホテルも米人の根拠となる様子で、重光君も原田積善舎に移るようなことを言い、小生は御父上の帰京を待って事情を了解してもらった上、日本宿屋にでも移ろうと考えています。番町の家は、鈴木側が使用中に加工したり破損した箇所については修繕費を要求できますが、空襲の被害について契約書には明記してありません。結局、屋根の破損の修繕、天井、内部の塗り替えなどは当方でやらなければならないと思います。先日、御父上に依頼して信託の技師に下検分を頼みました。

この他、窓掛、マトラス、カーペットなどの入手も急がねばなりません。信一も小生も下宿の件で悩んでいる上、信一、久雄の学校の問題もあり、恵美の結婚話もあり、せっかく家が残ったので、早々と手入れして一家そろって平常気分になりたいと思っています。ついては、なるべく早く先ず大磯までも帰られるように。大磯の家も平塚進駐の米軍の将校たちの宿に貸せと警察側から言ってきましたが、（水洗便所があるとの理由で）前外務次官の家族が疎開していて帰ってくる、と貸すのを断った次第です。

米軍進駐については、略奪、暴行など報じられているのは（多少の事実があるとしても）デマが多く、米軍もわが方民衆も慣れるにしたがって平静になっていくでしょう。鳥取県にソビエト軍が来るなどとはもってのほかのデマです。

昨日、重光君の要請で、終戦事務局長を引き受け、マッカーサーとの交渉を担当し、岡崎勝男君を次長とし、太田三郎君官房長、成田第一部長、武内第二部長、倭島第三部長など。経済問題担当には、大蔵省に人材を求めるはずです。

信一は、箱根に一日泊まったのですが、宿屋が米を持参してくれと言うので昨日帰京、今朝またまた芹の湯へ行きなおしました。別紙新聞切抜きのとおり、荷物を回送するのは今の内がいいと思います。急いで大磯まで送られるのがいいと思います。

廉三

美喜殿　座下（手紙はすべて候文・筆者変換）

秋の終わるころ、美喜は帰京した。

最後まで東京に残っていた父の無事な姿を見て、美喜は初めて戦争が終わったと実感しました。[*3]

一九四五年
九月一一日　GHQは　戦争犯罪人として東条元首相ら三九人の逮捕を指令
九月二七日　天皇マッカーサーを訪問　九月二九日　日本情報局は新聞の写真を不敬罪として発売禁止処分……のち取消
一〇月二日　幣原喜重郎内閣　発足　同日占領軍専用列車　優先運転を開始

一一月一日　日比谷公園で餓死対策国民会議集会
一一月六日　GHQは財閥解体を指令
一一月二〇日　ニュルンベルグ国際軍事裁判　開廷
一一月二一日　治安維持法廃止
一二月六日　近衛・木戸ら九人に逮捕命令（近衛文麿自殺）
一二月一七日　選挙法改正　婦人参政権
一二月二九日　農地調整法改正令

一九四六年
一月一日　天皇　神格化否定詔書
二月一七日　金融緊急措置令（預金封鎖）
三月三日　物価統制令
四月二日　マッカーサー　日本女性との醜交自粛を要望
五月三日　極東軍事裁判　開廷
五月一九日　食糧メーデー
五月二二日　第一次吉田茂内閣成立
六月一日　マッカーサー　第二次農地改革　指令
六月六日　天皇　全国巡行　始まる

六月六日　農林省・警視庁　一カ月に十日の食糧休暇
八月二〇日　買出し婦人殺人事件　犯人逮捕
九月一七日　住友令嬢誘拐　同二三日犯人逮捕
一〇月一日　ニュルンベルク裁判　一二人に絞首刑
一九四七年
一月二二日　インド独立宣言
一月三一日　マッカーサー　ゼネスト中止命令
二月二五日　買出し列車転覆　死者一七四名
四月　NHK録音　六大都市で街娼　四万人
五月三日　新憲法施行
六月一日　片山哲内閣成立
七月五日　「鐘の鳴る丘」戦災孤児たちが力合わせて生きていくラジオドラマ
　以後七九〇回放送
八月六日　広島で平和式典
一九四八年一月一日　二重橋解放　一般参賀
一月三〇日　ガンジー　暗殺される
二月一日　澤田美喜エリザベス・サンダース・ホーム開設*3・*5

三月十日　　芦田均内閣成立[*5]

＊1　『核兵器と外交政策』ヘンリー・キッシンジャー著　田中武克・桃井真訳（日本外政研究会）
＊2　『回顧録一外交官の生涯』澤田節蔵著（有斐閣）
＊3　『黒い肌と白い心』澤田美喜著（日本経済新聞社）
＊4　『廉三と美喜』（鳥取県公文書館・岩美町刊行会）
＊5　『近代日本総合年表』第三版（岩波書店）

決意（二十七）

戦勝国の進駐が始まると、美喜にとって胸の悪くなる軍服のカーキ色の氾濫となった。

かつて美喜の父久弥は、戦時中、金やダイヤモンドの供出に、

「全部出してしまえ、岩崎一族で一つでも残していたと言われては、家の恥だ。戦争に負けてダイヤなど着けていられるものではない」と出させた。

それなのに街では、ダイヤを光らせて歩いている女性を見かけた。

マッカーサー司令部がトラック三台で、岩崎家から有価証券を持ち去った。素性の分からないGIがきて、蔵を開けさせ次から次へと品物を運び出して行った。

「財閥は牧場に馬を飼うべからず」と言い渡して小岩井農場の馬を売り払わせた。

「この狭い土地の日本、だだっ広い平屋を立てるとは何事か。この平屋の屋根の上に田畑を作れ」

司令部から調べに来る若い将校は、アメリカにいたなら学校に真面目に行かなくて失業したはずの浮浪者なのに、それが軍服を着て現れたとしか見えなかった。

「戦犯として巣鴨に入れられ、弁護士立ち合いの下に罪を定められて、財産を取り上げられるのなら、ご先祖さまに言い訳が立つのだが、このように何の理由も言わずに罰するというのでは、どうやっておじいさまたちに申し開きしようか」

父久弥は、苦笑した。

占領軍はつぎつぎに西洋風家屋を接収した。本郷の父久弥の家屋がその対象となった。G2のCICという情報部が入ってきた。

それは儒教でコチコチに固まった岩崎家の生活を根底から揺るがした。洋館を十数人の将校が占拠した。CICは情報部ということでMP（軍警察）の管轄外であった。それゆえ秩序がでたらめだった。夜も昼もあかあかと電気をつけっ放し。冬は石炭を焚きっぱなし。酒宴は連日。ジャズの音楽は夜遅くまで鳴りっぱなし。白いパンに薫り高いバター。白い砂糖。これらがこれ見よがしに積まれた台所で、丸見えになるときがあった。

父久弥に、三十年四十年と長く仕えていた二、三人の女中が、高い給料の占領軍の方へ移った。美喜たちの住んでいる質素な台所から、洋館の豊かな厨房が見えるのでした。それを忠実な女中たちが横目に悲しそうに見るのでした。

一九四六年六月末、美喜は、朝のラジオニュースで日米混血児第一号の誕生を聞いた。これが戦後のアメリカと日本との太平洋の両岸を結ぶ愛のしるしだ、とか。しかし、占領軍は触れられたくない問題に触れたということで、このアナウンサーを辞めさせたと聞いた。

その後一か月のうちに美喜は、鵠沼の近くの川に髪のちぢれた黒い嬰児の死体が浮いているのを見た。歌舞伎座の裏通りで道端の人だかりの肩越しに、青い目を半ば開いた白い肌の赤ん坊の死体を見た。横浜の田中橋の近くでドブの中から引き揚げられたコモ包みの小さい死体を見た。

美喜は東海道線下り列車に乗っていた。沼津を過ぎたところで運よく座席が空いたので座った。例によって通路にもぎっしり人が立つひどい混雑ぶりだった。岐阜の関ヶ原にさしかかったカーブで、頭上の網棚から風呂敷包みが落ちてきた。移動警察の警官が二人列車内をやってくるのが見えた。美喜は落ちた風呂敷包みを網棚に返した。誰のものか見まわしていると近づいた警官は言った。

「今の包みを開けろ」、「私のものではありません」、「いいから、開けろ」。

周囲から名乗り出る人はいないし、貴重品であればそういう人が出るだろう、と美喜は濃い紫色の風呂敷包みを開けた。中から出てきたのは、新聞紙十数枚に包まれた黒い乳児の死体だった。その死体の始末に困った母が、隠すようにしていたとしか見えない状況になった。通路に立っていた人たちが注目した。誰も美喜の荷物ではないと言ってくれなかった。

警官は勝ち誇った顔だった。

「次の駅で降りるんだな」

京都では復学した信雄が駅で美喜を待っていた。

「誰か、この列車にお医者さんが乗っておられるのを知りませんか。おられたら、すぐここに呼んでください。そして私を調べて下さい。すぐにも裸になりましょう。私が生後数日の子を産んだか、産まないか診察してください」

美喜はブラウスのボタンに手をかけた。

列車の隅のほうに座っていた老人が声を上げた。

「その荷物をもって小田原あたりで女が乗り込んだが、濃い紫の風呂敷を抱えていたのを覚えている。その女は名古屋で私の前を通って降りていった」

追いつめられていたその場を美喜は逃れることができた。

何故、こうした悲しい現実を見、問題に纏われるのか、考えた。考えつづけた。

美喜に、あなたに与えられた使命があなたを待っている、と十八年前の孤児院ドクター・バナードス・ホームからの声が聞こえた。[*1]

＊1　『黒い肌と白い心』澤田美喜著（日本経済新聞社）

キリストの剣（二十八）

すべての人に宿っている神からの贈り物の生命。それが人の手で捨てられるのを防ぎ、一時的にせよ預かる仕事。それを神の意志に添うことの自己の使命として引き受けるには、まず夫の了解が必要でした。

美喜は夫廉三に、家庭から解放して欲しいと話しました。子たちは、すべて独り立ちの見通しがついています。

二人きりの話し合いは、これまでの生活を清算しなければならない危機をかたわらに置くことになりました。神に奉仕する生活へ共に進むことを決意してもらえるなら、夫にもその覚悟をしてもらう必要があるし、独りわが道を行かせてもらえることになるのなら、そのわがままを許してもらわねばならないので、はっきり確かめておかなければならなかった。美喜は、かつてドクター・バナードス・ホームの博士の姿が、優しい声とともに蘇るのでした。そのようにそうありたい未来の地平を見ていたと思えるのでした。

夫廉三は、共に進むことはできないが、協力する位置に居る、と約束しました。それは、普通の人の信頼関係の世界に踏み止まることにほかならなく、予想にあったことでしたが、一抹の寂しさがありました。しかし、美喜を見守る約束の道が選ばれたことは、人間として完全ではない美喜が独断的にやっていって困難にぶつかったときには、手助けをしてくれると信頼できるものでした。

美喜は、次に父久弥に理解をもとめました。父は、娘が生涯を注ぎ込む決心を聞くと涙ぐみました。

「世が世ならば、大磯の家くらいはその仕事のために寄付してやるものを。占領軍がうるさいからそれができないのが残念だ。その大磯の家は財産税のために、政府に物納してしまったのだ」

美喜はただちに行動に移りました。占領軍司令部に出かけ、その別荘を買いもどす交渉をおこなった。

司令部に聖公教会のチェーレ司祭がきていました。かつて米国で美喜がその教会の日本婦人部々会の会長をしていて知り合いでした。司令部は聖職者との面会は断われないのでした。

チェーレ司祭は別室に招いた。鳩のごとく柔和で蛇のように聡い人でした。占領軍の神経を逆撫でするような「混血児」ではなく、「戦災孤児」救済とし、施設を旧財閥の名を出さないで教会の名義にするようにと助言した。

「その物件は、政府の決めた金額で買い戻せ。ただし、財閥は三代これを所有してはならない」

条件が付きましたが、司令部が日本政府に指令を出して買いもどす道がついた。しかし、物納の二倍近くの四百万円もの金額でした。

美喜は金策に走り回った。それまで、父久弥のお蔭でお金は湧いて出てくるもののように感じ、そう扱っていたのを思い知らされました。

「お金が欲しい、お金が欲しい」と口癖のように言い、知人、友人がびっくりした。

「えっ、あなたが?お金を?」と不思議がりました。

美喜は、父と知己の人に寄付をお願いにあがった。

「なんてもの好きな、日本を滅ぼした敵国の子でしょう」

金額の半分を早急に納める必要があった。すでに二名の子がいて、あと数名の子が大磯に送り込まれてくるというふうに状況が進んでいた。

美喜は、アクセサリーなど換金できそうなものはすべて売った。蔵を開けて自分の判断で売っていい物をあさった。アメリカ人の夫人に事情を話すと協力してくれ、奇蹟的に半額の金を作り出すことができた。

そういう金策に走り回っていたとき、旧日本軍の隠匿物資の在りかを知っているという男が、入れ替わり立ち代わり現われた。すべてが嘘だった。軍の隠匿物資を埋めたという、そういう人里離れた現場に案内した男たちは、食事に不足して骨ばっていてふしぎに狐に似た顔に見えた。

混血の孤児を集めて救済する施設に反対する動きが地元にありました。しかし、一九四七年十月二十六日の定礎式に、日米双方の支援者の車がホームの前にずらり並んで威容を誇ると、その反対の声がしずまったようでした。生活にひっ迫している人からは、かけはなれた事業だからのようでした。

一九四九年三月、残り半額の支払期限に迫られました。ある友人がアメリカ人二世を紹介してくれました。悩みの種の二百万円を貸すと言いました。無抵当なら利子は一か月一割、利子は日本円で、元金はアメリカドルで、という条件に美喜は飛びつきました。月一割の利子がどういうものか、美喜には分かっていませんでした。一年で借用の元金が単利でさえ二倍を超え、複利計算では三倍強となる。美喜は、ともかく孤児たちの場所を確保するのに懸命でした。子どもたちが生きる場所を確保できる、という安堵感を得るために邁進していたのでした。

次にとうぜんの、その借金の返済資金を作らねばならない事態が生じます。

美喜には閃くことがありました。かつて日本にいて聖路加病院を建設するためにそこの院長だったルイス・トイスラー博士とともにアメリカに帰国し、エンパイア・ステートビルの三十四階に陣取り、教会関係者の名簿をもとに寄付要請をおこなって完遂したという評価のあった男、戦前から親しかったポール・ボッシュが再び来ていたのでした。彼を呼び出しました。

彼はかつて日本にいて立教大学の講師をつとめ、外国人教師の連盟を東京で作ったり、演劇集団を立ち上げたり、オルガナイザーとしての才能があり、どうしたわけか寄付金集めの才能が抜群なのでした。

呼び出した彼にそのノウハウを美喜は聞きました。その名簿の作り方、手紙の出し方をならい、昼夜を分かたず手紙を書きつづけました。

半年に五千通は書いたとおぼしかった。因幡の白兎のような赤い目になっている、と手伝った公職追放中の夫廉三は言いました。発信した手紙の反響を今か今かと待ちました。期待というよりそれしかありません、と祈った。

手紙は一万五千ドルの寄付になって返った。一ドル三百六十円の為替レートでした。ホームに、次々と孤児が送られてきました。

ある日イギリス大使館から呼び出しがあった。

四十年間日本の生活を続けていた八十歳のエリザベス・サンダース嬢が、聖母院で生涯を閉じた。その遺産すべてを英国国教会の日本事業に贈ると遺言していた。それをホームへということでした。四十年間働いて百七十ドルがすべてでしたが、その人の信仰の純粋さ、高邁さに胸を打たれました。その人の名に因んで、孤児院を「エリザベス・サンダース・ホーム」と名づけました。

毀誉褒貶の声がさまざまに聞こえてきた。「財閥生活を続けたいために大磯の別荘を確保したのだ」、「進駐軍に家を取られないためにあんな看板をかけたのさ」、「財閥娘の一時の道楽ざあますわよ。一年もしたら放り出すでしょうよ」、「どうせ、生きても苦しむだけだから、いっそ小さいときにそのままにして死なせた方が慈悲というものだ」、など。

街を歩いていると、「パンパン家のマダム……」と後ろから声が聞こえた。列車に乗ってもそのような言葉を聞かされました。

紙屑のように置き捨てられる子どもたち。頭髪がちぢれているから、色が黒いから、あるいは目が青いから、という理由だけで、列車の中に駅の待合室に、公園に、道端に捨てられていて、次々に送り込まれてきた。子どもと心中する一歩手前の母が、涙ながらに頼みに来たケースもあった。*1

ある預けに来た母の赤ん坊は、明らかに栄養失調だった。美喜の尋ねるのに応じて、黒い赤ん坊を渡し、

「何かあれば、私は八時から九時のあいだ目黒駅前に居ます」と言った。

赤ん坊を受け取って三日目、かなり心配な状態になった。恐るおそる聖路加病院に美喜は抱いて行った。体重が感じられないような危うさだった。医師は栄養失調と診断したが、

赤ん坊は弱々しくミルクを飲むだけで、その量が減っていった。

目黒駅前の広場に夜八時ごろ立つということは、街娼と見られても仕方なかった。美喜はなによりも母に最期に会わせておきたくて樹の下に立った。外国の兵隊が通るたびに誘った。ここでも敗戦国の惨めさを味わいました。

二日目の夜、彼女を見つけた。美喜は彼女に赤ん坊の昇天が近いことを知らせた。

彼女は明朝早く病院へくると約束しました。彼女の目に光るものがあって、やはり母なのだと思わせた。翌朝、彼女は病院にくると瀕死の状態にあるわが子に駆けよった。余命いくばくもない赤ん坊のために美喜たちは洗礼を施して昇天への準備を進めていました。

とつぜん、荒々しくドアが開くと一目で復員軍人と分かるくたびれた陸軍服の男が入ってきた。男はいきなり女の頭髪を鷲づかみにすると廊下に引き摺り出し、殴る蹴る、の暴行を始めた。縋りつくようにして止めようとする美喜を弾き飛ばし、寄りつかせなかった。

「おれが四年間も苦しんで、中支で捕虜の生活を終わって帰ってみれば、なんだこのざまは。日本を滅ぼした敵国の子を産むとは何事だ」

やっと復員してきた女の兄は、元の住居あとのバラックで昔の顔見知りに会い、たった一人生き残った妹の消息を知り、サンダース・ホームへ行き、聖路加病院に飛んできていた。

このとき、幼な子を診ていた医者が、「臨終ですよ」と声をかけた。

彼女は、さっと兄の手を振りきってベッドに駆けより冷たくなりかけている子の小さな手を取った。じっとこの世を去っていく小さな魂を見詰めた。涙が落ちて光った。荒れ狂っていた兄がいつの間にか妹に寄り添って立っていた。妹の手の上に手を重ね、その上に涙が零れて落ちた。[*2]

＊1　『黒い肌と白い心』澤田美喜著（日本経済新聞社）
＊2　『母と子の絆』澤田美喜著（ＰＨＰ研究所）

変転して行くばかり（二十九）

廉三は、敗戦の年の十月占領軍司令部から呼び出された。呼び出された者には、外務省関係では松本俊一、事務処理していた太田参事官、陸軍から片倉元少将、藤原元中佐であった。他にチャンドラ・ボースの臨時政府のアイヤー元宣伝相だった。

インド独立運動の指導者だったチャンドラ・ボースは台北の飛行場で謎の事故死をしていましたが、部下の将校三名の軍事裁判がおこなわれ、その被告三名の裁判に、日本との関係について証言を得たいという要請であった。

意外にも、四発四十人乗りの専用飛行機の豪華な旅でした。インド・デリー市の英国軍司令部へ向かった。

すでに到着していた蜂谷公使、磯田元中将とともに三千坪余りに点々と張られた天幕内に分れて泊まり、証人の用務が終るまでの五十日間を過ごすことになった。かつて松本高校（現・信州大学）の教師をしていたホワイトホース中佐は、新聞以外の日本のニュースを知らせてくれた。

彼はある日、「インド方面にいた日本人全部をデリーに収容したのだが、今は中部のデオリーに移して住まわせ、その数二千数百名になっている。この人たちには、未だに日本の敗戦を信じない集団がある。話しても新聞を読ませても信じない。あなたたちが日本の近況を話して納得させてもらえないだろうか」と言った。

廉三は承諾した。戦争の主力だった日本軍の降伏の実情を話せば説得力があるだろうと磯田元中将に同道を願った。

収容所から迎えにきた将校とこちらの司令部の付き添いの将校と四人で出発した。ボンベイ行きの夜汽車、翌朝コータ駅で下車、自動車でインド中原の砂漠地帯を疾走した。

コータ王国、ブンディ王国には、王様が虎狩りをするという庭園の森があった。池の周りに大きなサボテンの花が咲き、孔雀が幾羽も羽を広げている王国の一郭などを通過した。インドの隔絶している貧富の差を目のあたりにした。

デオリーに着いて歓待の昼食のあとキャンプに向かった。寝台寝具、炊事用具、シャワーなど、すべてが収容所とは思えないほど設備が整っていた。まず各舎の班長格の人十数人と会った。その中に廉三がロンドン大使館にいたころ、台湾銀行のロンドン支店にいた江口孝之がいました。「しばらく」、そう彼は言ったきり、手を握ってなかなか離さなかった。その後、運動場に出て、二千余名の人に向かって日本の実情を話した。次いで軍服姿で丸腰の磯田元中将が降伏のことを話した。*1

要請された裁判の証人としては、「インド国民なら当然の行動であって、日本はその熱情に動かされて支援した」と述べました。

この裁判には副作用があって、インドでは裁判の進行に関心が集まり、そうしたことが独立の気運を高めることになり、一九四七年七月独立達成の一つの要素になったという。

無論、被告は全員無罪となった。

妻美喜がサンダースホームを開設した年の一九四八年十一月、極東軍事裁判が終結しました。A級戦犯七人に絞首刑の判決だった。

占領軍は、この刑の執行をクリスマス前におこなった。連合国内向けの放送では、クリスマスプレゼントという語句があったと聞いた人がいた。

このあと国内に帰宅していて再拘束された捕虜収容所々長であった人、あるいは捕虜収容所で暴行を加えたBC級戦犯といわれた人、南東アジア諸外国においても戦争犯罪に問われた多くの人の処刑があった。

日本の民衆は、戦争に負けたのだから、とそのままに諦めた受け取り方だった。また戦犯に問われた者は、無気力に罪科を認めて処刑に服したのだった。

運命というにはあまりにも過酷であり酷薄無情であったのは、植民地化されていた朝鮮、台湾の兵士が日本軍に従っていて、この災悪を二重に蒙ったことであった。

インド収容所から数年後に帰った江口は、廉三の容貌が外国人じみていて回しものと見られ、説得役をしたため殴られるなど酷い目に遭ったと言いました。

敗戦後は、アメリカ陣営とソビエト陣営の対立が激化していくばかりだった。その影響が日本にも顕著に現れた。

一九四九年

七月五日　国鉄総裁下山定則が轢死体として発見された。国鉄は人員整理を占領軍から迫られ、その第一次通告がおこなわれたばかりだった。労働組合員のなかの共産党員がおこなったと匂わせる発言が、直ちに日本司法当局からあった。

七月一五日　三鷹駅から七両編成の無人電車が暴走脱線し、六人死亡二〇人が負傷。

八月一七日　東北本線で列車の脱線転覆事件（松川事件）が起き、乗務員三名が死亡。

一一月三日　湯川秀樹博士がノーベル賞受賞の明るいニュース。多くの日本の民衆はそのような世界的賞を知ってはいなかった。

一九五〇年
二月九日　アメリカ上院議員ジョセフ・マッカシー（共和党）が国務省に五七人の共産党員がいると演説して、公職から追放する、いわゆる赤狩りが始まった。
六月二五日　南北朝鮮戦争が始まる。一一月三〇日トルーマン大統領は原爆使用あり得ると言明。英アトリー首相、急遽渡米して反対。朝鮮戦争で日本は特殊需要景気。
七月二日　金閣寺が焼失した。
七月八日　警察予備隊創設。
七月二四日　言論機関にレッドパージ五〇社七〇四名。
八月二六日　民間企業にレッドパージ一万一〇〇〇人。
九月一日　公務員レッドパージ。
一一月一〇日　旧軍人三二五〇人追放解除・警察予備隊への入隊勧奨。

一九五一年
四月一六日　朝鮮戦争で原爆使用の可能性をほのめかしたマッカーサー最高司令官解任。
六月と八月　追放解除者の発表。
六月一一日　旧海兵・陸士二四五人警察予備隊へ。

九月八日　対日講和条約四九か国・日米安全保障条約調印。
一〇月三日　ソ連二回目の核実験成功。

一九五二年
二月九日　公職資格訴願審査　有田八郎・宇垣一成ら追放解除。
三月五日　ソ連スターリン死去。
三月六日　吉田首相　自衛力は戦力に非ずと言明。
四月二六日　岸信介ら五七〇〇人追放解除。
七月二七日　朝鮮休戦協定成立。日本は反動不況へ。*2

一九五二（昭和二十七）年四月、追放解除になった澤田廉三は、郷里鳥取県からの強い要望があって参議院議員選挙に出馬することにした。不慣れな選挙戦へのぞむのに危ぶむ声もありました。

そのころ大磯には小説家の獅子文六が住んでいて、登場する人物のモデルが澤田夫婦とわかる作品が評判になっていた。ある宴会では友人が茶目っ気たっぷりに廉三を見やり、

「この人が『やっさもっさ』の孤児園の理事長志村亮子の亭主四方吉です」

と紹介した。

すると酌をしていた女中が、

「あらあなたなのですか、ニワトリを飼っているのは」

と奇妙な驚きようだった。

そうしたことがあったので、廉三は評判のその小説を読んでみた。小説の亭主の四方吉は、戦後の虚脱状態からぬけ出せずにぼんやり日を過ごし、ほそぼそと家の裏の方でニワトリを飼い、その卵を孤児園に買ってもらってタバコ代を稼いでいるというのだった。

事実、園児が百人からそれ以上へと人数が増えるのにしたがって、廉三はだんだん居室を家の奥へ奥へと移しやられていた。そうしたことを小説では、廉三ならぬ四方吉が、内職としていわゆるパンパン嬢たちの根城の茶屋へ出かけ、彼女たちがＧＩたちから受け取る英文の手紙を読んでやるのが百円、英文の代筆を書いてやるのが二百円として小遣い稼ぎをしているのだった。

友人の中には「今日はもう代筆はすんだのかね」なんて聞く者さえ現れた。

この獅子文六は妻に先立たれ、長いこと独身であったのですが、かつては華族であって夫と死に別れやはり長く独身であった女性、ゆきこさんと結婚することになった。廉三夫妻は、この獅子文六とゆきこさんの媒酌人として推薦されたいきさつがあった。廉三はたまたま駅のプラットホームで出会ったゆきこさんに強請りをかけた。

「近ごろだいぶ被害に遭っています。ご主人の原稿料はこちらにも分け前をいただかねばなりませんネ〜」

「どうも、すみません」

ゆきこさんは平身低頭大変恐縮のようすだった。

しかし、選挙準備のための演説会場では、

「私が、かの『やっさもっさ』に出てくる四方吉です」

と郷里の準備会場で廉三は言ってみた。すると聴衆はわっと湧いた。

これに味を占めて常套的に使った。そうした準備をしていたところへ突然、上京するようにと外務省から連絡が入った。*3

特命全権大使として在ニューヨーク国連加盟代表としていってくれとの要請だった。妻美喜は、「百三十七人の混血孤児を置いては行けない」と同伴は不可能と言った。

廉三は代わりに長男信一を秘書とするように外務省とかけあい了解を得た。もうこのころに信一は、親のすすめた結婚を拒んでニューヨークへ出奔していた妹恵美子と連絡をとっていたようでした。

一九五三年三月、日本はまだ国連加盟が正式に認められていなかった。

会議または委員会に出入りして進行を見聞するのは自由だが、議事について投票権はなく、発言権もない、オブザーバーとしての資格だった。

正式加盟の申請は、最終的にアメリカ、ソ連、イギリス、フランス、中国、の常任理事国の一国にでも拒否されると却下となった。中国の代表は蒋介石の台湾亡命政権だった。アメリカがそれを支持していた。

それまでの日本加盟の申請は、ソ連の拒否権にあって却下されつづけていた。ソ連代表はヴィシンスキーでした。

調べてみると、彼は同国の反共分子と見なした人びとをスターリンが大々的に粛清したときの検事総長で、法律家としての緻密な頭脳の持ち主だった。スターリンが私的怨恨によって一九三七年に謀反罪として死刑判決を下し粛清したと言われる、トウハチョフスキー元帥参謀総長の裁判のとき、そのときの一検事でもあるようだった。

国交のある代表には公式訪問の挨拶をして回れましたが、ソ連はそれを拒否してできなかった。

廉三は、国連の会議ごとに予めソ連代表の席をテーブル上の名札で確かめておいて、壁にならんだ真向かいにオブザーバーの席を占め、議事の進行中とくにソ連代表ヴィシンスキーの発言のさいには、顔を凝視して彼の注意を引くようにつとめました。

六か月たったある日、議場までの上がりのエスカレータに廉三は乗った。下りのエスカレータにヴィシンスキーが乗っていた。廉三は彼の目を見詰めながら丁重にウインクした。すると彼がウインクを返した。

ソ連代表がウインクバックしたと廉三は故意に噂を広めた。それから廊下で行き違っても目礼を交わす間柄となって、周囲にもその接近を認めてもらうようにつとめました。

一九五三年十月二十七日、日本の国際司法裁判所への加入審議があった。加入賛成の理事国の挙手があった。ヴィシンスキーソ連代表は、反対の挙手ではなく棄権した。

澤田廉三は議場を半周し感謝の辞を述べた。

「ミスター、ヴィシンスキー今後（インサムフューチャー）国連加盟の申請の場合、今日と同じ態度を希望します」

すると、ヴィシンスキー代表は廉三の手を握り返して、

「インニアフューチャー（近いうちに）」

と言った。

帯同していた腕利きの日本料理人に腕を振るってもらうパーティに、代理ながらソ連からの参加があるようになった。お返しのパーティの招待にはもちろん廉三は出席した。

あるパーティを催したとき、同じマンションのある階に居た娘の恵美子が、同じマンションに居たグレース・ケリーと親しくなっていて、彼女も参加してくれた。

彼女がアカデミー賞を受賞したとき、アメリカの新聞記者が彼女の連れていた愛犬と何語で話すかと聞き、「もちろん英語だが、階上の日本人とは日本語らしい」と答えていた。

その新聞を読んだ廉三は、恵美子に「日本人は犬語を話さないと抗議して来い」と言い、その抗議にグレース・ケリーが素直に謝った。それいらい親しくなっていた関係だった。

のちにグレース・ケリーがモナコ大公と結婚式を挙げたとき、日本人で招待されたのは恵美子一人だったという。

グレース・ケリーが現れたパーティでは、各国の招待客が引きも切らさず廉三に彼女を紹介してくれと迫った。どうして彼女と知りあったのかしつこく尋ねて廉三を悩ませたのでした。

ソ連代表主宰のパーティでヴィシンスキーとやがて会話ができるようになった。そうなった二か月後、ある日の執務中、ヴィシンスキーソ連代表は心臓麻痺を起こして急逝した。日本は、廉三が一九五四年に離任したあと、一九五六年十二月正式加盟となることができた。[*4]

大陸の中華人民共和国が加盟できたのは、一九七一年中国が原爆実験を成功させて、力を明示してからだった。[*5]

それまでは米国が拒否権を行使し続けていたのだった。

＊1　『凱旋門広場』澤田廉三著（角川書店）
＊2　『近代日本総合年表』第三版（岩波書店）
＊3　『凱旋門広場』澤田廉三著（角川書店）
＊4　『随感随筆』澤田廉三著（岩美町刊行会）
＊5　『近代日本総合年表』第三版（岩波書店）

人間が、一人だけいた（三十）

ホームの子ども四十一名が一時に百日咳に感染した。そのうち二十二名が肺炎を起こし、七名が亡くなった。

もともと環境的に恵まれていなくて健康に問題のある子がおおかった。美喜は、二か月間保母とともに着の身着のまま看病し、その努力の虚しさを味わいました。小さな七つの棺が運び出された翌朝、門の横の塀に「ことぶき産院」と落書きがあった。「ことぶき産院」とは百二十人余りの乳児を殺して養育費を詐取し、最近刑事問題となっていた産院でした。

家のカーテンをことごとく外して乳児のおしめにし、入梅の時期にミルクを温める材料がなく、銘木の粋をあつめた茶室をとうとう解体して薪にして燃やした、残念極まりない苦しみは理解されていなかった。人々は丈夫に育てている子どもの数は数えなくて、死んだ子どもの数を数えたのでした。

占領軍は、その軍の兵士の落とし子である混血孤児は、出来るだけ目立たぬように日本中に散らばして育ててもらいたい政策だった。

サンダースホームが混血児だけを収容していることを問題にした。

「澤田は混血児をあつめて反米感情をあおり、左翼や共産党にその材料を提供している」

とも占領軍は言って、施設の廃止をちらつかせた。

美喜は司令部に出かけた。かつて知っていた良きアメリカ人の良心の発露をもとめた。応対したのはサムス代将でした。

「なぜ、私の混血児の施設が気に入らないのですか。この子どもたちは日本国民であり日本の国籍を持っている。日本人が日本の国籍の子を育てるのに、どうして進駐した占領軍の指図を受けなければならないのですか」

代将の目が光った。

「ただし」、美喜は、ここから力を入れた。「ただし、占領が終ってあなた方が日本を引き上げるとき、アメリカ人を父とした子をみんな連れて行くと言うなら、いまからでも司令部の指図に従います」

美喜は勢いづいた。

「孤児は全国に散らして一か所に集めるな、と言われますが、それは進駐軍の指令なのか。そうであればその記録を見せていただきたい。九州から北海道からわざわざ連れて来られた子どもたちをどうして、また、私が捨てることができるのでしょうか」

美喜は、英語が日本語以上といっていいくらいに、どうにかフランス語、スペイン語が話せ、それになんとかポルトガル語の会話もできた。

小柄で目のよく光る代将は話題を変えた。最近の福井県の大地震（一九四八年六月）には、ペニシリンを幾十箱寄贈したとか医療品を数十箱送ったとか言った。

「それとこれとは別のことではありませんか」

するとと代将は気色ばみ、灰皿に手をかけた。美喜は瞬間これを防ぐためにはどのようにすべきか考えた。

そのとき、非常ベルが鳴った。ベルの鳴るのと退避に要した時間が、部署ごとに測られているというのだった。二人はそのまま外へ出た。

誰かが気を利かして鳴らしたのかもしれなかった。嶮しい論争が引き分けに終わった。

占領軍を進駐軍と言っていましたが、その中には美喜のアメリカ時代の知人も同じ教会の信者も多くいた。そのうちの善意ある人たちは、こっそりとミルクや古着をとどけ、乳児に必要なものを送ってくれました。

夜遅く軍の薬品を持ってきて子どもを診てくれる若い軍医がいた。上官が薬を渡して、行くようにと言ってくれるという。そのころ、捨て子は質の悪いスカピス（芥癬）という皮膚病に必ずといっていいほど罹っていた。子どもを抱いて大磯まで汽車でくる美喜が感染したこともあった。回虫のいない子はいなかった。そういう子たちに若い軍医は薬を持参して治療してくれました。しかし、転勤があってそれは長くはつづきませんでした。

身辺にＭＰがまつわりついたときがあった。ゴミ箱を覆して米軍の缶詰がないのか調べた。それなのにＭＰを父に持つ子を一ダース以上預かっていた。ある朝ＭＰが案内も請わずに靴のまま上がり込んだ。美喜はＭＰに「子どもを預けに来たのか」と詰問した。ＭＰはそのまま帰った。

　次には、ホーム乗っ取りの企みがあった。女性兵士、宣教師、米軍属がおためごかしに手伝いに入り込んだりした。あるアメリカ女性が、児童心理学の研究のためと言って泊まり込み、写真を写すと言って二十四の乳児ベッドを一か所に集めた。報告書の中にその写真を使っていた。

「乳幼児のベッドとベッドの間は少なくとも一メートルは開けなければならないのに、サンダースホームの澤田のところはぴったりつけている。子どもが唾液を飛ばし合い、病気をうつしあっている」と説明文を入れていた。また報告として、栄養失調の子に毎日のビタミン注射を打つのをこう説明していた。

「針を刺して、泣く子を罰している」

　そういう悪意の宣伝の効果だったのだろうか、シカゴの富裕な未亡人から「四千五百ドル寄付する」という手紙があったのち、短い電報がきた。

「日本からある情報を得たから送金を見合わせる」

　そしてその後きたのは、ニューヨークのアメリカ聖公会本部海外伝導部長のベントレー主教から、ホームの趣旨が気に食わないから一切の援助を打ち切る、という通告であった。同時に全米四十八州の各教区の主教たちにも同じ指令を発したというのだった。

白い丸カラーの美しい僧服の人びとのみに神が共に居られるのか、それとも一人の平信徒のおこないと共に神が居られるのか、美喜は決意してアメリカへ訴えに旅立つことにした。

養子縁組をおこなおうとしても、アメリカ国籍を取得するには五一％条項があった。一方が日本人なので、日本人とアメリカ人との混血児はどうしてもその条件が満たせなくて問題だった。そのため州選出の上院議員による特別許可の嘆願などもおこなわなければならなかった。

一九五五年九月、それまで一九四九年から毎年三か月かけて募金活動などにアメリカ、ヨーロッパへ出かけていましたが、そうする前には美喜は、病床に着いた父のところへ必ず挨拶に行っていました。

忘れがたい思い出のある本郷の家を父が売ったときのこと。人手が足りずに買主である神学校から催促があって、売り渡したその家を片付ける手伝いに美喜は出かけたのでした。去り行く家で父は言ったのでした。

「九つのとき土佐から大阪へ出てきた。お前のお祖父さんが、われわれを迎えるだけの家を東京で手に入れられたのだ。家は元士族のものだった。三菱の法被を着た一行の人夫がぞろぞろと入ったとき、家の主人は、一番奥の部屋で片づけものをしていた。品のいい武士らしい人だった。成り上がりのにわか分限が、財力に物言わせて家を買い、入り込んでいったのだったから、急き立てるようで気の毒だった。われわれの方をにがにがしく見て、最後の荷物をまとめて一家五人で出て行った。さぞ嫌な思いだっただろう。でも、さすが武士だったねえ。奥の部屋には香が焚いてあった……そして、床の間には掛け軸がかけてあり、花が活けてあった。床柱の短冊に、〝この家も病もともにゆずりけり〟と書いてあった。成り上がりの者に武士が追い立てられ、悔しい思いがあったんだろね。ところが今、おれがそれと同じようになった。掛け軸もかけず花も活けず、香も焚かずに出るのかねえ……」

それから父は千葉の農場に引きこもったのだった。アダムスストックという心臓病であった。美喜はホームの用件に追われながらも一週に一回必ず泊まりに行っていた。美喜は、アメリカへ講演巡回に旅立つそのときも挨拶に行った。すると、父は病人と思えないほどの鋭さで言った。

「もう何も、未練がましくアメリカの批判をするんではないよ。すっかり忘れて仕舞え。そして専心子どもたちだけのことをやってこい」

美喜はアメリカに行ったなら、父に対しておこなわれた理解に苦しむようないわゆる「占領政策」を批判したかったのですが、そう約束させられたのでした。

美喜が最初に、混血児問題をひっさげてアメリカに渡ろうとした一九四九年は、まだ日本は占領下でなかなかビザが下りなかった。ホームの運営資金援助を求める講演は、一九六三年までに十一回渡米しておこなうことになったのですが、そうしたときに重なる遅延の措置に、夫廉三が国連大使としてニューヨークに駐在していたときには、それを活用しました。

「国連大使の妻がビザを頂けないなら、夫も日本代表の席に着く資格がないでしょう。辞任して帰国せよ、と電報を打ちましょうか、それとも世論に訴えて……」

そのとたんビザが下りた。

教会のベントレー主教の命令のあるところ以外は、各教派は快く迎えた。かつて知っていた良きアメリカ人に再び会えた。一日に二回、三回の講演、そしてテレビ、ラジオでの訴え、すぐ次の約束のところへ飛行機で飛ぶという、休む暇のないスケジュールでした。しかし、悪意の手が回されていて涙したこともあった。

オクラホマ州のある町では、そこの司令官が日本にも駐在したことがあって、美喜が話し始めるとすぐ会場の前二列が、「パールハーバーを忘れるな」と口笛を吹き始めた。

ある町では、アメリカ兵が残した子どものことを話し始めると、聴衆の中から声が上がった。

「日本兵が南の島に残した子どもたちはどうするのだ」

「あなた方は、戦争中の心理と平和なときの心理の区別を知ってほしい。明日の命も分からないときと平和になってからの心理とを。もちろん日本の兵隊のしたことは、いいことではない。やはり、戦争が終わってからあなた方が同じことをしていいとはならない」

美喜の味方をする者もあった。アメリカ人はよく議論をするのでしたが、一度理解すると感情のもつれなどさらりと捨てて共鳴し、味方をしてくれる民衆でした。しかし、ベントレー主教の指令や日本からの悪い宣伝とかつてホーム乗っ取りの野心が遂げられなかった人たちが、嫌がらせをした。

それに対して、ロータリークラブ、ライオンズクラブ、キワニスクラブの人たちが援助の手をさし伸べてくれました。教会も、ほかのあらゆる宗派は援助の手を伸ばした。聖公会の中でもベントレー主教に反対の教会は温かく迎えてくれました。

ある黒人兵が、女に家を買い与えていたが、酒の上の口論から同僚を射殺し、本国に送られ軍法会議で終身刑の判決を受けた。

女は、マイクと名づけた男の子をホームに預けた。相手のジョンソンという兵曹は、獄中の重労働で得た収入を七年間女に送りつづけ、一週に一度女に手紙を書いていた。

このただ一人責任を取った彼に美喜は面会し、預かったそのマイクのその後の写真を見せ、相談に乗ることを決意しました。

ニューヨークでもワシントンでも人びとは、それは見通しの立たない無理なことではないかと危ぶみました。その中で、パール・バック女史とフィラデルフィアのバプテスト教会のパルマー牧師が協力を約束しました。

ミズーリ州レベンウォースに獄舎があるその地には、すでに二人のホームの子がもらわれていた。複雑な旅をつづけてそこの町で泊った。久しぶりに会った二人の子どもは成長した姿で美喜を驚かせ、喜ばせました。

レベンウォースの獄舎の連隊から連隊付きの牧師が迎えにきた。その牧師はまぎれもなく、四年間日本に駐在していたキンズレー牧師だった。美喜は、面会によって何か未来が開けていく成功を確信したのでした。

面会人は一等親であることが必要でした。「戦争花嫁か」と問われたので、「それでいいのなら」と美喜は答えた。

ジョンソン兵曹は青い獄衣を着て面会室に出てきた。

「あの女性は素晴らしい女性です。アメリカ中探してもおりません。私が万一ここを出ることができたなら、彼女とマイクを連れ、冷たい世界から遠く離れたところで暮らしたい。でもこんな父は忘れてくれた方がいい」

「あなたはそうおっしゃるけど、ホームを始めて五年間に二百四十七名の子を育てたけど、あなたがたった一人責任を取られ、それに感動した人たちの援助によってここへ来ることができたのです。希望を捨てないで」

美喜には一生で初めての監獄訪問であり面談経験でした。

その足で彼の故郷のリトルロックへ行った。人種差別の激しさが見てとれる町だった。

ジョンソンの母とマイクを養子にしてくれる姉のブルー夫人に会った。養子縁組にしてマイクをアメリカに連れてくるために、州の上院議員にたのみ込み、二十数種類の書類に美喜はサインした。

二年経って獄舎に行くとき、マイクを連れていくのをわざと知らせませんでした。彼が面会室に出てくるの待った。美喜の手にぶら下がっているマイクの顔を見た彼の驚きの顔。そして歓び溢れる顔。

監視の所員がウィンクした。

美喜は、マイクを抱き上げ、面会仕切りの上からマイクをジョンソンへ渡した。[*1]

その後、ジョンソンは釈放され、マイクと共に暮らすことができた。

＊1　『黒い肌と白い心』澤田美喜著（日本経済新聞社）

選鉱された鉱石（三十一）

美喜は、ある人の紹介で石油王と目されていた人の四人の夫人と会った。指には紫のダイヤの指輪がきらめき、居間には東西の骨董品が並んでいた。しかし、ホームへの寄付金には応じてもらえなかった。

対照的に片田舎の黒人教会では、その日の労働で疲れ切っている人、障害のある人、世帯やつれをした婦人たちだったが、まわされた皿の上には、四十ドル近くの寄付金が載っていた。苦しみに理解のあるのは苦しむ人たちにおおかった。

美喜は、孤児たちが成長するにつれ、その子たちの未来のために養子縁組の道を探した。養子として移民の枠外として入国を許されるように許可をもとめて説明をおこなうと、「反米」とか「アカ」とか非難を受けることがおおかった。

「アカ狩り」といわれるマッカーシー旋風が吹き荒れているせいもあるようだった。ほんの少し気に食わないところがあると、行きすぎたそんな風潮に、正常なおこないが巻き込まれるのでした。

国連に行ったときだった。相手はその話なら、「この建物の何号室に行って話せばいい」、そこへ行って話すと「ああ、それは三十階の誰それのところへ行け」と言われた。百幾階の国連ビルをエレベーターで上がったり下がったり、たらい回しにされた。声も出なくなり足も棒のようになってから会った人は、「そのことなら、私が紹介状を書くからそれを持って行きなさい。そこですっかり解決できるだろう」と。

国連の建物を出てその紹介状を確かめると、「日本国アメリカ航空隊立川基地内、民間連絡係アーレン大佐殿」とあった。悪意のたらい回しであった。

忘れがたいのは、美喜が一九五五年に旅立ちが迫ったときでした。父久弥の病状が悪化していて、医者も「今度は……」と首を傾げていた。

しかし、すでに六人の養子縁組になる手続きが済み、六組の養父母がサンフランシスコ空港に迎えに来ることと、三か月の講演スケジュールが一日の余裕もなく組まれていたのでした。兄妹たちは止めるようにと言い、美喜は迷った。

「何をぐずぐずしているのだ。お前はこの仕事に身を捧げているんではないか。行ってこい。今、ここでさよならを言っておこう。十二月一日に帰ると言うから、命が尽きなかったら会うことにしよう」

久弥がそう言い、美喜は六人の子を連れて羽田を出発した。

帰ると言った十二月一日まで久弥は精神力で保ちつづけていた。しかし、二日に死去だった。マニラで四発式の飛行機が一つのプロペラを故障して引きかえし、僅かの差で美喜は父の死に目に会えなかった。

小さい子たちの祈りは、大人たちの世間ずれしたものと違っていました。小さな黒い女の子が祈っていました。

「神さま、今年の夏は太陽の光をたくさん送ってください。そして、皆が海岸の砂で日光浴するとき、私よりももっと日に焼けますように。九月に学校が始まるとき、私よりももっと黒くなりますように」

この子の祈りを知って以来、それまでよりもおおくの子どもたちを連れて、鳥取県の浦富海岸の臨海学校へ美喜は出かけた。かつて新婚旅行でその美しさに魅了され、ただちに土地を購入してもらい、後年別荘を建て、戦中は疎開にも使っていた場所だった。

一九五三（昭和二十八）年社団法人としてエリザベス・サンダース・ホームは認められました。

一九五五年には昭和天皇、皇后の訪園があった。

そうしたことを知っていた父久弥は、美喜の仕事が社会にも認められたこととして、少しは慰めになり、別れるとき励ましてくれたのに違いなかった。

社会にホームのことが知られてくると、見学者や関心をよせた言葉が投げかけられるようになった。町を歩いているとある紳士が言った。

「お前たち、洋食だけを食べているのか。日本語は分かるのか」

一人の子がはっきり言った。

「僕たち日本人です。日本の国籍を持っています。味噌汁も沢庵も好きです」

また町の悪童がこう言ったことがあった。

「お前たち父なしっ子。口惜しければ、お父さんを出してみろ」

そのとき連れていたサミは言った。

「あんたたち、主の祈りを知ってないの。『天にましますわれらの父よ』っていうの。僕たちには『天にまします父』があるんだ」

美喜は思わず駆けよってサミを抱きしめた。

その後、美喜は園児たちに課している毎朝、毎夕の祈りのときの『主の祈り』に、カトリック信者ではなかったが、聖母マリアへの賛美を入れた。来園した多くの人は、美喜のこしらえた祈祷書を訝しげに読んだ。美喜はその人たちにサミの遭遇したことを話した。孤児には天にまします父と母によって、永遠に離別の悲しみを慰められる道がある、と信じて話した。

体力には自信のある美喜でしたが、風邪で寝込んだことがありました。疲労からと分かっていて、熟睡したつもりでした。枕元にざわつきを感じて目をさますと、

「ママちゃま、死んではいや。死なないで」

四、五人の子がさめざめと泣いていた。ご臨終のような騒ぎに美喜はびっくりした。寝てはいられなかった。

一九五四年、美喜はジョセフィン・ベーカーから手紙を受け取った。

「あなたは私が以前悲しい差別を受けていたとき、いろいろ尽して下さいました。あれから一八年経ちます。私にそのお返しをさせて欲しいのです。日本へ行ってあなたの子どもたちのために歌います。一円の報酬も考えないで下さい。ただ一つお願いがあります。一人の孤児を養子に下さい。いま四人の違った国籍の子を養子にしています。日本の子も欲しいのです」

この年の四月、ジョセフィンは日本に来て二十三回もの公演をおこなった。これによって、二十人入りの男子寮をホームに建てることができた。彼女はホームから二人の子を養子にして帰国した。

ジョセフィン・ベーカーの日本公演には、陰気な妨害が重なった。

パリから積み込んだ舞台衣装のトランクが、シンガポールでエアフランス機からアメリカの飛行機に積み替えられていた。フランス大使館まで乗り出して、ようやくシンガポールでパン・アメリカン機に積み替えられていたことが分かった。

彼女が離日しサイゴンに着いたころ、二人の養子を共産主義者に育て上げるため、モスクワに連れて行くとか書いて、新聞社に偽手紙を送ったものがあった。またジョセフィンが「慈善」と言っておきながら、三百万円持って行ったとか書いた都下の一流英字新聞があった。それにアメリカ聖公会の代表がホームの財政調査に乗り出すとも書いてあった。ベントレー主教とは断交し、本部からの寄付は一円も受けていなかった。できるはずもないことだった。

ジョセフィンに貰われていった二人の子は、フランスの名高いドルドンニュ州のミランド城（十二世紀の築城）に住んでいた。

美喜が訪れると、フランス南方のアクセントのままに話しかけた。ここには国籍の違う十二人の養子がいました。

ジョセフィンのこうした人種差別撤廃をねがう行動は、経済面を無視したところがあって、たびたび新聞ダネになるのでした。彼女のそうした差別撤廃の行動を経済面でも精神面でも支援したのは、女優のグレース・ケリーでした。モナコ公妃となってからもその支援は変わらなかった。妃はサンダースホームへも支援しました。

そうした絆から、ジョセフィンの墓はモナコ公国につらえられています。

『大地』の名高い著作のあるパール・バックとは、中国にいたときに美喜は仕事を通じて知り合っていました。彼女くらい東洋の心を自分のものにしているアメリカ人はいなかった。一緒に中国を旅行して、そのことがよく分かりました。美しい発音の中国語を話すばかりでなく、その文化を深く愛し、理解していました。彼女は帰国してから、孤児を救済する機関を設立して活動していました。そうしていながら、美喜にも支援してくれるのでした。

あるとき六人のアメリカ婦人から養子縁組の申出があった。外出して要件をすませて美喜がホームに帰ってみると、その婦人たちは靴のまま乳児舎の室にあがり、持参の服をめいめい自分の選んだ子に着させて連れて行こうとするところだった。

乳児舎は、駐日米大使だったジョセフ・グルーが著書『滞日十年』の印税を寄贈してできたものでした。美喜は子どもを連れ戻し、服を脱がせて言った。

「親を選ぶのにいろいろ調べるのは、日本もアメリカも変わらない。まず、養父母としての資格を調査してからです」

するとそのうちの一人は言った。

「日本は絹と真珠と混血児があり余って、つかみ取りと聞いたから」

そのうちの将校夫人は言った。

「ヒロヒトが、パールハーバーにあんなものを投げなかったなら、私はこんな不衛生な国に来なくてもよかったのに」、と。

もちろん、立派な人もいた。ホームに来るとき、すでに紹介状や推薦状を用意していて、「もしもあなたが、私たちに養父母になる資格が少しでもあると認めて下さるならば……」と。

このような人たちに限って、養子を選ぶのに八百屋で品物を選ぶような真似はしなかった。

ホームがテレビなどに取り上げられて、少しずつ社会的に認知されてくると、スタッフとして加わりたい希望者も現われた。

「私は男に騙されました。スタッフとして使ってください」「私は今行き詰って追いつめられたようになっています。どうかホームに置いてください」とか。

美喜はそれらには、「このホームはあなたの心の憂さの捨て所として適当と思われません」と断った。

ホームの仕事は、子たちの排せつ物の始末に忙殺され、美化されるような物語の世界ではなかった。それに他の施設ではホームでとても払えない高額の給料で引き抜いた。「私は混血児のために一生を捧げます」、と血書までしたためた人が、僅か三、四か月で「結婚しますから……」とホームを去って行く。そして送り出す荷物には、「××養護施設○○園」と書いてあった。そのように国家試験の保母の資格を得るために一時的に利用した人もいた。

そうした優遇の条件や環境には目もくれず、高熱に浮かされた子に夜通しつきっきりや夜尿や汚物の匂いにもめげず、ただひたすらに縁の下の力持ちとして、二十年三十年と働く人が、洗練されて光る鉱石のように残った。

男性では鯛　茂と真木一英が中心になって実務の面で美喜を助けたのでした。

鯛は、ある黒人の子がクロンボ、クロンボと言われるものだから、バットでひっぱたいた事件の後始末に走ったことがあった。鯛は病院へ行って床に手をついて一時間くらい謝りつづけた。被害者の母がもう手をあげて下さいというまで謝った。それから官選弁護士がついて、その子は罪をみとめ刑に服することになった。そのほかに鯛にはどのくらい刑務所とか収容施設に行ったのか分からなかった。刑務所から出所するのを迎えに北海道から帰ってくると、一時間もしないうちに宮崎に飛んだこともあった。

真木は子どもの戸籍をとるために、ママちゃま（美喜）に言われて東京へ一日二回も往復したこともあった。

女の子担当では、原田千重が中心になって働いた。千重の父は、宮内庁のフランス料理のコックだった。昭和天皇が皇太子だったころの外遊に彼女の父がついて行き、フランスで澤田廉三と知り合い、帰ってからは奥さんたちに料理を教えていた。中でも美喜が誰よりも威張らなくて近づきやすく、そのうちもともとご主人にもお気に入りだったせいで、自分の家に来てくれというので、澤田家で働くようになった。

戦争で疎開するようになったときには、千重一家も大磯から鳥取県の浦富へ行った。そこでは千重が洋服を縫ったりしたのだが、ママちゃまは人にあげたりして喜ばれた。美喜は人に喜ばれるのが好きだった。人を信用してかんたんに騙された。そこの家（元は別荘として建てた家）にも知らない人をよく泊めたりしたのでした。サンダースホームを運営するようになってから、募金活動に海外に出かけるあいだの面倒を見て頂戴といわれ、いつのまにか二十年三十年と、千重は関わるようになったのでした。

千重は、信一や久雄が洗濯物を持ち込むのを洗濯機が普及するまで、みんな手洗いでおこなったのでした。そういうとき美喜は、「洗濯が間に合わなくて、いま主人の猿股をはいているの」、なんて平気で言う人だった。廉三は新聞を読みながら咳払いをするくらいでした。

美喜は同時に七人の奨学生の面倒を見ていたことがあった。千重がその送金の手続きしようと金をもとめると「ないわ」と簡単に言った。
そこで資金の一切の計画はご主人に見てもらうことにしたのでした。[*1]
一九四七年から一九五〇年にかけて農地改革がおこなわれた。
その骨子は、
1、在村地主の小作地のうち、北海道では四町歩、都府県では一町歩を超える全小作地
2、所有地の合計が北海道で十二町歩、都府県で三町歩を超える場合の小作地
それ以上耕地を所持する地主は、耕作地を小作人に売り渡すこと。

GHQの指令にもとづき、政府は法によって強制した。

インフレにより実質タダ同然で小作人は田畑を手に入れた。この法の威力で、GHQや政府が警戒していた日本共産党と共産主義の勢力が大幅に削がれることになった（ウィキペディアの「農地改革」）。

浦富の澤田家では、本家はもとより分家もその対象となり所有農地を手放すことになりました。

戦後の文化生活と言われることには、「三種の神器」として電子機器の洗濯機、冷蔵庫、炊飯器を手に入れる購買力があげられました。この農地改革がなかったなら、民衆（農家）には購買力がなく経済がどれほどの年月を費やして復活を果たしたのか、それは経済学として考察されてよさそうな、土地改革でした。

＊1　『GHQと戦った女　澤田美喜』青木富貴子著（新潮社）

新たなつながりと時のもたらす別れ（三十二）

一九四六（昭和二十一）年、時代にそった教育制度をつくるため、総理大臣のもとに教育刷新委員会がつくられた（一九四九年に教育刷新審議会と改称）。

その委員の一人に澤田節蔵はえらばれました。審議会委員長は初め元文部大臣の安倍能成でしたが、節蔵が参加したときには東大総長で副会長だった南原繁が会長でした。

新しい学制には財政の裏づけが必要なのに、手がまわらない状況だった。

就学前の教育、義務教育、高等学校、国立大学、社会教育などの財政問題、民間研究機関、学徒奨学、厚生援護、私学振興、一般教育費財源問題のほか、ユネスコ関係の文化交流や国際教育振興などに関する財務計画にいたるまであって、敗戦のあとの乏しい財源では絶望的に見えるほどだった。その多様多彩な審議に節蔵はくわわった。

占領軍司令部は、日本の制度がすべて中央集権的であったことが、やすやすと戦争をおこなうことになったとして、地方分権をすすめたい方針だった。米国では各州に広範な権限を委譲していることからの発想で、戦前の日本の中央集権体制で軍部が実権をにぎって戦争へ突入させた弊害をさけ、平和国家への道を歩ませようとする意図だった。もっとも典型的なそのあらわれは、文部省を廃止し、大学以下教育機関の地方移譲、教育委員会の各地方設置問題でした。

そういうことは日本の実情ではとうてい実施できそうにないことで、そのため節蔵は一日おきに司令部との折衝につとめることになりました。けっきょく司令部は、文部省の廃止と大学設置権の地方移譲はあきらめ、高等学校以下の地方移譲、教育委員会の地方設置となった。

新制の国立大学が増設された。十数校であったものがいっきょに七十校ほどに増えた。それまでの専門学校が廃止され、併合するなどして新制大学として発足したところもかなりあったのでした。節蔵の郷里の鳥取県では、鳥取市の高等農学校、師範学校、米子市の医学専門学校が併合して鳥取大学となった。全国各地で、そんな具合だった。

司令部は、新制大学の学科編成についても米国の実例にならって四年の課程中、初めの二年間は教養課程にし、専門科目は後の二年間で、と指示してきた。あと二年間だけでは、とうてい専門科目を習得できない欠陥があるとして反対すると、各大学にあと二年間修士課程とこれを含む五年間の博士課程を併置するようにと勧告してきた。わが国の家庭の経済事情では、大学卒業後五年間も学習に専念させることはきわめて困難なので反対した。

戦前からある東京や京都の大学はべつとして、新たに昇格した大学では、教授陣さえ整えることに苦労していました。

一九四九（昭和二十四）年、新制大学は発足した。国立大学学長は官選でしたが、東京外国語大学の学長の選考がどうしたわけか難航した。文部大臣の要請として節蔵に依頼がありました。

節蔵は、これまで関係してきている各団体の仕事の継続をみとめること、毎日大学には行けないこと、時間的な便宜が必要なので自動車を回してもらうこと、学長任務を助けるために学内組織を整えること、の条件を受け入れてもらって就任しました。

校舎の新設に節蔵は苦労した。統合のための広さのある適当な土地が見つからず、校舎は三か所に分かれたままの発足となった。教授陣の整備にも苦労した。そこはかつての縁で外務省から講師を派遣してもらうことで解決しました。

鎌倉で生活していれば、とうぜん鎌倉住民の仲間にひき込まれます。

一九五一年の夏であった。市長が鎌倉在住者から二十数名を選んで会を開いた。

席上連合軍司令部から、「よりよき市政協会」と称する市民有志団体を組織して推進するようにと草案まで届いている、と説明があった。このような草案を司令部がつくるはずはなく、節蔵は質問してみた。それは横浜の民生部長である陸軍大佐が出したものと分かった。それにこだわる必要はないと自主的につくることになった。

十一月三日が市制施行日で市主催の記念行事がおこなわれるということで、三日会と名づけて発足した。

その会長には、三菱商事常務台湾拓殖銀行社長をつとめた加藤恭平に決まった。しかし就任後二年で倒れた。仕方なく節蔵が後任をすることになった。それから八年ばかりして弁護士の江橋にお願いして代わることができました。

外語大の学長に就任した翌年、いわゆるレッドパージ問題が起こった。学生のストライキに節蔵は困りました。説得し、どうにかしのいで、学長は一九五五（昭和三十）年までつとめたのでした。

民間放送の開設ということがあり、聖パウロ教会は、神父が中心になり田中耕太郎、犬養健、鈴木竹雄のほか、節蔵もくわわって準備をはじめました。

事業推進に資金が必要であった。聖パウロ教会の神父たちは、北米の聖パウロ教会に連絡をとり、古衣料類の寄贈をうけ、これを売って資金調達をおこなった。日本は食糧と衣料がともに欠乏していて、ぞくぞくと送られてくる衣料が飛ぶように売れた。それによって新宿区若葉町に放送会館と修道院を新築した。そうして一九五二年、文化放送は放送開始に漕ぎつけたのでした。

文化放送では、番組の構成について宗教的理念を基本とし国民の文化教養を高めたい方針をとりました。内容がどうあろうとスポンサーがつけばいいという立場はとりませんでした。しかし、米国聖パウロ教会から資金援助がなくなると困りました。でも、そうなっても浪曲は、いわゆる任侠の世界や義理人情のかかわりを賛美するものがおおく、国際的な視野を狭めるものとして、節蔵は会長職にあるあいだ組み入れを拒んだのでした。
日伯中央会議には、節蔵は一九三二年から関係していて、戦争で中断していましたが戦後の復活とともに、会長徳川頼貞はしりぞいて顧問になり、節蔵が会長ということになりました。節蔵が駐伯大使を退いてからわずか十五年で、ブラジルの発展はめざましく、サンパウロはすっかり近代都市に変わって、在留邦人も一九五四年のサンパウロ四百年祭では活躍しました。

以前はサンパウロ近くの移住者とアマゾン移住者とは気が合わず、戦争開始とともにブラジル側の抑圧もあって、サンパウロ日本人会は活動できなくなり、戦後は「勝ち組」「負け組」の二派に分裂していて、危ぶまれる状態になっていましたが、それがこの四百年祭で、相互理解が深まり、翌年にはサンパウロ日本文化協会が誕生するまでになりました。また、一九五八（昭和三十三）年には、サンパウロを中心に日本人のブラジル移民五十年祭がもよおされた。笠戸丸で最初の七百八十人が移住し、さらに移民がくわわり、その子孫とあわせ総数四十万人くらいになり、日系人の社会的地位は向上していました。

サンパウロ日本文化協会を中心に、祝賀会、展覧会、スポーツ大会、学術祭典、芸能祭典のほか、日本移民五十年史の編纂、サンパウロ市立精神病院への新病棟寄付、日本留学基金の設定などの有意義な事業の展開となりました。ブラジル側はこの五十年祭を国の行事として、祭典開始日は官庁、学校を休日にしました。

日伯中央協会の仕事が一段落ついて、節蔵が訪問したのは祭典が終ってから一か月半後でした。安藤大使は歓迎パーティをひらいてくれました。節蔵の旧知の人びと、かつて在任中に日本を訪問してもらった工科大学学長をはじめとする人たち、かつての駐日大使、州統領、市長、そのほかに主要邦人を招いて懇談する機会がつくられたのでした。実に目覚ましい発展が遂げられているのを節蔵は実地に見ることができました。

在留邦人の子孫には日本語を話せないものがあるので、機会あるごとに文部省に働きかけ、学研出版の教科書、図書、辞書、地図などを日伯中央協会に寄贈してもらい、毎年数トンになる輸送を大阪三井商船に二割程度の運賃で輸送してもらうようにできました。

戦後何年目かに国は、国費留学生制度をもうけ、東南アジア諸国の学生と英米独仏伊などの学生をくわえて年間百名ばかりを日本の大学で勉強させることになりました。節蔵はそれについて、ブラジルもくわえられるように働きかけて、毎年一、二名入れてもらうようにしました。

一九六二年、日伯中央協会は、創立三十周年にあたって、記念行事がおこなわれるまでに発展しました。

ボーイスカウト運動では、節蔵がイギリス在勤のときに紹介した縁から、その運動の推進者であった二荒に頼まれて関わっていました。二荒の後を引き継いで三島通陽が運動を推進していました。

三島は一九六五年、二荒は一九六七年他界した。

一九七一年八月、富士山麓朝霧高原で八十余か国二万人のスカウトが参加する世界ジャンボリーが開かれた。節蔵は、息子の壽夫とその妻が運転してくれる車で出かけて参加することができました。

広大な緑濃い平原にテントがしつらえられ、若わかしいスカウトたちのお国ぶりを発揮した演技があった。招待された坂田道太文部大臣がその踊りに和したこともあって、いやがうえにも盛り上がったのでした。

スカウト運動は、十歳から十八歳までの少年少女が青年指導者のもとで、規律と心身を鍛えることで、社会的に貢献し国際人になるための素養を積んでいくことです。その実践する姿が、富士山麓の高原の目の前にひろがっていました。

終生の願いであった世界平和が、こうして若い世代の交流で親しみ合い、知り合い、偏見を溶かし去っていく、その実現への歩みを進めていくように見えるのでした。

一九七〇年妻美代子が交通事故のため、突然他界しました。

その衝撃は強く、節蔵自身、倒れるのではないかといく度も感じたのでした。教派は違っても共にキリストの救世を信じ支え合っていたと、事新しく、数々の思い出が甦るのでした。分身といっていい存在を失ってみると、聖母マリアの心をおおく受けとり、その愛に満ちて伝えていた彼女ではなかったのかと思えるのでした。

同じ年に弟廉三と末弟退蔵が不帰となった。知友も次から次へと亡くなった。[*1]

一九七六年七月、澤田節蔵死去。享年九二。

＊1　『回顧録―外交官の生涯』澤田節蔵著（有斐閣）

終わりのない道の仮の終わり（三十三）

ホームの子どもたちが、民衆という捉えどころのない大きな塊から、好奇の目を注がれずに屈託なくすごせる場所が日本に二か所ありました。奈良県の天理市と岩手県の小岩井農場だった。

美喜は、天理教中山真柱の好意で、春の修学旅行を子どもたち一クラス二十名くらいに分けて二組の招待を受けた。天理市の付近の古跡や寺院、奈良の町の見物などさせてもらった。旅行から帰ると、「よかったねえ、今度の旅行は行ってよかったと思ったよ」と子どもたちは口ぐちに言った。天理教という宗教で成り立っている都市のせいだろうか、あるいは市当局の予備知識としての話があってのことなのか、好奇の視線にさらされなかったのを喜んだ。

秋の旅行は、農繁期に実習を兼ねて小岩井農場で働くことにしていた。これはホームの子たちが成長し、十八歳になれば一人の人間として巣立っていく準備として、美喜は考えたのでした。畑の雑草取りも、リンゴ畑で働くのも労働を身につける準備でした。民衆の心にどうしてか宿る差別と戦って生きなければならず、それは価値あることでしたが、これに耐えていく精神力を保つには、日々の労働から収穫していく楽しみを味わい、人生の知るべきことを知っておくほうがいい。自己の誇りを養い、独立心を培っていく。その条件を満たすには、各自が独立し、かつ相互援助し合う共同農場の経営がいいのでは、と考えを進めていったのでした。

そう生きられる天地を探して、美喜は意識して世界を回るようになった。

ホームの子にはそうした未来を設計しているのにそむいて、外からの子の誘惑に逆らえない子がいた。口笛で合図をし合い、内からは縄梯子をおろして出入するのだった。その上盗みを覚えたりする子があった。そういうとき、美喜は容赦なく平手打ちをくわえた。「昼は鬼ババア、夜はマリアさま」、園児がそう言うのを職員は聞いたのでした。

そんなとき、鳥取県浦富の臨海学校に使用していた別荘が焼失した報せがとどいた。美喜と鯛とほかに一人、現地に飛んだ。犯人は頭の弱い中学生だった。町長に連れられて謝罪にきました。

「もうやっちゃだめよ」

少年の頭に手を置いて、美喜はそう言っただけでした。

施設内に中学校の建設にとりかかって、途中で資金的に行き詰まって困り果てたときでした。ところが近所に住む人が、亡くなった妻の意志という寄付金を持参された。それでやっと完成に漕ぎつけることができたのでした。思いがけず周りにも理解が広がっていたのでした。そういう善意が何にも増して美喜を力づけました。

中学校を終えて高校の学習に向かない子は、当然実社会で生きていく技能が必要です。ホームでジャズバンドを結成しドラムを叩いている少年がいました。この少年はテレビにも出演しました。

「ドラムで生きたい」という少年に、ハナ肇は言った。

「僕はドラムのバーを十二年持っていたが認められなかった。やっと脚光を浴びたのはそのドラムではなかった。世の中はそんなに甘いものではないよ」

そう忠告した。

しかし、少年は聞かなかった。自由が欲しい、と少年は出て行った。美喜は、いずれ帰ってくると信じ、構想のうちにあった農業機械関連の仕事を紹介しました。

美喜は、一九五六年秋、混血孤児安住の地をブラジルに探しあてた。移住には三年間の農業経験が必要な条件だったので、名古屋の三菱農機具工場と盛岡の小岩井農場で、選りすぐりの七人にそうした訓練を重ねました。

美喜に残っていた目ぼしい資産は、それまで価値のなかった兄の牧場が隆盛となって生じた権利証でした。それを売り渡すなどし、アマゾンの奥地に三百町歩の土地を購入した。林野を切り開いて開拓しなければならない土地でした。すでに耕地となっている土地を購入したのなら、かんたんにまた売り払ってしまうだろうけど、自ら開拓した土地なら愛着があって、そうかんたんに手放せるはずはないと信じた。ブラジルで成功している人は、すべてそうして自分の力で開拓した人たちでした。

ちょうどよいことに、占領軍がいるあいだ基地の日本人労務者の統括マネージャーをしていた鯛　茂に、その娘を園が預かっていたつながりがあって、そのあと事務をみてもらっていたのでしたが、この人が隠れた優秀なエンジニアでした。占領軍の基地内ではたらく日本人労務者の統括マネージャーを任されることになったきっかけが、米軍ジープのエンストを直してやったことだったと、あとで美喜は知ったのでした。

鯛は、男の手では育てられない娘をこの孤児院に預けに行ったとき、「遠くてかよえない」というと、「じゃ、近くにいい家があるから借りなさい」と美喜が教えてくれた。その家は家賃が月二万円で、月給七千円の鯛にはとうてい払える金額ではなかった。この一事で、美喜に金銭感覚のない人と鯛は知った。美喜だけの依頼なら園の事務をみるなど引き受けるのではなかったが、美喜が主人澤田廉三を伴っての依頼だった。そのうえ、鯛の娘には奨学金を受けられるように美喜が計らい、米国へはパール・バックの援助も受けられる道も開いてもらって、終生働くつながりができたのでした。[*1]

ホームではそうした企業や人たちの支援があって、一九六二年、七人の青年をブラジルへ先発隊として送り出した。青年たちは、原始林を開拓する前に、成功していた押切、平賀、大沼の各人に世話になり、一か年そこで実習して、聖ステパノ農場の開拓に向うことができた。「ステパノ」の名は、戦死した晃の洗礼名からでした。

一九六四年四月ブラジル・トメアスに設けた聖ステパノ農園は、先発隊と今後の方針について現地で打ち合わせるまでに漕ぎつけた。美喜はそこへ出かけました。

七人の青年たちは原始林の一部を切り開き、小屋を建て井戸を掘り上げていた。耕地には胡椒苗のピメンタを植えていた。耕地はまだ二十町歩に満たなかった。

間仕切りした部屋にハンモックを吊り、久土（土や石を積んで作ったかまど）では薪を焚き、食堂は土間で、不細工ながら食器の棚と本棚もあった。夜は、雨戸のない窓から赤道直下の大きく瞬く星を眺め、ガリバー猿の泣き声と、ときには猿が渡っていって枝の折れる音も聞こえた。朝になると七面鳥もニワトリもアヒルも種ごとに群れて散歩していた。自給自足のための野菜畑もできていました。

美喜は、園児を継続的に送り出すために学園内に「アマゾン教室」を設けた。ポルトガル語、農機具の操作など、他にモールス・コードの無線技術を覚えさせた。トメアスの日本人の移住者には日本のニュースが乏しく、日本からロスを通してくるモールス・コードによるニュース、特に大相撲、プロ野球など人びとの知りたがることがあった。それを入植した園児たちが、ガリ版に刷り、各戸に配ればどんなに喜ばれるか。その土地に園児たちが溶け込んでいける手段にもなるだろうと考えたのでした。

第二陣の準備が整って、ブラジル横浜総領事館へ渡航手続きの書類を揃えていった。ところが親しく付き合っていたはずの総領事が許可をしなかった。

「モールス信号を学んだ青年たちがブラジルに入国し、ある国と通信し領土を危機に直面させる」

そう日本から送られた情報がある、というのだった。

このころには孤児たちのブラジルへの移住が、ニュース番組にもとりあげられ、関心と激励が寄せられていた。ブラジルが人種差別のない国と好感を持たれていた。中止のニュースが流れると両国の関係者が実現のために動いてくれました。

渡航を予約したサントス丸の出港まで一か月しかなかった。ひとまず今回のみは渡航を認めると報告のあったのは、出港の二日前だった。総領事が出張した港の事務所でビザの発給があり、種痘をそこで済ませ、船に乗ると、その三十分後に出港のドラが鳴った。

ハワイ、そしてロサンゼルスに寄港して、そこを過ぎると船客は南米行きの人ばかりになった。その翌日、事務長が美喜を船長室へと呼びに来ました。

一通の電報があった。

「船長より澤田夫人へ伝えられたし。澤田一行はブラジルの土地に一歩も上陸するのを許さず」

現地の大使館と外務大臣とのあいだで特別の許可があったはずだった。この不可解な電報にたいして、いかなる処置を取ればいいのか、美喜は冷静に電報を点検した。打たれた日付が十三日だった。船は十七日にロスを出た。十三日から十六日までロスにいた。何故そのときにこの電報が渡されなかったのか。しかも美喜宛でなく船長宛なのか。

美喜はただちにリオの田付大使、日本の外務省とロスの総領事、トメアスの入植地の農協理事長押切、サンパウロの京野州議員など、思いついた人びとに電報を打ち、協力を願った。世界各国の新聞はニュースとして報道した。そうしてくれる報道によって妨害者をうち砕くのが狙いであった。

パナマ運河に入った日、日本からの電報は、怪電報の発信人は分からないまま解決を知らせた。

パナマ運河の事務所に親友のパール・バックの秘書が飛行機できて待っていた。秘書は三通の手紙を持ち、美喜宛の励ましのものとブラジル入国が叶わなければ自分の招待で青年たちを米国見物させること、上院議員の特別許可の手紙まで持参していた。

美喜はその心づかいに感謝し、解決したことを秘書に告げた。

パール・バックは、他人の苦境をただちに感じとる感性があり、すぐさまそれを効果ある救いの行動へとうつす能力のある人、と改めて思った。彼女は、知的障害者の一人娘を育て、「私がノーベル賞を受賞できたのは、この娘のお蔭です」と謙虚に語った人だった。弱者が大切にしているものを自らの身に重ねる人だった。したがって、他者が求めているものがすぐ分かって、その対策の心づかいができるようだった。そのように自分を成長させてくれたと彼女は娘に感謝していた。

七月二日に日本を出て八月五日にベレンに美喜たちは着いた。船に荷物を積みかえ大アマゾンを三時間、それから支流のアカラ川をさらに遡った。船は原始林の上に太陽が昇り切ったころ、トメアスの船着き場に舷を寄せた。そこからトラック二台に荷物を満載して四〇キロの道を走った。その先に農場はあった。

先発隊の掘った井戸から汲み上げた冷たい水に喉を潤した。ピメンタ（胡椒）の苗が丈高く成長し、収穫できる畑が広がっていた。

この入植地で最も成功した一人は、一九七八年には年収一千万円を超えた。翌年は千七百万円と見積もられた。[*2]

これはこれで、新たに「富の分配」という人間には避けて通れない課題を突きつけるのかも知れない。

この年、ホームの卒院者は養子縁組と移住者を合わせて千六百名を超えた。

一九八〇年澤田美喜は、従姉妹たちが計画したスペイン・マヨルカ島への旅行にくわわった。糖尿病が懸念されたが、ひさびさに従妹たちと歓談し心を休めようとしたのでした。

その地で病状を悪化させて死亡した。享年七八。

＊1　『GHQと戦った女』澤田美喜　青木富貴子著（新潮社）
＊2　『黒い肌と白い心』澤田美喜（日本経済新聞社）

結び――「なぞる」こと

「なぞる」ということは、手のひらですでに形作られているものに触れ、撫でていって追認的に触覚をはたらかせ、つまり肉感として捉えてとり込む行為を指す意味のものと、説明したいのです。ここでは、考えるはたらきを触覚のようにはたらかせて登場者の足跡、言動をあたかも自身がおこなっているかのように心のうちに取り込むことという言葉にしたいのです。そしてそれは未来を想像するはたらきの神経に繋ぎ、そう刺激することで励起することにし、そこからまたはたらいていく運動そのものを到達点としたい。

傑出した四人を中心に据えて評伝ふうに「なぞる」ことは、もちろんその状況や時代の背景にそれぞれの人が制約を受けていて、その内にありながら、それらを総合した人間観、世界観と行動を心理的にたどることになる、と思います。

そうしたことは意識的に、あるいは無意識のうちに行動の引き金をひく力に変わっていくはずのもののようです。仮に自己にそうさせない抵抗力がはたらくとすれば、その抵抗力について、次に問題を考えさせることになると思います。

古代から戦争を嫌悪し平和が愛好されたのは言うまでもないことで、アリストファネスの「女の平和」(BC四一一年上演)から、I・カント(彼に人種的偏見があったにしても)の小冊子ですが、『永遠平和のために』(一七九五年刊)とか(訳者宇都宮芳明の、著作について歴史的経緯についての明解な解説と纏めがあり)、フランスの作家E・ゾラとかロシアの文豪L・トルストイとかの平和推進への主張があり、日本では内村鑑三、幸徳秋水、堺利彦などの反戦、非戦の主張があり、人類絶滅の恐怖のある核戦争の懸念が生じてからの近年では、ラッセル＝アインシュタイン声明(一九五五年)の警告など数多くあります。しかし、未だにその軍事力をひけらかす政治政策は止まることを知らず、まるで腕力にものを言わせるサルの群れ社会と違うところがないようです。

作品は、学術としての記述ではなく、学問から遠く離れた人間(筆者)であっても、このような「なぞる」、という初歩的作業で、サルからヒトへと一歩を踏み出す、考える、ということができるのではないか、と期待を籠らせてみたものです。

あとがき

この作業は、澤田兄弟の事績を知ってもらおうと鳥取県岩美郡岩美町浦富二八五〇－一の片山長生氏が声をあげられ、それに呼応された鳥取市の内田克彦、小滝敏、湯口一文、鈴木真由美、山根悦子、吉田寿明各氏が参加され、米子市の高橋亮が加わって出発しました。二〇一八年五月から月一回、二時間討議をおこないましたが、同年八月になっても集約ができないままなので、高橋亮が単独執筆しました。

前記の方々には、多大な支援かつアドバイスをいただきました。

なお、出版にあたっては編集工房 遊の黒田一正さんに適切な指摘をいただきました。併せてここに記して感謝の気持を述べさせていただきます。

依拠した文献一覧

「戦略思想の系譜」――マキャヴェリから核時代まで　ピーター・パレット編　防衛大学研究会訳（ダイアモンド社）
「核兵器と外交政策」ヘンリー・キッシンジャー著　田中武克・桃井真訳（日本外政研究会）
「外務省の百年」上・下（外務省百年史編纂委員会編）
「近代日本総合年表」第三版（岩波書店）
「オリエンタリズム」上・下　エドワード・サイード著（中央公論・中公新書）
「聖書」（日本聖書協会）
「決意なき開戦」堀田江理著（人文書院）
「対華二十一か条とは何だったのか」奈良岡聰智著（名古屋大学出版会）
「内田康哉」内田康哉伝記編集委員会・鹿島平和研究所編（鹿島平和研究所出版会）
「福沢諭吉選集」一～八巻（岩波書店）
「外交五十年」幣原喜重郎著（読売新聞社）
「松岡洋右」―その人と生涯（松岡洋右伝記刊行会）
「松岡洋右」―その人と外交　三輪公忠著（中央公論・中公新書）
「欺かれた歴史」斎藤良衛著（読売新聞社）
「青年よ起て」―世界政局と大和民族の使命―松岡洋右　稿（日本思想研究会出版部）
「回顧録一外交官の生涯」澤田節蔵著（有斐閣）

「凱旋門広場」澤田廉三著（角川書店）
「随感随筆」澤田廉三著（岩美町刊行会）
「黒い肌と白い心」澤田美喜著（日本経済新聞社）
「母と子の絆」澤田美喜著（ＰＨＰ研究所）
「ＧＨＱと戦った女　澤田美喜」青木富貴子著（新潮社）
「廉三と美喜」（鳥取県公文書館・岩美町刊行会）
「西園寺公と政局」一〜八巻　原田熊雄著（岩波書店）
「やっさもっさ」獅子文六著（毎日新聞連載・新潮社）
「木戸幸一日記」上・下（東京大学出版会）
「獄中手記」磯部浅一著（中公文庫）
「漫画四人書生」一〇四葉　木山義喬画　鳥取県米子市立美術館蔵
「陰謀・暗殺・軍刀」――一外交官の回想――森島守一著（岩波書店）
「米内光政」阿川弘之著（新潮文庫）
「遠平和のために」Ｉ・カント著（岩波文庫）
「文芸春秋に見る昭和史」１　岩畔豪雄　稿（文芸春秋社）
「太平洋戦争前史」第一巻　青木得三著（学術文献普及会）

参照と検証

前記ウィキペディア各項

著者略歴

本名　石原　亮
筆名　高橋　亮
1933年９月28日生まれ
1952年３月　米子東高校卒
同年　９月　王子製紙米子工場勤務
1993年９月　定年退職
2008年４月　放送大学教養学部入学
2013年９月　放送大学教養学部卒業
現　在　　無職
著　書　　『九月の雨・扉が開くとき』2001年１月
現住所　　〒683-0003 鳥取県米子市皆生5-8-3
　　　　　e-mail　takahashi@chukai.ne.jp

澤田家の人びと
二人の外交官とその妻たち

二〇一九年一二月一日　発行

著　者　高橋　亮
発　行　編集工房　遊
発　売　今井出版
印　刷　今井印刷株式会社
製　本　日宝綜合製本株式会社